陕西知青文学与知青作家

商子秦　著

陕西新华出版传媒集团
太 白 文 艺 出 版 社

图书在版编目（CIP）数据

陕西知青文学与知青作家 / 商子秦著 .—西安：
太白文艺出版社，2017.7
ISBN 978-7-5513-1182-3

Ⅰ.①陕… Ⅱ.①商… Ⅲ.①知青文学—文学研究—陕西
Ⅳ.①I206.7
中国版本图书馆 CIP 数据核字（2017）第 124652 号

陕西知青文学与知青作家
SHAANXI ZHIQING WENXUE YU ZHIQING ZUOJIA

作　　者　商子秦
责任编辑　申亚妮　张　笛　刘　涛
封面设计　侣可峰
出版发行　陕西新华出版传媒集团
　　　　　太白文艺出版社
　　　　　（西安市北大街 147 号　710003）
　　　　　tbwytougao@163.com
经　　销　新华书店
印　　刷　陕西金德佳印务有限责任公司
开　　本　787mm×1092mm　1/16
字　　数　247 千字
印　　张　16
版　　次　2017 年 7 月第 1 版
　　　　　2017 年 7 月第 1 次印刷
书　　号　ISBN 978-7-5513-1182-3
定　　价　35.00 元

《陕西知青文学与知青作家》

商子秦　著

目录

前　　言

中国知识青年上山下乡运动肇始于20世纪50年代。1953年，《人民日报》首次以社论形式发出号召，要求家住农村的中小学毕业生回乡务农；1955年，团中央发起青年垦荒者运动；到60年代逐渐加强和扩大，最终在1968年成为席卷中国的规模空前的浩大运动。

从1968年到1978年，长达十年之久的以“老三届”（特指1966—1968年高中和初中三届毕业生）为主体的知识青年上山下乡运动席卷全国，上千万城市青年奔赴农村，被称为中国历史上前所未有的人口大迁徙，其影响之大，牵扯面之广，几乎波及每个家庭。从而，形成知青这个特殊群体。

从20世纪50年代开始，到70年代末期，近一千八百万城镇知青（包括返乡知青）与共和国一道承受相同的命运。他们在中国社会最底层，与广大农民一起重复日出而耕，日落而息的农耕生活。这个庞大的群体被称为负重的一代，迷茫的一代，思考的一代。

1976年粉碎“四人帮”后，中国文学迎来了春天。在1976年至1986年的新时期文学十年间，张承志、竹林、叶辛、梁晓声、张抗抗、孔捷生、王安忆、陆天明、韩少功、晓剑等一大批有过知青经历的作家崭露头角。他们或直接在小说中描写知青生活，或者将自身知青经历中积累的生活思考反映在文学创作中。其代表作品有张承志的《黑骏马》与《北方的河》，竹林的《生活的路》，叶辛的《蹉跎岁月》，梁晓声的《这是一片神奇的土地》与《今夜有暴风雪》，张抗抗的《分界线》与《淡淡的晨雾》，孔捷生的《在小河那边》和《大林莽》，王安忆的《本次列车终点》等。这一时期，以“老三届”知青作家的作品为主，特别能够赢得同样有知青经历者的情感认同。

1968年年底，几百万在“文革”中“造反有理”的红卫兵，人生角色发生了突变，成为“到农村去接受贫下中农再教育”的知青。从大城市被“流放”到偏僻乡村，他们的心灵承受了何等巨大的落差。1968年到山西杏花村插队的北京知青郭路生，1969年9月便写出了充满反叛意识的诗歌《相信未来》，一时间在全国知青中广为流传，凸显出“老三届”知青作为思考的一代的共性。苦难岁月的特殊群体，于迷茫中寻求希望，从黑暗中走向光明，知青文学坦露出灵魂的呼唤。

20世纪80年代，中国知青文学在中国文学殿堂中放射出耀眼的光芒。知青文学依次走过了伤痕文学、悲情文学、乡恋文学、改革文学、寻根文学、反思文学、新写实文学等阶段。一大批知青作家，伴随着他们创作的出色的作品，成为中国文坛的亮丽明星，进而形成了从20世纪70年代中期至80年代中期新时期文学十年间，以“老三届”知青作家群为核心的中国知青文学的主体。

知青上山下乡运动不仅改变了千万青年的人生道路，而且极大改变了城市青年的知识、情感和文化心理，烙下了深入灵魂的乡村记忆。知青文学就是对知青一代的独特生存经验与生命记忆进行回溯、反思与想象的审美。

近年来，关于知青文学已经有较多的专著和论述。从表象理解，凡描述上山下乡知识青年生活经历的文学作品，诸如小说、诗歌、散文、报告文学、影视剧本等，都归入了知青文学的范畴。

郭小东先生在《中国知青文学史》里，重新定义了知青文学。他提出广义的知青文学概念，即以上山下乡为题材，展现知识青年上山下乡的生产生活、思想情感与精神风貌的一种文学样式。他提出在作家身份上，也包括非知青作家的写作；在内容上，也包括20世纪50年代初以来的回乡知青的生活。他认为，题材是定义知青文学的决定性因素。

进入新世纪，随着历史进程的发展，今天的知青文学则有着更为广阔的内涵和更为深刻的历史反思，体现着知青情感体验和审美指向，包括对人性的深刻观照，对人的尊严与精神的书写，对知青自身的审视和自省，对人性迷失的反思；从而承载着政治的、历史的、文化的丰富内涵，展现出独特的艺术风格，深蕴着人文内涵，同时具有人性、诗性和灵性的审美特质。

回溯历史，自新中国成立后，从50年代的反右运动，60年代的四清运动到“文革”十年，由于极左思潮的干扰，中国的文学几十年间一直被假、大、空的迷茫所笼罩。直到70年代中后期，才逐渐挣脱了文学禁锢岁月的镣铐。从这个意义上来说，知青文学的发展与中国新时期文学的发展进程几乎是同步的；而陕西知青文学的发展与整个中国知青文学创作的发展同样是同步的。从20世纪70年代中期至今的四十年中，在陕西数十万“老三届”知青中，涌现出一位位作家，形成了一支实力雄厚的文学创作队伍，让陕西成为中国知青文学创作的一方重镇。

陕西知青作家群体英才辈出，创作成果丰硕，许多人的优秀作品在中国文学史上占有重要的地位，堪称中国作家中的优秀代表。他们中有陕西本土的知青作家：陈忠实、路遥、贾平凹、莫伸、王蓬、杨争光、和谷、白描、刘斌、渭水、商子秦、沈奇、秦巴子、王宜振、薛保勤、景斌、王式俭、芦苇、刘路、袁林、李君、李昶怡、吴克敬、冯积岐、姚泽芊、丁晨、蒲力民、傅晓鸣、黄默、胡宽、常扬、薄厚、弓保安、樟叶、朱西京、周建顺、王真、霍秉全等人；北京及外地在陕西插队的知青作家：史铁生、叶延滨、陶正、梅绍静、高红十、朱晓平、何冀平、江宛柳、方竞、陈泽顺等人。除了以上大家熟悉的知青作家，还有众多知青作家暂不一一列举，将在本书附录的作家简介中补充提及。

据不完全统计，在陕西知青作家中，先后有三人荣获茅盾文学奖，六人荣获鲁迅文学奖（全国优秀中短篇小说奖后更名为鲁迅文学奖，故一并归入），还有多人分别荣获全国少年儿童奖、全国诗歌奖、全国散文奖、全国精品剧目奖、全国“五个一工程”奖、夏衍电影文学剧本奖、冰心散文奖等，多部作品分获国际文学、电影奖项。诸多作品被翻译成多国语言介绍到国外。

特别值得一提的是，陕西许多没有知青经历的文学界同人，始终热心关注着知青文学，并给予知青作家们大力扶持，身体力行地投入知青文学的创作。其中有陕西省作家协会名誉主席魏钢焰、陕西省作家协会创作组组长李小巴、《延安文学》主编曹谷溪、省作协《延河》副主编闻频、西安市广播电视局副局长张郁、陕西省作家协会副主席兼西安市文联副主席叶广芩、西安市文史馆馆员朱文杰等人。

陕西知青文学的发展贯穿了半个多世纪，在这样一个大跨度的时间段内，中国的政治、经济、文化发生过巨大的变化，历经了20世纪60年代困难时期、“文化大革命”、粉碎“四人帮”、改革开放新时期、90年代初邓小平南巡讲话、走进新时代，一直到新世纪的科学发展。在这些不同的历史时期，知青文学的发展也有其不同的特点，形成了不同历史阶段的知青文学。

本书依据陕西知青作家及知青文学所走过的时代阶段、历史脉络、创作趋向，将陕西知青文学的发展划分为四个阶段，力图以编年史的进程凸显陕西知青作家的群体创作实况，使之客观和明晰，便于解读作品，剖析作者创作动因，追寻时代根源，为研究知青文学提供一份有价值的史料。

特别需要强调说明的有以下几点：

一、本书所选的知青作家是从1968年到1978年间，以“老三届”为主体的有过上山下乡插队、返乡、在兵团或农场务农经历的作家。其中，包括陕西籍本土知青作家和由外地到陕西农村插队的北京知青作家；同时，包括20世纪60年代初陕西部分下乡知青如陈忠实等人；并且，选入部分专长于知青文学题材创作的作家。

二、本书以介绍有广泛影响的重要知青作家及其文学作品为主旨，以介绍有广泛影响的知青文学现象为重点，同时考虑文学价值及史料意义。如著名作家贾平凹著述极丰，但由于篇幅所限，不可能逐一列入，因此只重点介绍其获奖小说《满月儿》《秦腔》，也包括他创作中的重要作品，如《浮躁》和《废都》等。

同理，其他许多著述极丰的著名作家也只择其主要作品。在整个编写过程中，我们始终心怀忐忑，一方面深知对每位作家的介绍都不够细密和完整；另一方面无疑还有许多作家应当收录却未能收录进来，并且原因不仅是篇幅所限，更在于我们的视野所限及人手所限，经常出现的情况是：我们自以为已经编写得差不多了，却突然间又发现了新的与知青有关的作家与作品。这使我们深深感到，一项涉及面宽广的工作要做得周全，确实不易。也因此，对那些由于我们的工作粗疏而未能收录进来的作家和作品，表示深深的歉意。

三、本着尊重历史与客观公正的态度，我们将陕西知青文学按时间顺序划分为几个重要阶段，每章节作家出现的先后排名均按其作品发表先后及其当时所造成的社会影响为依据，突出作品产生的时代背景，便于论证研究。

四、为全面展示陕西知青作家队伍，我们在附录中编入陕西知青作家简介，简介中作家的排名先后以出生年月为序。

渭　水

2016 年 10 月

第一章　沉寂年代的文学酝酿期

（1968—1976）

概　述

这一时期的前期，主要是从1968年到1971年，知青宣传队为配合政治形势为宣传演出进行了一些应景性写作。当时流行的八个样板戏成为写作的模式。作品的文学价值不大，却锻炼了知青的文字能力，催生了文学爱好，提升了创作热情。这种形态的创作，在当时陕西知青中较为普遍。还有一种写作形态可以称之为地下写作，就是知青用各种文学形式，表达真实的知青生活和感受，其形式多为关于知青生活、情感的歌词、诗歌、散文等等，这些作品中的一些歌曲曾在各地知青点流传，而文字性作品大都保存在知青各自的笔记本中，成为历史印记。

这一时期的后期，从1972年到1976年，部分下乡的“老三届”知青被招工到城市各个单位，有了较好的生活条件和更大的学习空间，其文学才华也有了更多的表现机会。“9·13林彪事件”后，“文革”中的极左思潮受到一定的遏制，各地文学组织和期刊相继恢复，提供了更多的创作平台。陕西知青文学亦有了较大的发展，出现了像“延安山花”这样的作家群体，作品有以《兰珍子》《理想之歌》为代表的诗歌创作。特别是以陈忠实《接班以后》等刊发在《陕西文艺》的系列短篇小说为代表的小说创作，以其文学性的坚持，引起人们关注。

从数量上来看，这一时期的知青作品如冰封解冻，一旦回温，即可迅速蔓延扩展。一方面，陕西知青文学创作者在很短的时间内创作出了大量的文学作品。1973 年，《陕西文艺》复刊，陈忠实连续发表了与知青生活相关的短篇小说《接班以后》《高家兄弟》等。路遥、贾平凹、和谷、王蓬等人在《陕西文艺》《朝霞》等省内外报刊上，发表了大量散文作品。陶正、路遥、梅绍静、叶延滨、贾平凹、和谷、商子秦、沈奇、常扬等人在北京和陕西相关出版社出版了诗集《延安山花》《我是延安人》《无限春光》《山花红似火》《放歌天安门》，并在《陕西文艺》《陕西日报》等报刊上发表了数量众多的诗歌作品。

另一方面，在这一时期，陕西许多非知青作家也创作了许多知青题材的作品。其中有魏钢焰的《接班人》、李小巴写关于北京知青孙立哲的报告文学、张郁填写的歌词《延安窑洞住上了北京娃》、闻频的小歌剧《延安路上》、曹谷溪的诗歌等等。从体裁上来看，知青不仅创作了小说、散文、诗歌，而且以路遥、高红十、何冀平、周建顺、李君、商子秦等人为代表的知青们还创作了题材多样的戏剧、话剧、小戏曲等文学样式。

从质量上来看，这一时期的陕西知青文学后来居上，在全国范围内产生了广泛影响。“文革”流行长诗《理想之歌》当年曾风靡全国，其作者是高红十、陶正等四位北京知青，而高红十、陶正当年都是从北京来到陕北插队的知识青年。作品完成后，于 1974 年 9 月由人民文学出版社出版（收入一部诗集中，并以该诗题作为这部诗集的书名）。1975 年 12 月，中央人民广播电台以配乐诗朗诵的形式播送了这首长诗，在广大青年中引起强烈反响。1976 年 1 月 25 日的《人民日报》全文重刊了这首长诗，《光明日报》稍后又发表了长诗作者之一的高红十重回延安当农民的文章，更加扩大了作品的影响，可谓名重一时。从知青文学发展的角度看，它的推动作用超过了当时的《征途》（1973 年由上海人民出版社出版，署名郭先红。这部小说 1970 年即开始进行创作，据称是以金训华为原型，人物形象众多，故事情节丰富曲折，富有浪漫主义色彩，为其时的青年读者所激赏，在社会上产生了广泛的影响，印数达六十余万册）。《剑河浪》的作者是汪雷。作为上海人民出版社“上山下乡知识青年”丛书之一，1974 年出版，印数也高达五十余万册。这是“文革”以来第一部由下乡知青创作的长篇小说，文字清新，生活气息浓郁，让人刮目相看。还有《分界线》1975 年由上海人民出版社出版后，上海广播电台文艺部连续全文播送了这部小说，还请张抗抗谈了创作体会，成为陕西知青文学的引领之作。

北京知青梅绍静创作的长篇叙事诗《兰珍子》，书虽然很薄，在当时定价也只有一毛六分钱，然而诗集出版后，却深深影响过陕西乃至中国诗坛。叙事长诗连头带尾共分九段，写了北京知青当赤脚医生的事，作者不甘于“假、大、空”的束缚，毅然选择了信天游的形式，有如李季的《王贵与李香香》和贺敬之的《回延安》，这实际上是向地方文化和现实生活的靠拢。尽管该作品有那个时代背景的缺憾，但是这样的靠拢，在那个时代是难能可贵的。由于作品描写的女主人公和作者自己有共同的生活经历、共同的生活感受，所以，这篇叙事诗不仅写得清新活泼，而且亲切流畅。作品中许多热烈欢快的诗句，凝聚着北京知识青年对延安山水的热爱，对英雄的延安人民的无限崇敬，抒发了他们的豪情壮志。因此作品感情真切。

客观而言，由于受到极左思潮的约束，这一时期的文学创作成为配合政治运动的工具，千篇一律的“三突出”复制样态，根本无法摆脱禁锢年代的束缚。然而，知青的生活体验是具有独特性和不可重复性的。如果仅仅从作家的生活阅历这个层面来看，“文革”这一时期的生活磨难和创作经历，于这些知青创作主体而言，应是一份特殊的精神资源和情感积累。有评论家曾经谈道：“‘文革’和‘文革文学’曾经是我和我们成长的思想文化资源；历史的残酷在于它开了个玩笑，一个曾经是‘正面’的资源终于成了‘负面’。”这就决定了在知识青年上山下乡运动中出现的大量文学作品，只能是昙花一现。严格来说，只是某种政治概念的诠释。但无可回避的事实是，这些作品毕竟使知青文学有了雏形，文学的触角也在逐渐伸展开来，进入到了社会生活的广阔天地和人类心灵的复杂层面，它们的存在，为知青文学的发展打下了基础。

回眸沉寂年代的文学酝酿期，我们触摸到陕西知青作家艰难行进的足迹。1976 年清明节前后，一场悼念周恩来总理的四五天安门事件，如地火喷发，蔓延全国。于无声处听惊雷，噩梦过去是黎明。作为思考一代的陕西知青作家在迷茫中看到了希望……

一、 陈忠实和他20世纪70年代初的系列短篇小说

陈忠实是西安市灞桥区霸陵乡西蒋村人，1962年9月从西安市第三十四中学高中毕业，回乡当了民办小学教师。他一方面积极教学，努力当好教师；另一方面刻苦自学，读书、写作、观察生活，提升自己。1965年，他的散文处女作《夜过流沙沟》发表在《西安晚报》文艺副刊上。此后，发表了《樱桃红了》《迎春曲》等几篇散文作品，成为西安市崭露头角的青年业余作者。

1973年7月，《延河》复刊，更名为《陕西文艺》，在头条发表了陈忠实的短篇小说《接班以后》，之后一年一篇，陆续发表了陈忠实的短篇小说《高家兄弟》《公社书记》等，这些小说尽管无法摆脱当时流行的阶级斗争思想基调，但其浓郁的关中平原的乡土生活气息，生动的人物形象以及语言风格，在当时仍让人耳目一新。

陈忠实《接班之后》等20世纪70年代初的系列小说，尽管有着时代的局限和方方面面的不足，但是代表了当时陕西乃至全国短篇小说创作的最高水平，是当时难得一见的短篇小说精品。

陕西知青作家王蓬曾对陈忠实这一时期的创作有一个中肯的评价：

“1973年7月，刚复刊的《陕西文艺》在卷首隆重推出了一篇近两万字的小说《接班以后》，尽管受当时政治气候的局限，但作品浓郁的乡村生活气息，活生生的人物，铿锵有力的语言，以及整部作品的厚重和气势，使我一下牢记住了作者：陈忠实。之后，凡陈忠实的作品我都找来看，《高家兄弟》《配合问题》《公社书记》等，在《西安晚报》见到他一篇农村速写《铁锁》，受到启发。”

1976年，根据陈忠实短篇小说《接班以后》改编的电影《渭水新歌》搬上银幕。《接班以后》等作品发表后，陈忠实引起了文学界的广泛关注。1973年冬天的一个下午，时任人民文学出版社编辑的何启治，千里迢迢从北京来到陕西西安郊区找到了陈忠实。当年，他读了陈忠实两万字的短篇小说《接班以后》后感觉颇佳，便联系陕西省作协。当年隆冬，他来西安面见陈忠实并约稿。在小寨街头交谈时，陈忠实对何启治让自己写农村题材长篇小说的建议“颇感惊讶而茫然”。

陈忠实回忆：“当时我在区上开会，我们在区委所在地的十字街头见的面。

一听说要我写长篇，我吓住了。后来我们之间有个约定，如果我这一生能写成长篇就给他。”

从 1986 年起，陈忠实陷入对民族命运与生命体验的深层思考，用整整两年时间，做好了创作长篇小说的前期准备。随后，从 1988 年 4 月至 1992 年 3 月，他将自己关在白鹿原下的老房子里，终于写出了长篇巨著《白鹿原》。

1992 年年初，陈忠实在广播中听到邓小平南巡讲话的摘录：“思想再解放一点，胆子再大一点……”他怦然心动，果断做出决定：“长篇小说稿子一旦完成，就立即投送出去，一天也没有必要延误和搁置。”很快，陈忠实就写信告知何启治，长篇小说《白鹿原》写成了。手捧来信，何启治感慨：“《白鹿原》，我等了你整整二十年!”

1992 年 3 月 25 日，陈忠实将小说手稿交给来西安取稿的高贤均和洪清波两位编辑。在西安开往成都的火车上，两人不由得为作品拍案叫好。当年 4 月到 6 月，《当代》杂志洪清波、常振家、何启治，人民文学出版社当代文学一编室刘会军、高贤均、何启治先后看完小说并分别签署了审读意见，决定在 1992 年第 6 期和 1993 年第 1 期的《当代》上连载，并在 1993 年 6 月出版单行本。

值得一提的是，在审读《白鹿原》期间，何启治从《当代》杂志社调到人民文学出版社。这样，他就先后签署了杂志社和出版社的两份终审意见，创造了自己三十多年编辑生涯中的一个唯一：他既是小说《白鹿原》的组稿人，也是终审人，还是责任编辑。

二、 延安 “山花作家群” 中的陕西知青作家

延安大学文学研究所所长、教授，陕西省作家协会副主席梁向阳（厚夫），曾撰文记述了延川“山花作家群”。由当地文学青年和北京知青经过文化交融而共同成长起来的延川“山花作家群”，之后在省内乃至国内产生影响的有路遥、曹谷溪、史铁生、陶正、闻频、荆竹、史小溪、海波、刘阳河、刘凤梅、

远村、厚夫、阳波等人。其中陕西知青作家的代表人物有路遥、史铁生、陶正。

1969 年 1 月，两千多名北京知青来到延川县插队，其中就有现任国家主席习近平、已故著名作家史铁生、著名作家陶正等。1971 年，延川已经聚拢了一大群文艺青年，延川人又一次点燃了文艺的激情。其中，包括已是延川县革委会通讯组组长的诗人曹谷溪、西北大学中文系毕业的大才子闻频、从清华附中插队到延川农村的文艺青年陶正、延川文化馆负责人白军民、延川县中队战士荆竹，以及正在延川县通讯组曹谷溪麾下打杂的文艺青年路遥等。他们看到上海市川沙县农民业余编写组创作的《一颗红心为革命》的故事书和陕西人民出版社出版的诗集《延安儿女歌颂毛主席》后，决定也要编本诗集。

曹谷溪、白军民、闻频、陶正、路遥等人以“延川县工农兵文艺创作组”的名义合作编就诗集《工农兵定弦我唱歌》，并油印成小册子。此诗集后改名为《延安山花》，以“延川县革命委员会政工组”的名义铅字印刷，内部发行。后来，被刚刚恢复业务的陕西人民出版社的编辑们偶然发现。于是，在 1972 年 5 月纪念延安文艺座谈会三十周年前夕正式出版，受到上上下下的欢迎。当时的延安地区和陕西省文化部门派出联合调查组来延川县总结经验，延川成为“文革”时期陕西省的文化典型——延川县诗歌创作、关中户县农民画、渭南合阳县革命故事和陕南紫阳县民歌使这四个县成为“文革”时期陕西省文化先进县。

1972 年 8 月 2 日，《陕西日报》刊出延安地区革委会文教局、陕西省工农兵艺术馆联合调查组的调查报告《“山花”是怎样开的——诗集〈延安山花〉诞生记》，专门点名表扬了返乡知识青年路遥：“城关公社刘家圪崂大队创作员路遥同志，一年中创作诗歌五十余首，其中有六首在报刊上发表。据不完全统计，全县一年来共创作诗歌两千余首。这些革命诗歌，运用黑板报、墙头诗、诗传单、唱秧歌、朗诵会等各种形式直接与广大群众见面，有力地配合了三大革命运动。”

路遥回忆此诗集时曾说：“可以说这是‘文化大革命’后期中国大陆上第一本有泥土气息文学价值的诗歌集子，不能不引起社会的广泛关注。”

1974 年，日本学者安本实先生在日本大阪市的书店买到一本《延安山花》。那时，他第一次注意到谷溪、路遥等人的名字。2007 年，身为日本国姬路独协大学教授的安本实先生把这本珍贵的诗集赠送给了延安大学路遥文学馆。

《延安山花》给延川县赢来了声誉。延川县的文艺青年们借着《延安山花》的成功东风，一鼓作气，在1972年9月创办了县级文艺小报《山花》。路遥即是在《山花》破土出苗、崭露头角的典型。他在延川创作的诗歌、散文、小说等首发阵地均是《山花》。他最初的诗歌《车过南京桥》《塞上柳》《我老汉走着就想跑》《多年八路延安来》《走进刘家峡》《电焊工》《歌儿伴着车轮飞》《老汉一辈子爱唱歌》等，均刊于《山花》；他的叙事诗《桦树皮书包》，短篇小说《伏胜红旗》《基石》等，也同样首先在《山花》上刊发后才引起外界的注意，并被选入省级文艺刊物。

著名作家史铁生在路遥逝世后撰文回忆道："我在《山花》见了他（路遥）的作品，暗自赞叹……我从小喜欢诗、文，便十分羡慕他，十分羡慕可能就接近着嫉妒。"正因为有最初的文学创作成绩，路遥才被推荐到延安大学中文系学习，在大学的平台上积累文学营养，为以后的文学腾飞做了扎实的准备工作。

新时期之初，从《山花》走出的"山花作家群"的知青们，创作成绩最为突出的是路遥。他1980年在《当代》发表的中篇小说《惊心动魄的一幕》，荣获全国首届优秀中篇小说奖，开始为全国文坛所瞩目；1982年，他在《收获》杂志发表的中篇小说《人生》，在全国引起轰动。这部作品不仅荣获第二届全国中篇小说奖，而且改编成的电影也荣获全国百花奖。尤其是电影《人生》的热映，客观上对提高延川县"山花作家群"的知名度起到了相当重要的作用。1991年，路遥的长篇小说《平凡的世界》获第三届茅盾文学奖后，这种作用更是明显。

在文学新时期，北京知青史铁生也因插队题材的短篇小说《我的遥远的清平湾》和《奶奶的星》连续捧得1983年与1984年全国优秀短篇小说奖。北京知青陶正不仅创作出陕北题材的中篇小说《女子们》《后生们》，也凭着短篇小说《逍遥之乐》获得1983年全国优秀短篇小说奖。在获得1983年全国优秀短篇小说奖的二十位作者中，有两位是曾在延川插过队的北京知青，而且这两位知青都是关庄公社插队的清华附中学生。他们把延川视为第二故乡与心灵家园，后来均创作过多篇知青插队题材的小说。

三、高红十、陶正与《理想之歌》

《理想之歌》是20世纪70年代中期有着广泛影响力的一首政治抒情诗，由当时就读于北京大学的四名工农兵学员创作，他们是陶正、高红十、张祥茂、于卓，其中陶正和高红十两人入学前是在延安地区插队的北京知青。所以，这首诗《理想之歌》也应该属于陕西知青文学范畴。

《理想之歌》是正面歌颂知识青年上山下乡的代表作，有着鲜明的时代印记和政治倾向。这首诗作最先收入人民文学出版社1974年出版的诗集《理想之歌》，署名是“北京大学中文系七二级创作班工农兵学员集体创作”。1975年年底，《理想之歌》被中央人民广播电台编辑成配乐诗朗诵。1976年1月，《人民日报》全文刊出，并加以编者按，以示重视。

《人民日报》编者按：“《理想之歌》是北京大学中文系部分工农兵学员1974年集体创作的政治抒情诗。它反映了广大知识青年在上山下乡和教育革命中锻炼成长的精神风貌。在当前教育战线大辩论中，清华、北大等院校的同志一再朗诵、阅读这首朝气蓬勃、激情洋溢的诗。这说明，它符合巩固和发展‘无产阶级文化大革命’和教育革命胜利成果这一斗争的需要。本报刊登这首诗，以供更多的同志阅读，并用以回击教育界右倾翻案风，批驳那种攻击工农兵学员‘质量低’之类的奇谈怪论。”

《理想之歌》是特殊时代的产物，应该说其中包含着那个时代人们难以抗拒的政治力量，有其假、大、空的一面，但诗中也有那个时代的知识青年对自己曾奉献了青春年华的农村的真情实感。诗作燃烧着青春激情，诗意浓郁，诗歌的语言也是当时同类作品的佼佼者。所以，几十年后的今天，这首诗作仍然为许多当年的知青所怀念。《理想之歌》是那个极左时代的典型产物，也是陕西知青文学前期诗歌创作的标志性作品之一。

《理想之歌》当年曾产生了广泛的影响。陕西知青作家和谷曾回忆道：“我是在1974年读到的《理想之歌》，受其影响，我和贾平凹创作了抒情长诗《工农兵学员之歌》，署名‘平凹和谷’，收入陕西人民出版社《放歌天安门》一书。”

《理想之歌》的作者之一，延安插队的北京知青、著名作家高红十曾对这首诗歌的创作有过较为详尽的回忆，现摘要如下：

以往一些文章把《理想之歌》的写作归于我一人，其实不然。除我以外，《理想之歌》尚有三个作者，他们是陶正，男，在陕西省延川县插队前系清华大学附中高二学生。他长期担任北京歌舞团一级编剧，中国作家协会会员，曾荣获全国优秀短篇小说奖。张祥茂，男，在内蒙古自治区丰镇县插队前系北京初中六七届毕业生。曾任中华全国供销合作总社副部级干部，已退休。于卓，女，在北大荒兵团前系北京1969年毕业学生。曾在《科技日报》担任过记者、编辑、编辑部主任。北京作协会员。已退休。

我在延安地区插队前是北京师大女附中初中1967年毕业学生。我们是1972年春季入学的北京大学中文系文学专业学员。北大中文系1970年首招工农兵学员，1971年未招，我们1972年入学，是中文系的第二届，工农兵学员的第三届。我们这届学员入学前在各地进行过简单的文化考试，文化水平全部初中以上，不像以往各届，有小学文化的学员。

《理想之歌》是我们四人创作的，谢冕老师指点过。责任编辑是人民文学出版社的杨匡满和孟伟哉。1973年暑假前，中文系文学专业刚刚分出创作班和评论班，我们四个都是创作班学员。那个暑假，我去内蒙古生产建设兵团看妹妹。妹妹的连队驻在乌海市下边一个叫黄白茨的地方。7月30日，我在兵团接到妈妈打来的长途电话，告知北大有任务，“文革”初期停刊的《人民文学》杂志拟于当年“十一”复刊，复刊号需要一首长诗，等我回去参加写作。此事是谢冕老师通知的。因为是暑假，外地学生都回家了，只找了几个家在北京的同学。

我8月初赶回北京，很快与陶正、张祥茂、于卓及那两位责编碰头。责编讲明诗歌的要求：为《人民文学》复刊，也为即将召开的党的十大和四届人大献礼。主题是歌颂党、歌颂祖国、歌颂青年一代的成长和理想。据责编讲，此事也找过一些刚刚复出的老作家，他们表示，还是让小将们写吧，小将们有虎气。当时，我们既兴奋又紧张，因为从未接受过这么重大的任务！《人民文学》哎，可是国家级文学刊物，能在上边发表作品，对我们几个大一刚过、大二还没上的学生是件难以想象的事情。我们生怕能力不逮，写不好长诗完不成任务。大致捋了一下内容，我们就回家各干各的了。

记得一开始分给我和于卓的是写歌颂党和祖国部分，分给陶正、张祥茂的部分的是写青年一代的成长和理想。几天后，碰头各念各的，征求意见再分头改。记得我写歌颂部分，用现代话语形容叫“宏大叙事”。写到最后已经没词儿，脑袋再也转不出大词儿。四位作者哪一位都不轻松。

9月初，我们将完成的两大部分初稿交给杨匡满，杨编辑很快看了，不满意那个歌颂的，决定放弃，让我们全力以赴改青年一代的成长和理想。思路一下子变得单纯了，记得张祥茂写的那部分题目就叫“理想之歌”，我们一致同意用这个题目。我们还确定用第一人称写，“我”是一个共和国同龄人、延安插队知青，也许我们中间有两个（我和陶正）曾是延安知青的缘故吧。

改完这一稿，我们就开学了。一开学就领受新任务，下去采访、写书。当时很正规的提法是：带着战斗任务组织教学，开门办学，走以社会为工厂的道路。当时听说《人民文学》又不复刊了，我们有点遗憾，但没觉得多么吃亏，只当是练笔，练了一回大手笔。

1974年年初，杨匡满又来找我们——我记得以后都是杨编辑来找，孟伟哉编辑不怎么来。我们被告知，《人民文学》暂不复刊了，但筹备复刊期间收到不少诗作，决定择优编书，我们的那个《理想之歌》还想收进去，请我们再改改。

此时北大正逢肃杀冬季，不光是气候节令上的，而且是政治运动上的，批林批孔已紧锣密鼓，文学专业创作班少不了参加批判和写文章……谁手头心上都不轻松。改《理想之歌》纯属额外任务，只能占用业余时间。一个全身心投入“上管改”的工农兵学员，哪里又有什么业余时间？丢手吧，实在不忍，毕竟花费好大心血了，何况一直觉得这是个东西，是个比大批判文章有价值的东西。挤时间改吧。

那时，张祥茂还在云南没有回来，我先动手了。我这回主要做的工作是捋出了顺序，之后其余人接受了我捋出的顺序：

第一部分，老知青迎接新知青到队，新知青问老知青什么是理想。

第二部分，回忆下乡之前“我”所受的方方面面的理想教育和影响。

第三部分，下乡后，贫下中农帮“我”端正了理想的航线。

第四部分，批判形形色色的非无产阶级理想观。

这中间，我们又改了无数次，用一句玩笑话形容：整个一复辟反复辟斗争。你改去我的，我又改去他的，他再改去你的……最后真是弹尽粮绝、黔驴技穷。我用陕北话大叫：没脑水了！没脑水了！最后的修改过程有两个见证人：马惠和沈小兰。她们也是延安插队知青，正在人民文学出版社修改反映知青生活的长篇小说，同样改得好苦。我记得我给她们大声朗读过，读一遍，嗓子都哑了，别人感觉怎样不得而知，反正我们挺激动。

1974 年 4 月，《理想之歌》最后交稿了。看得出来，编辑并不十分满意，但我们已是“死猪不怕滚水烫”，爱咋咋，爱谁谁，只求别让我们再动笔了。8 月，接到杨匡满打来电话，书已付印。

9 月，该书正式出版。第一版是绿色封面，没有图案。《理想之歌》成了书名，排序在目录最后，可能因为篇幅最长的缘故。据杨匡满后来介绍，该书第一版印了十万册。《理想之歌》的署名是：北京大学中文系七二级创作班工农兵学员集体创作。

1975 年年底，《理想之歌》被中央人民广播电台编辑成配乐诗朗诵。1976 年 1 月，《人民日报》全文刊出。这一下影响被放大了。当时几乎没有电视节目，电台就是覆盖面最广的传播媒体了。不少知青后来见到我都说，是从广播里听到的这首诗。

集体创作道出了时代的真实，现在可以叫历史的真实。该诗确实是四个人集体写的，这样写作是否合适，作品质量是否受影响属于另一个问题。我们当时、之后，直至现在都没有为此署名产生过任何疑义和异议。当时如果署了个人的名字，个人承受不起，也为时代不容。细看全诗，应该说陶正的东西更多些。他是我们中间最年长者，古诗词读得多，上大学前就和后来成名的路遥、谷溪合编过诗集《延安山花》。凡后来公认的佳句几乎都是他的。

前边说过《理想之歌》的题目最初是由张祥茂起的。“乘东风飞来报春的群雁”这句，我记得来自于卓那稿；还有你三我四就不大分得开和记得住了。不管谁多谁少，全诗代表我们全体的意思是不错的。时代变了是时代的事，当时我们可是很投入很倾心，真想把它写得更好。

那时没有稿酬，我们也压根儿没想到稿酬这档子事。每个作者的报酬是两本书。出版社送来的书不止每人两本。可是我们班主任说，你们不应该在这本书上有比别人更多的特权。我们觉得有道理，便心安理得地每人自取了两本书（一本给了下乡的妹妹，另一本不知辗转失落何处）。

由于我大学毕业当农民的选择，受到新闻媒介的关注。我在毕业务农申请上写道：《理想之歌》不光写在纸上，也要落实在行动上……这也是后来传媒把我认为是《理想之歌》唯一作者的原因之一吧。

1976年4月，《理想之歌》书第二版出版。第二版是根据《人民日报》上的版本收书的。这一稿由北京同学做了一些修改，加了紧跟当时形势的内容，如刚发表的毛主席诗词“世上无难事，只要肯登攀”等。书的封面也改了，白底，有了延安宝塔的图案。八万六千字，四又十五分之六印张，两张插页，定价0.34元。

1982年，日本九州大学教授岩佐昌璋先生写了一篇文章——《“文革”时期文学的另一面——高红十和她的〈理想之歌〉》。我在大约三年后从谢冕老师那里看到这篇文章并请人翻译。说实在话，我为文章入情入理的分析和独到见地感动。因为至今国内还没有人做这样的研究。摘录其中几段做本文结束语吧：

“70年代初期的中国，由一千二百万年龄接近、感情体验共通的青年组成了上山下乡集团。《理想之歌》首先是这一集团的文学，是这一集团确认自我价值的文学。”

“一年后的10月（1976年10月），‘四人帮’被逮捕，高红十正在陕北的一个山村务农。欢庆胜利大规模集会的锣鼓声和鞭炮声也一定传到了黄土高原。我无法推测，她那时想了些什么，但我现在可以确信，她一定听到了鞭炮声和锣鼓声。在她听来，是把她推向主角的时代的结束，是宣布产生她作品的上山下乡集团开始瓦解的送葬曲。”

“并不是每一代人都有自己的歌，但是高红十这一代人有着自豪奋进的《理想之歌》。这是一首未完成的悲歌。如果把这一代人被历史毫无道理地抛弃后的困惑、激愤和悲哀写进去，这才是一部完整的歌。《理想之歌》的未完成性，象征着‘文革’时期文学及其承担者的命运。”

四、 梅绍静的长诗《兰珍子》

20世纪70年代初，插队延安的北京女知青梅绍静创作了长诗《兰珍子》，以反映北京知青在延安当赤脚医生，为陕北人民送医治病为题材，这部诗集由陕西人民出版社在1975年出版，产生过很大的影响。

陕西作家和谷曾回忆道：史铁生远去了，由此链接到马平川谈陕西诗歌的文章，其中提及20世纪70年代陕北知青诗人史铁生、陶正、高红十、梅绍静，等等，便想到了他们，从书架上找出了梅绍静的《兰珍子》。书很薄，定价一毛六分钱，却在当时影响过陕西乃至中国诗坛。叙事长诗写了北京知青当赤脚医生的事，信天游格式有如李季的《王贵与李香香》和贺敬之的《回延安》，感受真切，尽管有那个时代背景的缺憾。

北京知青作家高红十是这样描述梅绍静和她的《兰珍子》：

1969年初，下到延安插队不到三万的北京知青里，出了个叫梅绍静的女子。梅绍静是北京大学附属中学高中二年级学生，差一年就要高中毕业考北大。“史无前例”一到，北大去不成了，她去了延安地区延长县七里村插队。她做知青的时间不长，在黄土高原待的时间不短。二十多年后，她才进北京大学中文系首届作家班。二十多年，足以让青年长成中年，天真变得老成，热诚变得淡漠。希望，经受失望一次次刀砍斧凿，已不再是初衷。二十多个春夏秋冬，个中滋味，梅绍静自斟自饮自去品尝。可以肯定的是，她对黄土高原有一份特殊奉献——把信天游当作新诗写，全面创新了信天游。

做知青的时候，她写了两首未见新奇的诗《庄严的时刻在今天》和《出诊》。后者为她的长篇叙事诗创作提供了契机。一年半后，她离开七里村到延安无线电厂当工人。这种职业的变动和距离的调整对她的诗歌创作极为重要。她开始写叙事长诗《兰珍子》，用诗讲述一个女知青当赤脚医生的故事。

可谓天时地利人和。天时——知青运动作为当时被肯定的“文革”成果；地利——黄土高原的生活有其独特的魅力；人和——新信天游既是符合延安文艺座谈会讲话精神的民间形式，又有较高的艺术性。《兰珍子》很快出书了。当时，知识青年能出版自己的单本诗作，全国能数出五个人吗？而且不用考虑订数、销路、经济效益。梅绍静红了。

“槐花瓣瓣满院撒……”这是《兰珍子》的色调、基调、情调所在。它的写法基本仿照《王贵与李香香》。对信天游的初步抚摸，使她极为倾倒，徘徊其间乐不思蜀，创新的意念或许还未发芽。

随着“文革”结束，新时期很快到来，新诗歌在思想解放、文学解放、文化解放中狂飙突进的啸声最初对她并非福音。她缭乱、失措、慌张，还有怕。害怕诗离她而去，害怕她与诗只是相逢却无相知的缘分。青年、知识分子统统往现代文明现代信息密集地聚拢——知识青年高考回城，“五七”战士回城，右派分子平反回城，梅绍静却悄悄地从陕西师大中文系退学，回到耳无乡音眼无旧友的黄土高原。

延安诗人曹谷溪曾回忆道：

1972 年秋天，我听说延安无线电厂有一个叫梅绍静的工人，以延川县赤脚医生孙立哲为原型，用信天游的形式创作了一部叙事长诗。1971 年，我在《人民日报》整版发表了关于孙立哲的长篇通讯，对陕北信天游我也比较熟悉，所以，我就决定约见这位作者。当我们在延安第二招待所相见时，才知道她是一个北京女知青。她个头不高，长得非常秀气，两根羊角短辫是当年北京女知青最多见的发型。她捧着一个小笔记本给我朗读了叙事长诗《兰珍子》中的两章，我连连赞叹写得好。她说还没写完。我从提包里取出仅有的三本稿纸给她，请她写完后誊清寄我。1973 年，在我主持的《山花》文学报上选发了其中一章。正值陕西人民出版社要增订再版我主编的诗集《延安山花》，我将这部叙事长诗推荐出版，在全国引起巨大轰动。她为诗歌而献身，是一个令人敬畏的“殉道者”。

无疑，《兰珍子》的创作经历，为梅绍静以后的诗歌创作打下扎实的根基，浓郁的陕北风韵，真挚的乡土情结，成为梅绍静在迎来文学春天之后，吟唱出动人绝唱的源泉。

第二章　春潮滚滚的文学勃发期

（1976—1986）

概　述

1976 年 10 月，随着“四人帮”的垮台，中国文学如滚滚春潮势不可当，冲破“四人帮”文化专制主义的桎梏，一批知青作家脱颖而出，成为文学领域中思想解放的先锋。领先突破、勇闯禁区、思想深刻、精品迭出、群峰并立，形成了这一阶段陕西知青文学的特点。

今天，当我们回顾历史的时候，很多人常以“新时期文学”来概括“文革”后的文学。这一时期的文学总体上有两个特点：其一，它发轫于 20 世纪 70 年代末的思想解放运动之后，作家群体普遍表现出一种探索、求新的强烈意识；其二，痛定思痛，对历史的清算和对历史记忆的书写，成为无可回避的主题。

在当时的中国文学高潮中，除过那些自新中国成立以来始终坚持写作的老作家以外，有两股新涌现的重要的创作力量：

其一，“文革”以前的一批青年作家。这些人在“文革”和“文革”以前遭受了种种不公正待遇，其中不少人 1957 年被划为“右派”，他们长期被剥夺了写作的权利。十一届三中全会以后，他们终于理直气壮地拿起了手中的笔，抒写自己对社会生活的感受，其势如冲破堤坝的激流，浩浩荡荡，推涌和成就了中国文学的黄金时代。这一批作家中，有陆文夫、高晓声、宗璞、方之、从维熙、王蒙、张弦、李国文、刘绍棠、张贤亮等一大批人。代表作品有陆文夫《美食家》、高晓声《李顺大造屋》与《陈奂生上城》、宗璞《弦上的梦》与《三生石》、方之《内奸》、从维熙《大墙下的红玉兰》、王蒙《最宝贵的》、张弦《记忆》与《被爱情遗忘的角落》、李国文《冬天里的春天》、刘绍棠《蒲柳人家》、张贤亮《灵与肉》与《绿化树》等。

其二，有过上山下乡经历的知青作家。一大批十多岁的青年学生背井离乡从城市到贫穷落后的农村，在艰苦的农业劳动中，在广阔的天地里，他们一方面如饥似渴地抓住机会学习，另一方面对生活、对社会有了自己深刻的思索。“文革”结束以后，知青作家这一群体凭借着自己的敏锐和活力，迅速跃上中国文学的潮头，创作了大量关于知青经历的小说，诉说了不可磨灭的时代烙印，从另一层面成就了中国文学的辉煌。

在全国范围内具有代表性并有知青经历的作家有：张承志、竹林、叶辛、梁晓声、张抗抗、孔捷生、王安忆、陆天明、韩少功、晓剑等，他们或直接在小说中描写知青生活，或者将自身知青经历中积累的生活思考反映在文学创作中。

以上两支创作力量支撑起彼时中国文学的大发展，也创造出彼时中国文学前所未有的辉煌。事实上，从 1976 年到 1985 年，不仅是中国文学的勃发期，也是知青文学的勃发期。就陕西而言，除了本土知青作家之外，还有曾在陕西插队落户的各地知青作家构成了陕西知青文学这一时期的创作主体，他们围绕陕北黄土高原、关中农村等农村题材创作出一批有影响的作品。

1977 年 5 月，《陕西文艺》第 5 期刊发了莫伸的短篇小说《人民的歌手》，成为陕西知青作家最早突破“四人帮”文艺桎梏的标志，也成为陕西知青文学进入新时期文学的先声。

1978 年，陕西知青作家莫伸的短篇小说《窗口》与贾平凹的短篇小说《满月儿》双双荣获首届全国短篇小说奖（即鲁迅文学奖的前身）。1980 年，陈忠实的短篇小说《信任》荣获第二届全国短篇小说奖。陕西知青作家群体走在全国前列。

莫伸，本名孙树淦，宝鸡市上马营铁一中 1967 年初中毕业学生。1968 年赴秦岭山区插队务农，1972 年后在宝鸡车站货场当装卸工，他是“文革”结束后陕西文坛取得突破性文学成就的第一人。由于有知青经历的生活积淀，加之对文学的热爱，粉碎“四人帮”后，他很快破茧而出，1977 年在《延河》发表的短篇小说《人民的歌手》一炮打响。北京人民广播电台将之改编成配乐小说，紧接着中央人民广播电台将之改编成广播剧。1978 年发表《窗口》再次轰动文坛，彼时从全国各地寄给他的信函只要写上宝鸡市莫伸收，邮递员就能准确送到，作品影响之大，可见一斑。1979 年，在全国第四届文代会上，中国作协主席茅盾表扬了全国十多篇优秀小说，其中就有莫伸的这两部作品，这在当时的作家中是唯一的。

1982 年 5 月，当陕西作家还在以写短篇小说为主的时候，莫伸又率先写出了直接抒写“老三届”知青生活的中篇小说《山林雾茫茫》，并很快在《十月》上发表。仅 20 世纪 80 年代，他围绕着知青题材便创作了散文《回顾知青》，短篇小说《山路蜿蜒》《相片》，中篇小说《沉寂的五岔沟》《宝物》，长篇小说《远山几道弯》等。他所创作的反映插队知青生活的四部中篇小说，三部都被《中篇小说选刊》选载。《沉寂的五岔沟》并获第三届上海《小说界》优秀中篇小说奖。由于“老三届”知青的特定身份，在陕西诸多作家创作的反映知青生活的长篇、中篇和短篇小说中，无论数量还是质量，莫伸都当之无愧地排在最前列。

莫伸能够从一名装卸工成长为作家，与他的知青生活是密不可分的。将近四年的知青生活不仅奠定了他文学创作的生活基础，而且奠定了他观察和思考社会的思想基础。他曾在一次访谈中不无感慨地说道，他们那一代知青作家中，无论叶辛、王安忆、竹林、梁晓声，还是张承志、张抗抗，大家的文化水准都差不多，上的学都少得可怜，但对生活的观察和思考这个作家必备的功夫却并不弱。归根结底，是农村给予了他们切实的基层生活感受，也给予了他们思想上的极大启蒙。

贾平凹《满月儿》获奖之后，不仅在创作上更有了坚定的信念，而且犹如春水破冰，一发而不可收。他后来连续创作出脍炙人口的中篇小说《腊月·正月》《鸡窝洼人家》等，一直到《浮躁》，几乎篇篇都是描写大改革背景下农村人的生活和心灵变化。直到 2013 年年初，他仍以持续不衰的势头又推出了长篇小说《带灯》，内容仍然是描写农村生活。他的这一视角与他本身就来自一个农民家庭以及他自己作为返乡知青，能有意识地、有思想地、长期地、真切地感受生活密不可分。农村经历奠定了他作为一个出色作家的坚实基础，不管他在什么时代搞创作，都流露出对农村变化、变革的深切关注。

陈忠实除《信任》之外，1979 年还创作了《猪的喜剧》，1980 年创作了《反省篇》《第一刀》《尤代表轶事》，1982 年创作了《蚕儿》《霞光灿烂的早晨》《田园》，1984 年创作了《马罗大叔——〈我自乡间来〉之一》等短篇小说，均围绕农村题材展开。在一次采访中，他曾强调他对农村生活的抒写与他作为返乡知青的农村生活有非常大的关系。那会儿他作为返乡知青回到家中，在参与劳动的同时，还与来自外地的插队落户知青相互交流，有了小说他们也是相互借阅，有了想法也相互倾诉。就这样一步步慢慢培养了他的创作意识，而对农村生活的耳濡目染使得他的创作始终没有离开自己熟悉的这片土地。

这一时期，全国的知青文学也曾出现过叶辛的长篇小说《蹉跎岁月》、卢新华的短篇小说《伤痕》等优秀作品，特别是《伤痕》，成为一个重要文学时期的名称和标志。陕西同期文学创作在其厚重、丰富和深刻等方面，和以上作品异曲同工，同样享誉文坛。

20 世纪 80 年代初，陕西知青作家在知青文学上的突破，其代表作品是路遥的小说《人生》。在这篇小说中，路遥成功地塑造了陕北返乡青年高加林这一人物形象，展现了一个不甘平庸的农村知识青年在人生追求过程中的曲折经历，以及最终在爱情和人生道路上酿成的悲剧，引起巨大反响，轰动全国。

路遥的《人生》，原载 1982 年《收获》第 3 期。陈忠实曾在一次采访中说，阅读《人生》对他思想上发生的撞击是那个时期他读任何文学作品都没有发生过的，路遥的《人生》给包括他在内的这一代作家打开的是文学的正常之路，那是让作家思考生活、感受生活、描述生活的一条真正属于文学的道路。由此可见《人生》在当时的影响力。它至今仍是青年人最喜爱的书目之一，它给予现代青年的心灵震撼虽不比当时，却也激励着一代代青年努力奋进，在取舍中选择人生的方向。

返乡知青作家王蓬因受父亲冤案牵连，全家由西安下放到汉中农村。当“文革”结束，思想解放的春潮在全国涌动之际，他以极其敏捷的捕捉，写出了一篇又一篇短篇小说。其中有令人喷饭而又辛辣冷峻的《牛绳大爷》，悲戚且又沉重的《银秀嫂》，亦幻亦真的《沉浮》和充满遐思漫想的《油菜花开的夜晚》等。

这些小说先后在《人民文学》和《延河》等刊物发表，为陕西知青文学的蓬勃推进带来了强劲的动力，也受到了读者们的热切关注。

当陕西本土作家们在热火朝天地驰骋文坛时，那些曾在陕北延川插队的一批文学青年更是热血偾张，以锐不可当的势头在中国文坛上相继登台。史铁生和陶正是其中最突出的代表。1983 年，陶正描写陕北老汉的小说《逍遥之乐》和史铁生描写陕北题材的小说《我的遥远的清平湾》，一同获得了当年的全国优秀短篇小说奖，堪称陕西知青文学史中的一个极大的传奇和亮点。

陶正 1968 年赴陕北乡村插队务农。据陕西作家商子秦回忆，在陕北一带，陶正可谓当时的文学领袖。他和路遥、闻频交好，路遥多次在言谈中表达了他对陶正的崇拜。在文学创作方面，陶正是在延安北京知青群体中的佼佼者，他才华横溢，曾是延川“山花作家群”的重要成员，也是曾产生广泛影响的长诗《理想之歌》的作者之一。1980 年他与王新纪、田增翔联袂创作长篇小说《魂兮归来》；1983 年又凭借短篇小说《逍遥之乐》获得了全国优秀短篇小说奖，即现在的鲁迅文学奖。

史铁生 1969 年去延安一带插队，因双腿瘫痪于 1972 年回到北京。后来又患肾病并发展到尿毒症。他曾这样形容自己的生活——“职业是生病，业余在写作”。1983 年，其短篇小说《我的遥远的清平湾》问世，成为陕西知青文学的一个突出亮点，它勾起了“老三届”知青对下乡岁月的深切怀念，该短篇也成为乡恋文学的代表性作品。之后，史铁生在 1986 年创作了中篇《插队的故事》，在 1992 年创作了散文《黄土地情歌》与《相逢何必曾相识》，几个短篇圆满地再现了他在延川县关庄公社关家庄大队插队的经历。正如他自己回想，刚去陕北插队的时候，他实在不知道应该接受什么样的教育，等他离开以后他明白了，乡亲们就是以那些平凡的语言、劳动、身世，教会了他如何跟命运抗争。他笔触淳朴自然，语言朴实憨厚，将黄土高原那种坚忍的精神表达得既恰如其分，又淋漓尽致。

进入 20 世纪 80 年代中期，朱晓平的中篇小说《桑树坪纪事》等系列作品，以其正视现实的严峻和苍凉，引起全国的关注。

从 20 世纪 70 年代末期到 20 世纪 80 年代初中期，陕西知青文学中的诗歌创作格外耀目。1979 年 12 月，渭水在《星星》诗刊卷首发表了组诗《挂甲屯的爱和恨》，这是一组歌颂老一辈革命家彭德怀的诗作，充满对历史的反思与拷问。

发表之后，反响强烈，一时间被人们争相传阅。1982年，荣获首届《星星》诗刊奖。1980年8月，商子秦的《我是狼孩》在《广州文艺》发表，在诗坛引起广泛关注。同年10月被《新华文摘》转载，受到老一辈作家丁玲等人的赞赏。刘斌的儿童诗《天上的歌》在《诗刊》发表后，荣获第二届全国儿童文学奖。叶延滨在《诗刊》首届青春诗会专号发表组诗《干妈》。梅绍静的《唢呐声声》在《诗刊》发表，在当时形成了蔚为壮观的态势，标志着陕西知青诗歌达到一个新的水准。

特别是商子秦与渭水，诗歌创作不仅在数量而且在质量上均达到了一定的广度和深度。在经历了知青生活及十年"文革"之后，他们能以一种高度开阔的视野与境界来反思整个国家在这一历史时期所走过的曲折路程。梅绍静进入20世纪80年代后，其诗歌创作渐入佳境，代表作有《三片叶子》《母亲》《日子》《陕北女子》等乡恋诗歌。1986年出版了诗集《她就是那个梅》。

陕西知青作家在新时期文学中，以其独有的亮点，为中国知青文学增添华章，成为中国文坛一道亮丽的风景线，在当代文坛留下永恒的记忆。

一、莫　伸：短篇小说《人民的歌手》《窗口》获全国优秀短篇小说奖

1977年春天，粉碎"四人帮"后不久，《陕西文艺》第5期重点推出了短篇小说《人民的歌手》，作者莫伸。这篇以人民群众深切悼念周总理为题材的小说，讲述的是1976年周恩来总理逝世，全国人民陷入深切的悲痛中，一位喜爱唱歌的青年女工，被她的上级、"四人帮"的爪牙逼迫登台演唱。她强压悲愤予以拒绝。直到"四人帮"被粉碎之后，才重新走上舞台，并用自己的歌声深切怀念周总理，受到了群众热烈的欢迎，被称为"人民的歌手"。

从今天的角度来看，故事相当简单，但这篇小说是全国最早出现的冲破"四

人帮”的“三突出”文艺模式、“假、大、空”文学语言和公式化的故事情节的作品，为当时还在“四人帮”文艺流毒影响下的文坛带来了一阵可喜的清风。小说反映的是人民群众的真实情感，塑造的是真实可信的人物形象，一经发表，立刻产生轰动，很快被北京人民广播电台、中央人民广播电台先后制作成配乐小说和广播剧播出，并被翻译成英文教材。之后，作为革命故事讲进了北京，讲到了北戴河，又改编成连环画。

关于这篇小说的发现和发表，要追溯到1977年的初春，时任《陕西文艺》编辑部小说组组长的路萌来到宝鸡，谈到在自然来稿中发现了一篇宝鸡业余作者所写的小说，经编辑部同人们审看，一致认为这篇小说故事真实感人，语言清新优美，是能够在全国产生轰动的好作品。作者叫孙树淦（莫伸），在宝鸡铁路东站货场工作，此前从未发表过作品，是一位纯粹的文学新人。宝鸡市文艺创作研究室理论干部、陕西著名文艺理论家白冠勇得知此事，当即陪同路萌到莫伸工作的宝鸡东站货场，将莫伸接到文艺创作研究室。两人详细了解了莫伸的工作和写作状况，还带走了莫伸新创作的作品。不久，《人民的歌手》发表，不出编辑部所料，立即产生了巨大的反响。短短一段时间，莫伸便成为这座城市的明星人物。同年秋天，陕西省召开文艺创作大会，著名作家杜鹏程在发言中高度评价了莫伸的这篇小说。

将近四十年后的今天，重新审视《人民的歌手》的艺术价值和历史意义，我们可以正确地指出这篇小说在艺术上的不成熟——这和许多当时曾经风靡一时的作家和作品是完全一样的。在特定的历史条件下，文学创作仍然受到局限，放开手脚仍然有待时日，也因此，它（它们）并不能够代表这一批作家其后日臻成熟的、更高的艺术水准，但同样需要指出的是，这篇小说是陕西知青作家中最早冲破“四人帮”的文艺束缚，引领文学重归现实的范本。在整个文学作品还“帮”味十足、“假、大、空”盛行之际，这篇小说犹如冲决冰坝的第一波春水，带来了文学真实地表现人民群众情感和心声的新风，也毫无悬念地成为陕西知青文学在中国新时期文学十年进程中的起点。

《人民的歌手》发表半年多后，1978年1月，莫伸在《人民文学》又发表了短篇小说《窗口》。小说讲述了一个铁路售票窗口的故事，通过生动传神的人物形象，呼唤美好的心灵、呼唤互相尊重的美好的人际关系，道出了大家久久郁积的心声，引起广大读者的心灵共鸣。1978年，《窗口》荣获首届全国短篇小说一等奖。

时任《人民文学》编辑部小说组组长的涂光群，曾撰文回忆了《窗口》的发表经过：

《窗口》是一篇投稿。作者莫伸是陕西宝鸡的一位年轻业余作者。粉碎“四人帮”后，他曾在陕西省的文学刊物《延河》发表了一篇以悼念周总理为题材的小说，这就是他留给《人民文学》编辑的印象。那时《人民文学》的刊风，非常关注各地新露头的作者。莫伸有幸，稿件寄到编辑部，便受到女编辑向前的重视。她很快看完稿，给予肯定，将稿件送给我复审。我们两人意见完全一致。剩下的问题是在文字上做些加工，修改、压缩作品，主要是文字压缩，使小说的结构紧凑点，文字精练点。而小说结构松散，文字拖沓，往往是一些业余作者易犯的通病，莫伸当时也在所难免。

我记得原稿被向前压缩掉近三分之一篇幅，小说反而更加精练、集中、可读了。我将此作安排在 1978 年第 1 期小说的头条。比较之下，觉得只有这篇小说做头条较为合适。虽则莫伸那时并没有很大的名气，编辑部也没有人见过他，同他相识，而排在这篇小说后边的也有名家之作。但权衡之下，还是让它打了头。此种安排在编辑部无异议地通过了。这是当时的实情，我们肯定这位新作者作品的现实意义，但并没有对它做出很高的评价。

小说发表后引起社会各界的热烈反响，大大超出编辑部的预料。其几乎不亚于《班主任》的受欢迎，读者来信也是雪片般飞来……1978 年首届全国优秀短篇小说评奖，《窗口》没有争议地名列前茅。我也是在这次评奖会上才第一次见到青年作家莫伸，他本名孙树淦，莫伸是他的笔名。是一位长得白净清秀，也可以说是“秀外慧中”的年轻人。

莫伸的小说《人民的歌手》《窗口》闪亮问世，成为文学新时期陕西作家的领跑者；同时，也打破了陕西作家多年来一直局限于农村题材的局面，率先涉入城市领域的小说表述。

二、贾平凹：短篇小说《满月儿》获全国优秀短篇小说奖

1978年，在全国首届优秀短篇小说评奖中，贾平凹的短篇小说《满月儿》与莫伸的《窗口》一同获奖。这一年贾平凹刚刚二十六岁，是当时获奖作者中最年轻的三位之一。

贾平凹是陕南商洛市丹凤县的返乡知青，1952年2月21日出生于丹凤县棣花村。父亲是乡村教师，母亲是农民。“文化大革命”中，家庭遭受毁灭性摧残，沦为“可教子女”。1972年以偶然的机遇，进入西北大学学习汉语言文学。1975年毕业。后从事过几年文学编辑工作，先后任陕西人民出版社文艺编辑、西安市文联《长安》文学月刊编辑，1982年后成为专业作家。

贾平凹很早就显示出在文学上非凡的才华，1974年在西北大学上学期间，就已经开始发表作品。20世纪70年代中期，先后发表了大量的短篇小说、散文和诗歌作品。在1978年获奖之前，贾平凹在陕西就已经有一定影响，是各个报纸杂志所重视的青年作家。

从开始创作，贾平凹的写作题材就多以农村为主。他以一个山地青年天真的眼睛发现了爱和美，作品清新明丽，语言生动优美，富有灵气。他的短篇小说《满月儿》发表于《上海文学》，宛如林中月下吹奏着一支清新动人的柳笛，因而引起评论界的注意，并在全国短篇小说评奖中脱颖而出，荣获大奖。

《满月儿》的责任编辑是《上海文学》的唐铁海。这是一位有着四十多年编刊经验的资深编辑，先后在《萌芽》《收获》《上海文学》工作，经他手曾编发过刘绍棠、浩然、从维熙、陆文夫、王愿坚等著名作家的作品。贾平凹的小说《第一堂课》《满月儿》就是老唐从成堆的自然来稿中发现并在《上海文学》刊出的。

贾平凹曾在一篇文章中，带着深深的感激之情，记述了唐铁海对他的扶持和帮助：

1977年冬天，我正在农村驻队，发疯地练习写作，但总是稿件源源不断地投出去，又源源不断地寄回来，不免对报刊编辑有了埋怨。一天，突然收到厚厚一封信，竟是《上海文学》来的，署名是唐铁海。他热情地肯定了我寄去的《第一堂课》《满月儿》，字书写得极好。这是我在那数年里收到的最长的最认真

的编辑来信，至今还保存着。

自那以后，我们的信件往来十分频繁，我的短篇也写得更多，每写一篇就先寄给他看，声明并不是投稿，而是求正。1978 年，我到北京开会，我的女儿快要出世了。唐铁海偶尔听人说后，竟买了一个很大的布娃娃托人从上海带到北京送我。几天后，我就带着布娃娃赶了几千里路回到老家。第二天，女儿也真的降生了。这布娃娃给了我许多诗的感受，就在我爱人坐月子期间，我还是趴在床头写成了三篇小说和一个散文。

我那时挺可怜的，爱人迟迟调不进城，唐铁海连连给陕西省有关领导写信，希望给予解决。虽然那信没有起到什么作用，但我们夫妻感动得直流泪。他现在虽然已不从事编辑工作了，但我会永远记着他的。他在我未出名的时候真诚指导，鼎力相助，我没有什么可报答的，至今也没有去上海看过他，我只有好好创作，用不断的新作来妥安他那一颗善良的心。

三、 陈忠实：短篇小说《信任》获全国优秀短篇小说奖

在 1980 年第二届全国短篇小说评奖中，陈忠实的短篇小说《信任》荣登金榜，为陕西文学界和陕西知青文学赢得殊荣。

这次获奖同时也标志着陈忠实的重归文坛。陈忠实，曾走过一段艰辛而又曲折的历程。1976 年，《人民文学》发表了陈忠实的短篇小说《无畏》，正是这篇由《人民文学》编辑部组稿，作为配合当时形势，带有完成任务性质的小说，让陈忠实曾接受各级组织的调查。尽管《人民文学》编辑部主动承担了当时组稿并邀请陈忠实赴京创作的责任，但陈忠实还是受到了很大影响，职务由公社党委副书记变成了文化馆馆长。

陈忠实回忆道：“1978 年秋天我从公社（乡镇）调到西安郊区文化馆，专注于阅读，既在提升扩展艺术视野，更在反省和涮涤极左的思想和极左的艺术概念。有整整三个月的时间，完全是自我把握的行为。到 1979 年春天，我感到一种表述的欲望强烈起来，便开始写小说，自然是短篇。在西安的一次文学聚会

上，《陕西日报》长我一辈的老编辑吕震岳当面约稿，我给了他一篇《信任》。这篇六千字的小说随之被《人民文学》转载（那时没有选刊，该杂志辟有转载专栏）。到1980年年初被评为第二届全国短篇小说奖。”

这篇小说的获奖，不仅是一种政治上的标志，而且还是艺术上的一次突破。陈忠实在一篇文章中写道：“新时期文学一开始，我写过几个短篇，其中有一篇获得了全国奖项，这在我当时已经发表过的一些小说里，是篇幅最短的一个，六千字。就我个人当时的创作状态来说，这也是一个突破，是短篇小说写作由长到短的突破。在此之前，我的短篇小说一直都是一两万字，反而短不了。当时《陕西日报》文艺副刊的一位老编辑向我约稿，他再三申述一个条件，就是报纸一个整版就发六千字，写长了也用不了。我为他写成的这个短篇《信任》，后来获第二届全国优秀短篇小说奖。这篇小说我原来计划写一万四五千字，那位老先生是我很敬重的一位老编辑，长我十多岁，他约稿，我很看重。后来就在小说结构上下了一番功夫，一边写着，一边码着稿纸算字数，最后这个小说写到六千字。这位老编辑把我‘逼’到这一步，却让我在创作上实现了一次突破，那就是如何把短篇写得更精粹，没有废话。”

陕西的老一辈作家非常关心陕西青年作家的成长，关于《信任》还有这样一个故事：当老作家王汶石在《陕西日报》上读到陈忠实的《信任》之后，立刻给《人民文学》推荐，使这篇小说再度发表于《人民文学》，产生了更加广泛的影响，为之后获得年度全国短篇小说奖打下了基础。2013年，在一次王汶石的夫人高彬老师和杜鹏程的夫人张文彬出席的文学界聚会中，陈忠实表达了对陕西老一辈作家当年扶植自己的感谢，还为这次聚会个人付款埋单，以表达自己的感恩之情。

四、刘　斌：儿童诗《天上的歌》获第二届全国儿童文学优秀奖

粉碎“四人帮”之后，陕西知青文学中的诗歌创作也出现了新的突破。1977年10月，陕西知青诗人刘斌在《诗刊》发表儿童诗《天上的歌》。这首诗作以

信天游联句小节，描写了一个儿童与周总理在天上相会的幻觉世界，想象丰富，感情真挚，被誉为“亿万少年儿童心中的歌”。在《诗刊》社、中央人民广播电台、《儿童文学》编辑部、《中国少年报》联合举办的盛大儿童诗歌朗诵演唱会上被朗诵，产生广泛影响。1980 年，《天上的歌》荣获第二届全国儿童文学优秀奖。

著名诗歌评论家吴思敬曾为这首诗写下《读〈天上的歌〉兼谈儿童诗的幻想》的诗评文章，发表在 1978 年 3 月 11 日的《光明日报》上，他曾回忆道：“《天上的歌》的作者是陕西青年诗人刘斌，这首诗借用一个延安儿童的视角怀念周总理。我当时根本不知道刘斌是谁，也没有人向我约稿，我只是读了这首诗很感动。因为它以一个陕北儿童的视角，想象在‘天上’与周总理的见面，写得十分动情，在众多怀念周总理的诗歌中别具一格。当然，我之所以选这首诗来评，更重要的还是出于对‘四人帮’倒行逆施、极左政治的反感。1976 年的四五运动时，我住在南池子的普庆前巷（现恢复老名称为普渡寺前巷），离天安门广场咫尺之遥，在院子里都能听见广场上高音喇叭的声音。我在广场感受到人民群众对周总理的深情厚爱，感受到对‘四人帮’的鄙视与愤慨，但这样的行动居然被说成是‘反革命事件’！现在终于可以公开说话了，我是借评刘斌这首诗来消除自己心中的块垒。当时也没有想到这篇诗评有那么大的反响，在《光明日报》发表后，又被中央人民广播电台录成专题节目，由著名演员张桂兰朗诵《天上的歌》，然后播送我的评论，广播了多次，连邻居都知道了，说吴老师您给电台写稿了。我的文章见报后，刘斌认我为知音。那时，他在共青团陕西省委工作，编《陕西少年》，后来通过在北京工作的陕西老乡从光明日报社打听到我的通讯地址，开始有了书信往来，成了朋友。”

刘斌思维活跃，想象丰富，文学功底厚实，观念超前，富于深度，有其独特的文学风格，在陕西知青作家群中颇具个性。《天上的歌》是陕西知青诗人在粉碎“四人帮”之后，绽放出的第一枝告别寒冬的报春花。

五、渭　水：组诗《挂甲屯的爱和恨》获首届《星星》诗刊创作奖

渭水，本名周抗美，西安陕西师大二附中初中 1967 年毕业学生。1968 年 10 月，赴宝鸡县硖石公社姜王四队插队务农，1971 年 10 月招工分配到宝鸡市测量队。20 世纪 70 年代中期，开始在地、市文艺报刊发表诗作。

1979 年 12 月，渭水在《星星》诗刊卷首发表了组诗《挂甲屯的爱和恨》，这组诗充满对彭德怀元帅的深情讴歌，充满对历史的反思与拷问。发表之后，反响强烈，引起诗坛关注，一时间被人们争相传阅。1982 年荣获首届《星星》诗刊奖。

渭水在《星星》诗刊 1997 年 1 月号发表的《星星知我心》一文中谈道：

1979 年，沉积多年的冤假错案终于得以平反昭雪。此时，我在《人民日报》上读到一篇描述彭大将军 1959 年被罢官后，在北京郊区挂甲屯一段生活的片段……那一幕幕令人涕下的情景，使我再也抑不住自己潮涌的激情……回想到我的父亲周军（剧作家）曾因将杜鹏程的同名小说《保卫延安》改编为话剧，搬上舞台，在“文革”中被扣上为彭德怀树碑立传的“罪名”，而备受迫害……我当晚一口气写出了组诗《挂甲屯的爱和恨》。几天后，便投寄出去。

不久，此稿被退了回来。我先后又试投几家刊物，结果无一采用。10 月间，我携此稿请教陕西作家李小巴（他是我的启蒙老师），他认真读后，予以肯定，并告诉我，《星星》诗刊已正式复刊，怂恿我将诗稿投寄《星星》。此稿辗转近半年，屡屡退稿，我确实已难于自信。犹豫再三，只是抱着一线希望，斗胆将诗寄给了《星星》。11 月中旬，我收到《星星》一封回信，急忙打开，小小的一份稿笺上面潇洒、流利的字迹映入眼帘，清清楚楚写着：“你的大作《挂甲屯的爱和恨》已定于 12 月刊发。”落款时间 11 月 12 日。这碰巧是我二十九岁的生日，我当时不知有多么兴奋和激动啊！

记得收到《星星》12 月号刊物的那一天，我打开目录往下搜寻，却怎么也找不到自己诗作的篇目。最后突然发现，《挂甲屯的爱和恨》竟排在卷首位置。一位无名作者的处女作，被刊在一个在国内有广泛影响的诗刊卷首位置，这真是

想都没有敢想过的。我身边的诗友闻讯后，大受鼓舞，纷纷向《星星》投稿。

四川诗评家余小刚在评论渭水诗作文章中谈道："如果说《挂甲屯的爱和恨》决定了渭水的诗人的人生，那我更认为，它奠定了渭水以后诗歌关注时代，伸向社会的特质。"

六、商子秦：诗歌《我是狼孩》引起诗坛广泛关注

商子秦系西安"老三届"知青，1968 年 10 月，赴宝鸡县固川公社四家坪大队插队务农。20 世纪 70 年代初期，开始发表诗作。1980 年 8 月，商子秦在《广州文艺》发表诗作《我是狼孩》，立即产生轰动效应，引起人们广泛关注。同年 10 月被《新华文摘》转载，受到老一辈作家丁玲、北大中文系主任杨晦、广东文艺评论家梵扬等人的好评。

商子秦曾在《广州文艺》写过一篇回忆文稿谈及：

1980 年的 8 月，我突然收到《广州文艺》寄来的两册刊物，直觉告诉我，一定是有作品刊发了，于是便掀开刊物向后翻去。当时的诗歌多排在刊物的中后部，一页页翻完，不但未见一篇我的作品，甚至连诗歌栏目都未找到，不禁有点惶惑。于是，再翻回到目录，不看则罢，一看大吃一惊。一组诗作"心灵的呼唤"排在刊物头条，而拙作《我是狼孩》正排在刊物的第一页。组诗之后，还配发了梵扬老师的一篇专评，其中对《我是狼孩》给予中肯的点评。我做梦都未想到，自己的诗作能得到刊物的如此厚待。

这首诗作创作于 1979 年秋天。记得最初是在一个文艺座谈会上，我发言时说道："我们这一代人是吃狼奶长大的。"会后，当时尚是《陕西日报》记者的肖云儒老师（后来曾任陕西省文联副主席，著名的文艺论家）立即对我说，把这个想法写成作品。是夜，我便一鼓作气，写下这首诗作。记得时任《延河》

副主编的老诗人玉杲看后十分兴奋，并要我再作浓缩。至今我还记得他的原话：一把糖放在一盆水中就不甜了。然而，因种种原因，这首诗在陕西久久无法刊出。失望和不服之余，我便斗胆把诗作寄往我素不相识的《广州文艺》。有了这段曲折，我自然加倍对《广州文艺》怀有深深的感激之情。

这期刊物是1980年第8期《广州文艺》。诗歌编辑也是一位青年诗人，叫朱光天。不久，光天老师来信告知这期刊物和我的诗反响强烈，并转来部分读者来信。两个月后，《新华文摘》转载了《我是狼孩》。陕西知青作家莫伸在北京文讲所学习回来后也告诉我，老作家丁玲在中国作协文讲所给他们讲课时盛赞这首诗作。

当年12月初，北大中文系主任、老作家杨晦在《人民日报》撰文纪念“一二·九”运动，文中节录了我的这首诗作。诗评家叶橹在《诗探索》中论及80年代初的青年诗歌创作时也谈到《我是狼孩》。最有趣的是1983年我赴新疆参加绿风诗会，在报名处，刚刚报上姓名，便听到一声大呼：“啊，狼孩来了！”

《我是狼孩》是迷茫的一代在觉醒中对于“文革”进行人性的解剖，狼性的控诉，具有强烈的批判精神和深邃的忏悔意识。三十五年后的今天，重读这首动人心弦之作，仍不过时。

七、叶延滨：组诗《干妈》获首届中青年诗人优秀诗歌奖

伴随着陕西知青诗歌第一轮冲击波，正在北京广播学院就读的叶延滨，在《诗刊》1980年首届青春诗会专号发表了组诗《干妈》，抒发出对延安老区父老乡亲的深情眷念，在诗坛引起强烈反响。

叶延滨是1968年从四川赴延安李渠插队的下乡知青。他的代表作之一《干妈》，虽然描写的对象不是知青，但是以一个延安知青的视角，讲述延安民众和

知青之间的一个个生动的故事，应该属于本义上的知青文学作品。

叶延滨是在陕西成长起来的著名诗人，他自己曾回忆道：

我的创作是与《延河》分不开的，可以说是从《延河》起步的。我是上世纪“文革”前“老三届”的高中生……我在延安农村当了四年知青，在农村我的第一个职务是生产队副队长和知青组长。后来，又在延安富县的军马场当仓库保管员和在陕南略阳的2837工程处当团委书记和新闻干事。1973年2月，收到《延河》（当时叫《陕西文艺》）的邀请，到西安参加“诗歌创作会”，到会的二十多个作者中，我是唯一还没有发表过作品的诗人。同年3月，我在《解放军文艺》和《陕西文艺》分别发表一首小诗，算是开始了我的文学创作生涯。当年夏天，我被借调到《陕西文艺》当工农兵编辑，大概有半年时间，在东木头市老《延河》的小院里，认识了杜鹏程、魏钢焰、王丕祥等文学界前辈，也初识了在小院里出入的陈忠实、贾平凹、路遥……更难忘的是，在编辑部工作期间，以“进行大批判需要资料”为由，从图书室里借出了大量的中外诗歌名著。这是我第一次集中阅读中外诗歌，上百部诗集，有传统经典，有外国名著，还有当时借内部批判黄皮的苏联当代诗人作品集。所以，我的创作生涯的起点是《延河》，我的编辑生涯的起点也是《延河》。

1978年，叶延滨考入北京广播学院上大学的第二年，便开始在《诗刊》上陆续发表作品。1980年夏天，叶延滨参加了《诗刊》的首届青春诗会。他所交的作业，就是他的成名作《干妈》。

当时，叶延滨以饱满的创作激情，表达出他内心里积淀的真情。他一气呵成，以炽热的诗行写下了《她没有自己的名字》《灯，一颗燃烧的心》《铁丝上，搭着两条毛巾》《饲养室里的马列主义》《驮炭的毛驴走在山道上》《夜啊，静悄悄的夜》《我怎能吃下这碗饭》《太阳与大地的儿子》《我愧对她头上的白发》九首诗。在诗中，叶延滨讲述了一个个关于干妈的生动故事，在《灯，一颗燃烧的心》中讲述，裹着小脚的大娘冒着风雪跑了三十里山路，为知青娃买一盏新罩子灯，好让他在夜晚读书；在《我愧对她头上的白发》讲述，那个四十年前曾演过《兄妹开荒》，“挖掉了穷根根眉梢梢笑”的新媳妇，却在共和国的年代“没牙的嘴啃着掺糠的窝窝，佝偻的腰背着沉重的柴草；贫困熬尽了她生命的最后一滴血，枯了，像一根草……特别是一些凝重而深情的诗句，引人深思，同时深深拨动人们的心弦，催人泪下：

延安啊，革命的穷娘/贫瘠的山冈/枯瘦的胸膛/给人吃米/自己吞糠/过去这样，现在这样/见到三五九旅的老将/当儿孙的咋有脸讲……

这是一组感情深挚、格调清新、短小精悍的叙事组诗，触摸到现实的沉重与无奈，倾吐了一代知青对土地、对人民一种群体性的愧疚和反思，深沉的回忆中充满百感交集的忧患意识。诗中出现的是具体的生命和情感，农民对知青的善良、慈爱，在诗人心中唤醒了崇高的人性情感。他们因为这种大爱而获得的对人生的领悟，思想和情感得以升华。

在青春诗会上，叶延滨在发言中强调：“在我们今天的时代和社会中找到自己的坐标点，在纷繁复杂的感情世界里找到与人民的相通点，在源远流长的艺术长河中找到自己的探索点。三点决定一个平面，我的诗就放在这个平面上。”这段论述作为叶延滨的创作思想，指引着他日后的诗歌创作走向。

许多年后，当《延河》记者在采访叶延滨时问道：“您 1968 年高中毕业，不远千里来到当年条件极为艰苦的陕北延安插队落户，这段特殊的经历，让您在十年后以组诗《干妈》轰动诗坛，也成为您的代表作之一，能简单讲述一下创作背景吗？”

叶延滨回答：“谢谢你愿意提我三十多年前这篇成名作，当时能轰动，是因为当时有几千万人当过知青，大学里坐满了从农村回到课堂的知青。我写的是我自己真实的故事细节，也是这几千万知青自己的情感，轰动也就可以理解了。今天人们还总提起这篇诗作，是因为有一代人不会忘记的这段历史。除了共同的命运以外，我认为，我在诗中不仅写了知青的命运，还说了老百姓的愿望：‘……人民好比土地/啊，请百倍爱护我们的土地吧——/如果大地贫瘠得像沙漠/像戈壁/任何种子都将失去发芽的生命力！’三十多年前对一个执政党说出这样的话，也许只有诗人！”

1981 年 5 月，《干妈》获中国作家协会首届中青年诗人优秀诗歌奖。

八、莫伸：《山林雾茫茫》首开陕西知青题材中篇小说先河

1982年5月，大型文学期刊《十月》在当年第3期刊物上，发表了莫伸的中篇小说《山林雾茫茫》。这是当时陕西作家中，第一个用中篇小说的形式直接涉入知青题材，它有力地推进了陕西知青小说的创作。

《山林雾茫茫》讲述的是一群知青在秦岭山区上山下乡，在艰苦的生活环境中磨炼成长的故事。在20世纪70年代初到80年代末，莫伸曾创作了许多铁路题材的短篇小说。其中《雪花飘飘》《月台静悄悄》等多篇都受到好评并获奖。这一时期，知青题材的小说在全国不断出现，像竹林的《生活之路》、孔捷生的《在小河那边》等都产生了巨大影响，这些小说基本都属于伤痕文学。

1980年，莫伸参加了北京文讲所的学习班（即北京鲁迅文学院的前身），他和王安忆、竹林、孔捷生、张抗抗等在一起学习，这些来自全国各地的文学精英的创作，自然而然对莫伸产生了潜移默化的影响。文讲所学习结束后，莫伸开始新的探索，他从自己亲身经历的知青生活中提炼素材，完成了中篇小说《山林雾茫茫》的创作。他的小说真实地再现了知青的生活状态，没有回避知青生活的艰辛，但又不是单纯对曾经“伤痕”的暴露，而是在苦难中磨砺品格、升华希望。

《山林雾茫茫》是莫伸创作的首部中篇小说，也是他接到采用通知最快的一部中篇小说。他曾说：

我创作生涯中，完成创作后得知被正式采用的消息最快的有两部作品。一部是短篇纪实作品《阿拉木图的中国人》。当时我到北京出差，将稿子拿给中国工人出版社主办的大型刊物《开拓》，主编雷抒雁接手后，当场将一万多字的稿子看完，之后拍板采用，下期就刊出。而中篇小说中，采用通知最快的是《山林雾茫茫》。《山林雾茫茫》创作于1981年。小说写好后，先拿给我的好友、宝鸡铁二中的语文教师余明忠看。头一天晚上看，第二天晚上他吃过饭后来找我，一进门就说这篇小说写得好。在他的鼓励下，我很快将小说寄给《十月》编辑部。

80年代中国的交通运输还相当落后。稿件从宝鸡到北京需要三天到达。同样，北京的回函也需要三天才能到我手中。我完全没有想到，稿件发出的第七天，我就收到了编辑侯琪大姐的回信，告诉我编辑部决定采用这篇稿子。至今我记得非常清楚的是，信中夸奖了这部小说的其他方面后，还专门提到山区优美的自然风光写得好，并且借景生情，借景抒事，情景交融，起到了“意在不言中”的作用。信中还说，这篇稿子先是送到了《十月》编辑部的领导苏予那里，苏予让侯琪先看一下。结果侯琪当天就看完了，说写得不错，立即报送苏予。紧接着苏予同样当天便看完了稿子，仅仅一天，正式采用这部中篇小说的决定也就同时做出。

至今我怀着深深的感激，感激苏予和侯琪两位大姐对我的关怀。还有《十月》的编辑张守仁，是那么真挚地关心和扶持每一位作者。我记得非常清楚，有一次我和张守仁谈文学创作，他很负责地给我提了很多很好的建议。尤其是建议我“一定要写出真正属于自己的东西”。他说了很多，令我感动，我说：“要是有一天我真的写出了更好的作品，我一定请你的客。”他回答：“真要是你写出那样的作品，不是你请我的客，是我要请你的客。”这样一种编辑和作者的关系，是我至今都深深怀念的。

在陕西作家中，莫伸突出的特点是具有一种广阔的艺术视野和开创精神，他的许多作品，不仅在题材上，而且在艺术形式的选择上，都是对自己以往创作成就的不断突破。他从短篇小说到中篇、长篇小说，再到长篇报告文学，到电影剧本、电视连续剧剧本，等等。他从铁路题材、知青题材、情感题材、农村题材，样样题材都写得得心应手。

陕西知青文学的重要参与者、诗人朱文杰对莫伸的创作有着这样的评价：“莫伸创作上分两大类，一是在铁路上干了十多年，装卸工出身的他以反映铁路的文学作品闻名于世；而另一类是知青文学，例如长篇小说《年华》，中篇小说《沉寂的五岔沟》《山林雾茫茫》《宝物》等，这些作品鲜为人知，宣传不够，似乎不能与他的铁路作品相比。实际上我的感觉，这些知青文学都是沉甸甸的历史，反映知青文学达到的深度、广度，更有不同一般的艺术魅力。说实话，我更推崇莫伸这一类触及灵与肉更细微精致的作品。这是认识莫伸的一个更深邃更透亮的窗口。”

九、路　遥：小说《人生》打造知青文学经典之作

进入20世纪80年代，陕西知青作家在本义的知青文学上取得辉煌成绩，其代表作品则是路遥的小说《人生》。在这篇小说中，路遥成功地塑造了陕北返乡青年高加林这一人物形象，展示了一个不甘平庸的农村知识青年在人生追求过程中的曲折经历，以及最终在爱情和人生道路上酿成的悲剧，从而引起巨大反响，轰动全国。

陕西女作家，原《延河》杂志副主编张艳茜写下了题为“路遥和《人生》”的长文，详细介绍了这部经典之作的创作过程：

1981年春，路遥的《惊心动魄的一幕》荣获全国优秀中篇小说奖，去北京参加颁奖会时，恰逢中国青年出版社编辑王维玲向他约稿，路遥答应下来。那时刻，路遥想起了一个题材，在过去的两年时间里，他一直想写出来。那是积淀在内心深处很久的一段感情经历，由于是自己刻骨铭心的情绪记忆，一旦打开，情感的波涛就会喷涌而出。路遥意识到这个题材对自己极为重要，必须经过理性的过滤和思想的观照，才可能揭示其广阔的意蕴和深邃的哲理，如果随随便便写出来，可能会把一个重要题材糟蹋了。

早在1979年，路遥就开始尝试着进入创作。他为这部重要的作品取名为“你得到了什么”，写完以后，自己觉得很不满意，没有传达出深层的东西。第二年，他又另起炉灶，但依然没有写出能震撼人心灵的那种内在的思想与情感张力。他苦闷、他绝望、他愤怒，亲手把自己写出来的东西一页页撕掉。

在准备了两年之后，路遥觉得对这篇小说已有了较充分的把握。1981年夏天，路遥背上一个军用旅行包，回到陕北，回到黄土地，住在靠近延安的甘泉县招待所，开始了《人生》的写作。

原来的招待所服务员后来谈到路遥时，回忆说，路遥写东西可用心了，也可苦了，彻夜不睡觉，前后房子里摆的满是书籍和资料，还有写下的稿子，房子搞得可乱了。他很和气，却一再叮咛我们不要动这些东西，不然他就找不上要用的东西了。可是，当县上的领导来看望路遥，见到房间里乱糟糟的，就训我们不尽责。时间长了，我们感到委屈，路遥知道了就对我们说，你们不动这些东西就是对我最大的支持！不怕，我向领导们解释，这不是你们的错。

在二十一个昼夜里，路遥的精神真正达到了忘我的地步，每天窑洞里伏案工作十八个小时，不分白天和夜晚地写作。路遥感觉浑身如同燃起大火，以致他的五官溃烂，大小便不畅通。有时候，思路不畅，他就短暂休息一下，深更半夜在甘泉县招待所转圈圈走。

路遥反常的举止，让招待所白所长犯了疑心，白所长给甘泉县委打去电话，说这个青年人可能神经错乱，怕要寻“无常”。甘泉县委则指示，那人在写书，别惊动他。这是路遥自己后来听说的一段趣事。

路遥在甘泉县招待所写作《人生》时，同在《延河》共事的作家白描正在供职于延安大学的妻子那里度假。白描得知路遥在离延安市不远处的甘泉，专程去看望路遥。只见小小的屋子里烟雾弥漫，房门后铁簸箕里盛满了烟头，桌子上扔着硬馒头，还有几根麻花，几块酥饼。路遥头发蓬乱，眼角黏红，夜以继日地写作，以致他的手臂疼得难以抬起。路遥对白描说，他是憋着劲来写这部作品的，说话时牙关紧咬像要和自己，也像要和别人来拼命。

后来担任西安电影制片厂副厂长的张弢，时任甘泉县委宣传部副部长、文化馆馆长，与路遥有着很深厚的友谊。张弢对陕北风俗民情了如指掌，又十分善于讲笑话和故事。张弢在政务间隙，不是拉上路遥到家里改善伙食，吃油糕、洋芋擦擦，就是让路遥放松休息，给路遥讲笑话讲故事。其中，对“刷牙刷得满嘴里冒着血糊子”这个故事，路遥实行“拿来主义”，经修改加工，后来出现在《人生》当中。那个痴情的姑娘刘巧珍，为了让心爱的男人喜欢，站在崖畔上刷牙，结果满嘴里冒着血糊子，成为《人生》中一个重要情节。

十三万字的《人生》，路遥用二十多天就完稿了。但是，人已经累得仿佛大病一场，他面颊泛黄、浮肿，两条腿僵硬得行走困难。尽管身体极度疲惫，但是，心里却轻松了许多，毕竟了却了多年的一桩心事。他不顾身体不适，将初稿装进包里，背在身上，先没有南下回家，而是再北上千里，来到陕北的榆林，并专程去了佳县白云山。人们都说白云山上白云观的签很灵验。路遥之前曾经去过，但这次他去白云山，是特意走向正殿抽了一签。他抽到了令他满意的一支上上签，签语是“鹤鸣九霄”。一抽出这一签，道士就说：“啊！你这人要出名呀！出大名呀！”

在陕北高原行走了半个月。回西安途中，路过铜川，路遥把小说一字一句念给在铜川矿务局鸭口煤矿采煤四区工作的弟弟王天乐听了一遍。路遥念完小说，流下了热泪。路遥对王天乐说：“弟弟，你想作品首先能如此感动我，我相信她一定能感动上帝。”

回到西安，路遥和妻子林达一同来到李小巴家里。路遥向李小巴讲述了农村分田到户的情况，之后他说，他用了不到一个月写出了一部十三万字的小说，他感觉较以前的《惊心动魄的一幕》和《在困难的日子里》都好。林达说，她读原稿时都哭了。

隔了几天，路遥把原稿拿给李小巴看。李小巴看后，认为这是路遥在小说创作中跨出的很大一步。小说的最初标题是“你得到了什么”，李小巴说，这个题目不合适，要旨和涵盖都不够，但一时也想不出合适的题目。

李小巴用了两天时间看完这部作品，第三天和路遥交换意见。李小巴肯定了作品中乡村生活部分写得好，主人公进了县城后的生活，相对而言逊色一些。应加强主人公传统的农村生活方式与现代观念间的心理冲突，不要过分地缠套在爱情的线索中。

交谈中，路遥提起李小巴一部作品的主人公名字像个外国人，接下来笑着说，自己这部中篇里主人公“高加林”的名字，是取了苏联第一位宇航员加加林的后两个字。

1981 年秋，路遥将稿子寄给中国青年出版社的编辑王维玲。不久，便收到王维玲热情洋溢的回信，对这篇小说提出了一些修改意见，年底，又专门把路遥约到北京修改作品。

“人生”这个题目，就是王维玲和路遥一起商量确定的。之后，王维玲又将《人生》转给《收获》杂志，这样，这篇小说就可以既在杂志上发表，又在出版社出单行本。

由巴金主编的大型文学期刊《收获》，于 1982 年第 3 期发表了路遥的中篇小说《人生》。与此同时，中国青年出版社出版了这部小说的同名单行本。

改革开放初期陕北高原的城乡生活构成了《人生》的时空背景。高中毕业生高加林回到土地又离开土地，再回到土地，这样的人生变化过程支撑起作品的故事构架。而在城乡交叉地带，高加林同农村姑娘刘巧珍、城市姑娘黄亚萍之间的感情纠葛，则强烈地体现出变革时期农村青年在人生道路上所面临的艰难选择，以及与这种选择相伴而生的浓郁的悲剧色彩。

《人生》的意义，在于塑造了高加林这个富有历史和时代内涵的当代农村青年形象。这个形象是深刻的，也是丰富复杂的，他的全部行为几乎都来自个人出人头地、改善生存境遇的欲望，所以，他是真实可信的。然而，在路遥展示的城乡文明对立差异的背景下，高加林的所谓个人的自私动机和欲望冲动，又来自于历史，来自于不合理的现实。他是历史和现实全部不合理因素交织冲撞的产物，又是历史与现实的全部必然要求的结晶。

路遥在《早晨从中午开始》一文中提到："'四人帮'时代结束后，尽管中国文学摆脱了禁锢，许多作品勇敢地揭示社会问题并在读者群众中引起巨大反响，但仍然没有对这一重要问题做根本性的检讨。因此，我想对整个这一文学现象做一次挑战性尝试，于是便有写《人生》这一作品的动机。我要给文学界、批评界，给习惯于看好人与坏人或大团圆故事的读者提供一个新的形象，一个急忙分不清是'好人坏人'的人。对于高加林这一形象后来在文学界和社会上所引起的广泛争论，我写作时就想到了——这也正是我要达到的目的。"

《人生》发表后，立即轰动了整个文坛，被视为当代文学一部具有开拓意义的力作。因为小说所塑造人物的真实，因为"高加林"这样的农村青年所面临的艰难选择，因为所反映的城乡差异带来的种种矛盾正是中国的现实……《人生》不仅在文学界产生了非常大的反响，更引起了生活与思想的冲击波。它由文坛走向了知识界，走向了大学校园，走向了工厂农村，更走进了千千万万各行各业读者的心中。

著名作家陈忠实在后来谈到自己创作的心路历程时坦言：

我读了《人生》之后，就一下子从自信中又跌入自卑，因为路遥的《人生》在我感觉来（路遥比我年轻七八岁），一下子就把他和我的距离拉得很远。因为路遥离我太近了，路遥的《人生》对我的冲击远远超过了那些获得诺贝尔文学奖的作家对我的冲击，因为这个人就在你的面前呀！就那个胖乎乎的，整天和你一起说闲话，还说他跟哪个女的好过……就这么生动的一个人，一部《人生》一下子就把你拉得很远……《人生》一发表，我就感觉到了什么是表层的艺术，什么是深层的艺术，在这一点上我感觉路遥《人生》上的突破，不是路遥个人的突破，而是文学回归文学的本身，摆脱强加给文学要承载而承载不了的东西。所以，这种突破，路遥显然就获得了一种很大的自信。

莫伸也不止一次地怀着钦佩的心情谈到路遥的《人生》，认为《人生》的发表，标志着路遥完成了由一名普通作家成长为著名作家的巨大跨越。莫伸说：

直到今天我还清楚地记得，读完《人生》后我内心的震撼是多么巨大，这部作品不仅生活气息浓郁，而且对感情的描写委婉细腻，不仅有栩栩如生的人物，而且有对社会和个人命运的思考。可以说用优点多多来形容完全不够，无论从哪种意义上衡量，《人生》都堪称当时最杰出的作品之一。它的思想容量和艺术力量是当时陕西新时期以来无论哪一位作家的作品都无法达到的。

路遥当然还有其他许多作品，但是仅一部《人生》便已经奠定了他在文坛上的地位，而且奠定得非常扎实。1983 年 3 月，《人生》当之无愧地荣获第二届全国优秀中篇小说奖。

1983 年，西安电影制片厂决定将路遥的小说《人生》搬上银幕，由路遥自己执笔改编，吴天明做导演。1983 年初夏，路遥带领着吴天明导演及几个主创人员在米脂、绥德、清涧、延川的沟沟峁峁转了十几天，为电影《人生》采外景。一路上，路遥一直兴致勃勃地领着主创人员看这看那，如数家珍般介绍那些农家用具和窑里的摆设。有一次，他竟然脱下一位老农又破又脏的牛鼻梁布鞋，给吴天明他们讲解它的做法和特点。路遥一直向主创人员强调“陕北特色”。他说：“我不懂电影，但我认为文学和电影在描写人物生存环境、营造艺术氛围方面应该是相通的。我不是要求你们在电影里搞陕北民俗展览，但一定要把主人公放在一个真实的生活环境中。”路遥针对当时虚假成风的电影创作状态提出的这种艺术追求，对后来吴天明他们把握影片的真实性的确起了非常重要的作用。

1984 年的秋天，《人生》在全国公映，继小说发表之后，再一次引起极大的轰动，并由此引发出关于电影《人生》的新一轮评论，成为社会热门话题。数百家国内报刊、电台、电视台，争先恐后地开辟各类专栏或专题节目，为不同文化层次、不同生活经历、不同地域的人们提供“读后感”“观后感”之类的讨论场所。一时间，人们为高加林和刘巧珍争吵得一塌糊涂，尤其是大学宿舍里，学生们更是争得面红耳赤。一些人把高加林当作陈世美，骂得狗血喷头。有的人甚至把愤怒对准了电影里高加林的扮演者周里京。北京一位卖菜的老太太曾追在周里京的后面，骂他是没良心的高加林小子……

《人生》成为新时期以来最受观众欢迎的影片之一，一举荣获了第八届电影百花奖最佳故事片奖。

同年，上海话剧团将《人生》改编成话剧公演。根据小说改编、由著名表演艺术家孙道临主持的广播剧《人生》也同时播出，同样获得了成功。

十、史铁生：乡恋文学代表作《我的遥远的清平湾》获全国优秀短篇小说奖

20 世纪 80 年代之初，曾在陕北延川插队的北京清华附中知识青年史铁生和陶正，在小说创作中也收获了丰硕的成果。特别是在 1983 年，史铁生的短篇小说《我的遥远的清平湾》和陶正的短篇小说《逍遥之乐》，一同获得了当年的全国优秀短篇小说奖。两位作家在陕北的同一个县、同一个公社插队，两篇小说都是以陕北生活为题材，两人同年同榜获得全国性大奖，成为陕西知青文学的一个传奇和亮点。

1997 年，知青诗人商子秦曾与《老三届故事》剧组一同赴京采访过史铁生，回来后曾写过短文《轮椅上的陕北情》，发表于《西安晚报》《西部周末》等报刊，并收入散文集《传说》，现摘要如下：

众所周知，史铁生是当代著名作家。1969 年年初他赴延川县关庄公社插队，种过地，当过饲养员，其间小病酿成大患，双腿瘫痪。后回北京在某街道工厂谋

生，同时在轮椅上开始了自己的文学生涯，而深藏于心底的陕北插队生活，化作了他的成名作《我的遥远的清平湾》。他的作品曾两度荣登全国短篇小说奖金榜，至今已结集出版长篇、中短篇及散文集近十部，他的成就让一代“老三届”知识青年为之感到骄傲。

我也是史铁生的读者之一。他的那篇《我的遥远的清平湾》曾引起同样是“老三届”知青的我对下乡岁月的久久忆念。正是这篇小说的影响，那段刻骨铭心的岁月在我心中才渐渐褪去了“伤痕”的阴影，进而成为我笔下的深情诗行。而他传奇的人生经历，更使人钦佩和敬仰。

在《我的遥远的清平湾》这部小说中，如评论家指出，史铁生回到了虽然贫困，但是充满了温馨的陕北小村，他在记忆中把遥远的乡村，变成了城市之外的精神故乡。正因为如此，他的这篇小说也被称为知青文学中乡恋文学的代表作之一。

杨健在《中国知青文学史》中指出：知青在返城后，普遍面临就业、住房等困难，生活又一次遭受挫折，离开集体生活，也使他们产生了未曾有过的脆弱和独孤。他们开始对以往的乡村生活以及失落的青春、理想，产生了一种梦幻般的依恋。旧日乡村回忆成为支持知青在城市生存、奋斗的力量源泉，乡村开始被虚构成一片美丽的净土，表达对乡村思恋之情的文学作品开始出现。

乡恋文学与伤痕文学是两种完全不同，甚至相互对立的文学流派。伤痕文学揭示上山下乡运动的悲剧，乡恋文学强调农村生活的价值；伤痕文学强调返城后伤痕的平复，乡恋文学强调返城后生活和思想上的困境。伤痕文学的表述，带有鲜明的理念色彩，无论是对上山下乡运动的批判，还是对新生活的赞美，都体现出主流社会的叙述立场。乡恋文学的表述，带有浓厚的乌托邦色彩，叙述自相矛盾，但是它开始回归于知青群体自身。前者体现着主流社会的叙述，后者则开始体现知青主体的叙述。

知青文学中的乡恋文学，是对伤痕文学的超越，是知青文学不断深化和突破的重要标志，是知青文学发展中新的里程碑。

进入新时期，党和国家实事求是，停止了已经延续多年的上山下乡政策。这一历史的转折，必然引起全社会，特别是知识青年的反思。被耽误的青春、繁重的劳作、艰苦的生活、遥远的亲情等在上山下乡时历经的种种苦难，一下涌上心头。随着对上山下乡的否定，伤痕文学的出现就成为一种历史的必然。

然而，对上山下乡政治上的是非评价，并不能完全替代感情评价，毕竟上山下乡的岁月，是广大知青最为美好的青春年华。青春岁月中所经历的友谊甚至爱情，艰苦生活中依然存在的欢乐和向往，也会在他们的心中留下深深的情感印记。这是一种剪不断、理还乱，别是一番滋味在心头的苦乐年华。更何况这里还有知青和纯朴善良的乡亲们之间的情谊，知青对自己曾付出青春年华的这片土地的依恋，等等。

所以，当流逝的时间渐渐沉淀了政治的尘埃，一种更为长久的人性的、情感的美好就渐渐显影，甚至成为许许多多人终生怀念的精神家园。这些美好同样是一种历史的真实。知青生活留给史铁生的是让他再也无法站立的终生苦难，可以说一般知青所承受过的苦难，和这样的苦难是无法相提并论的。然而，史铁生超越了自身肉体和心灵的创伤和苦难，用一种平和、宁静、淡定、从容的目光审视那遥远的岁月，表现平凡人群中的人性之美，从而沉淀出一种圣者和思想者的高贵情怀和超越苦难的崇高感。在这样的意义上，无论怎样赞扬史铁生都是不为过的。

今天，史铁生曾插队的延川县，将史铁生视为这方热土上的一座文化丰碑。曾与史铁生一同在延川插队的北方知青黑荫贵说：“史铁生的文学之路，是延川文化的又一里程碑。是他将清平湾告诉了世界，是他将陕北人民的生活从多角度真实地再现了。延川的青春是史铁生最大的人生整体体验，是他完整躯体的生命体验。今天，史铁生又成为中国当代文学史上的里程碑式的人物，因为他的作品是对命运的搏击，是他的灵与肉的命运交响；他的感悟来自延川圣地，他的作品所表达的态度和价值观的朴素、执着，有着延川受苦人的气质，有着黄土地的深邃久远；他把文学作品的指向导入了一个自由自在唯自然的境界。”

商子秦在《轮椅上的陕北情》一文中谈到史铁生对陕北热土的一往情深：

久病初愈的铁生只能在卧床上接受了我们的采访。我们带来的陕北特产，勾起了铁生的回忆。他兴奋地找出当年插队时当饲养员的照片，照片上，他头扎白羊肚手巾，抱着个小牛犊，笑容满面。那时，他是站着的，端端正正站着的……这时铁生感慨道：“一晃就是二十多年，我坐在轮椅上的时间，已经超过曾站立的时间了。”一时间我们都无语默然。为了避开这个沉重而又伤感的话题，我们又说起他1984年重回陕北的情景，那年他随北京作家代表团，坐着轮椅回到延川关庄，老乡们见到坐在轮椅上的铁生都哭了，铁生也哭了。那天，村里像过年，家家炸油糕，包饺子，户户争着请他去吃饭。也就是那次回陕北，他还专程去了壶口，陕北老诗人曹谷溪把他一直背到黄河边，看飞瀑跌宕气象万千……

当铁生得知摄制组已经去关庄拍过了外景，又十分高兴地问起延川、关庄的情景。采访中他的夫人小陈一直陪在身边，通过交谈才知道，他的夫人竟是我们西北大学的校友，且娘家还在西安交大。于是，乡党见乡党，少了拘束而多了亲热，小陈现在供职于北京某高科技公司，是铁生的贤内助和好帮手。大家开玩笑说，难怪铁生对陕西如此钟情厚爱。铁生还告诉我们又一个重要新闻，他的第一篇小说，就发表在西安，是80年代初西北大学的一个内部文学刊物，也可以说，他是从西安走进文学殿堂大门的。

在铁生插队的延川关庄，还出过一位闻名全国的知识青年，那就是铁生的挚友、当年著名的赤脚医生孙立哲。现旅居国外的孙立哲，给予铁生极大的资助。去年曾帮助铁生夫妇远赴美国和欧洲，铁生卧室中，就挂着在瑞典皇宫的留影。

十一、陶　正：用知青视角创作优秀作品《魂兮归来》《逍遥之乐》

陶正是延安北京知青群体中较早显示文学才华的佼佼者。上山下乡时，他就是延川《山花》作家群的重要成员，也是曾产生广泛影响的长诗《理想之歌》的作者之一。早在1980年12月，中国青年出版社出版了他和王新纪、田增翔联袂创作的长篇小说《魂兮归来》，这部小说正面描写一群工农兵大学生，反映了1972年至1976年间，新华大学中文专业1972年入学的一群工农兵大学生，以他们的生活、命运，尤其是他们的追求，反映出时代和青年的一个侧面。

何宝康先生曾介绍这部小说：

小说中的工农兵大学生，他们的一切都与“文化大革命”关联着。因此，他们之中除了有蠹虫、苍蝇、鹰犬外，即使是纯正者，也都带有“文化大革命”的烙印，那种偏激、粗鲁、狭隘、冷漠，甚至狂妄、颓唐，尽可发见。但是，他们不是醉生梦死之辈，他们也在真诚地追求、探索着。尽管目标不一样，但毕竟都在现实面前思索。他们有过迷惘、失望、悲观，但占多数的是终于醒悟，正义之魂还归，勇敢地投入了全民族的共同战斗。

当然，即使在他们投身四五运动时，他们的思想、认识也并不一致。今天看来，更有幼稚，甚至荒唐之处。但他们那种深沉的爱国之情、执着的探索毅力、无私的献身精神，无疑是熠熠发光的。正是从这里，我们感受到了民族之魂、正义之魂深深地蕴含在新一代青年的心底。小说之成功处、可贵处，就在于真实地写出了这一切。也正因为如此，“魂兮归来”的呼喊才不是空洞的，而是有着实际意义和现实基础的。

小说作者没有停留于此，而是通过青年学生探索、“招魂”的过程，形象地告诉我们：在人民大众之中，在真正的共产党人之中，民族之魂、正义之魂从不曾消逝，也永远不会消逝。真正的共产党人如梁牧、王磊、钟仁远等中流砥柱，他们创造了历史，创造着现在和未来，支撑着中国的脊梁，使学生们在探索中发现了闪光的东西，逐渐认识到了生活的真谛，从中汲取了力量，坚定了信念。从这一切中，我们会进一步体会到：党、人民，是欲招之魂的根本所在；民族之魂不死，正义之魂可招。

“魂兮归来”语出《楚辞·招魂》，正如作者在《后记》中所指出的：即使在今天的生活中，“招魂”也仍有很大的意义，是一项十分艰苦的工作。作者的心意是深长的。事实上，“魂兮归来”也是人民的呼声、时代的呼声。同时，又是对民族之魂、正义之魂的热情讴歌，是对新的未来的热切呼唤。

1983 年，陶正发表在《北京文学》的短篇小说《逍遥之乐》获得了全国优秀短篇小说奖，这篇小说描写的是一位陕北老汉，应该说，小说主人公的原型，也是来自陶正陕北下乡插队的生活积累。陶正在之后的岁月中也写下了许多陕北题材的优秀作品。

20 世纪 80 年代之后，陶正还连续创作了以延川农民为题材的中篇小说作品：《田园交响诗》四部曲，包括《女子们》《老汉们》《婆姨们》《后生们》，写“我”

返回插队之地的见闻与对往事的回忆，塑造了一系列新时期的各具性格特征的农村男女老少形象，用一代知青作家的深层视角表现出农村在变革时代的苦与乐。

十二、 梅绍静： 重返延安放歌信天游

20 世纪 80 年代初期，曾经写出过《兰珍子》的北京知青梅绍静，在延安的黄土地上唱响了一曲曲深情而又优美的信天游。梅绍静插队在延安宜川县，后在延安无线电厂参加工作，《兰珍子》发表后调入延安文艺创作研究室。20 世纪 70 年代后期恢复高考后，考入陕西师范大学，入学两年之后毅然返回延安工作和写作。她参加了 1980 年《诗刊》社举办的首届“青春诗会”，在佳作荟萃的 1980 年第 10 期《诗刊》“青春诗会”专辑中，她的《三片叶子》等作品精致而隽永，引人注目。

之后，梅绍静的诗歌创作进入了一个全新的阶段，她在延安的黄土地上找到了自己情感和诗歌的支点，用单纯而明丽的声音，带着泥土和庄稼的芬芳，但又以全新的节奏和诗风，领唱了黄土地的诗群。信天游的旋律化作了清新质朴又带着时代气息的高原风，唱醉了陕北，唱醉了诗坛。

梅绍静的朋友，同是陕北知青的高红十，带着深深的情感，写下了《高原女子的心韵——梅绍静和她的诗》：

一个春风拂面的季节，梅绍静用单纯明丽的声音试唱开了：“欣喜地看着人们/把种子撒进犁沟/想起我小的时候/提着篮子去拾秋/一路走一路对姐姐说/烧豆豆，烧豆豆……从今后/让我也在这里种点什么吧/让它发芽/让它开花/让它结上豆豆……”

梅绍静从诗的垄沟走进诗的高原，一发而不可收。“我的心在高原/在雄鸡叫成一片的晨光中/在阳光下的垄沟里/在腾起蒸汽的笼屉上/在那吆牛的呐喊声中/

在小饭罐的米汤里荡漾。”“这是我的延安/等了我整整一个夏天/现在正用吹过千沟万壑的风/轻轻抚摸我的脸庞的延安……/我的脸像迟熟的糜子一样/在这抚摸中殷红殷红的了。”

同性更容易产生情感的共鸣，梅绍静的诗使很多陕北的婆姨女子倾心。从这些高原女性身上，她悟出多少人性和人生的真谛啊。在《母亲》这首诗里，她写了母亲那长长的长长的叹息：“这声长叹多像那个早晨空中的雁鸣啊，沉沉地，沉沉地落在我的脚底。”她写了母亲的叹息给予女知青心灵的慰藉，佑护她走向成熟：“又是一年返青的日子了，我回应着你，你每一个日子的光亮都丰满着我秀穗的心。”

终于，梅绍静打通了从古及今信天游的通道，点燃了一缕独特的心香。由于生活的改变，心中的歌无须再背着人唱。女诗人写出来是要走进宽广的人生世界，引起众多心灵共鸣，因此保留了传统信天游的真挚大胆，摒弃了反抗叛逆，增加了热情明亮，减少了缠绵哀怨。当然，旧有的比兴格式被打散了，句段更为自由。但你细细品去，那一两句、四五句的散漫段落里，依旧有着传统信天游的韵味和节奏。下面是梅绍静的代表作《日子》：

日子是散落着泥土的小蒜和野葱，是一根根蘸着水搓好的麻绳
日子是四千个沉寂的黑夜，是驴驮上木桶中撞击的水声
日子是雨天吱吱响着的杨木门轴，忽明忽暗地转动我疲惫的梦境
日子是一个含在嘴里止渴的青杏，是山塬上烈日下背麦人的剪影
日子是那密密的像把伞似的树荫，正从我酸痛的胳膊上爬进地垄
日子是储存着清甜思绪的水罐，正倒出汗水和泪水来哽塞我的喉咙

至此，梅绍静可以在骄傲地宣布“这是我的延安”的同时，说一声“这是我的信天游”了。梅绍静要感谢高原，高原养育了她。高原要感谢梅绍静，她给予了它诗意的表现。自打陕北红了以后，再没有一个人像梅绍静这样一心一意为高原歌唱，歌唱它深视的苦难，歌唱它扎实宽广的欢乐。

著名诗歌评论家朱先树曾这样评价《日子》：

一个生活在城市的女孩，来到农村，感到的“日子”就是如此，除了艰苦，就是平凡。应当说，这种对“日子”的感受，写得很平静，其实心灵的反应是

很强烈的，这也只有外来者的知青才会去注意到这里的“日子”原来只是如此。而本来就祖辈劳动生活在这片土地上的农民呢？他们早忘了艰苦和平凡，在他们的心目中，“日子”就应当是这样过的，因为他们没有比较，也就没有向往。在这里，诗人诉说自己的感受，更是对农民这种生存状态的悲情表达。这种发现也就成为诗的发现了。诗人从自我出发，而关注的则是广大农民，使这首诗也就具有了社会现实意义，会引发我们许多的思考。

这首诗在艺术表现上并没有多少刻意的技巧运用，只是把生活形象并列，把情感倾向隐藏在形象之中，黄土高原的生活色彩和有点酸涩的情感韵味，自然而和谐地统一起来了。

在梅绍静这一时期的陕北题材诗歌中，发表在《上海文学》的《陕北女子》是值得特别关注的一首精品之作。这首诗歌在一个时代的大背景前，用陕北女子的这一独特意象，描述女性走出昨天、走出桎梏，走向进步、走向新的生活，告别千百年不变的命运轮回，给陕北女子赋予了崭新的定义。

有的评论家把这样的一类诗歌称为知青文学中的“乡恋诗歌”，并强调，在这些怀念乡村的诗作中，知青诗人们记述了他们对父老乡亲的思念。从表象上看，这些诗歌依然在歌颂人民、土地，但却使用个性化的语言来表达个人的情感，真正成为个体生命体验的组成部分，从而使这些诗歌具有了新时代的气息。

20 世纪 80 年代中期梅绍静在北大作家班就读，之后调离延安，几经辗转终于回到北京，在《诗刊》杂志担任编辑。她在诗歌创作上开始了新的探索，并写下了大量优秀的散文。

十三、朱晓平：《桑树坪纪事》获全国优秀中篇小说奖

1985 年，一篇名为“桑树坪纪事”的中篇小说发表于《钟山》第 3 期并产生巨大反响，作者是朱晓平。小说中具有浓郁地方特色的关中西府山区的环境、

乡俗和语言，立刻让人想到这是出自一位陕西作家之手。然而，当时陕西文学界的确不大了解这位作家。之后大家才知道，这位名叫朱晓平的作家的确是陕西籍，而且曾在宝鸡麟游山区下乡，1978 年考入中央戏剧学院戏剧文学系，后在北京工作，1983 年就曾发表过短篇小说《林游山道》，而《桑树坪纪事》则是他的中篇处女作。

这篇小说主要讲述十二个纪事："金斗这个人哟""榆娃和彩芳""李家老叔""六婶子""父与子""青女和福林""喂牲口的金明""金明屋里的""过荒的汉子""闲粮""私刑""西府山中"。小说从知青视角进行观察，却远远不同于以往的知青小说，通过描写西部黄土高原的一个封闭、苍凉的小村桑树坪，以及一群生活在愚昧落后的村子里的各具特色的人物严峻、困苦、愚昧的生存现状，揭示了现实生活的凝重，体现出作者对民族历史命运的反思。

文学评论界对这部小说给予高度评价，认为小说中塑造得最成功的是李金斗的形象。作品的各个章节里，无不涉及这个桑树坪的领袖人物——"灵沟子货"。在他身上，体现着他作为农村干部和普通个体的多重特性。李金斗在利用"我"与公社估产干部明争暗斗及与麦客讨价还价中，充分显示出作为领袖人物的才智和勇气；在排挤王志科和李言老叔的过程中，又不乏狡诈与残忍；而在对待彩芳的婚事上，则表现了他作为封建家长的独断和冷酷，以及作为普通个体的悲哀。在他的身上交混着真善美和假丑恶，让人难以用一个字或一句话去评说他，或许只能像作者所说的，他既是"一只为人抽打的羔羊，又是一只吞噬生灵的恶虎……"

除李金斗外，给人印象最鲜明的莫过于彩芳。她美丽善良，大胆泼辣，敢于追求自己所爱的人，没有半点矫饰与虚假。然而，她只不过是金斗用几十斤苞谷和几十元钱换来的童养媳，无法掌握自身的命运，更不能有自己的爱情。她唯一的抗争方式就是投井自杀……与彩芳命运相似的还有玉兰。然而造成玉兰悲惨结局的六婶子竟还觉得自己委屈，因为她只管说合，合了能不能过到一块儿，不是她的事。她不懂真正的爱情是什么，一切在她看来，都不过是生意场上的事，一个愿买，一个愿卖，以物换物。就是金斗、六婶子们，在与天斗争生存的同时，制造着一幕又一幕惊心动魄的人间悲剧。他们在辛勤创造着人生，又在残酷地毁灭着人生。

以上内容使人不能不为生存竞争的残酷性而震惊，为精神内容的贫困而慨叹，从而得以深入思考历史和生活，产生一种对历史进程的呼唤与企望：解放生产力，解放人本身；发展生产力，发展人本身。或许正是在这一点上，《桑树坪纪事》超越了以往的知青小说，开阔了人们的视野，成为反映农村和知青生活的佳作。

这部作品还充溢着浓郁的地方风味，无论是地理风情还是人物言行，都使人能从总体上体味到西部黄土高原深远、广袤的诗韵。单纯、质朴、幽远、空灵的形式美感，和文明与野蛮、善良与残暴、强悍与猥琐、人性与兽性相交织的文化氛围，折射出黄土地上自然人性的闪光、困顿和扭曲。从美学意义上来说，它的震撼人心的悲剧效应，使其在文学成就上远远超过一般的知青小说。

《桑树坪纪事》荣获 1985—1986 年全国优秀中篇小说奖。1988 年，根据这篇小说改编的话剧《桑树坪纪事》在首都舞台上演后，产生了轰动效应，人称“桑树坪现象”。特别应该一提的是，当时正在中戏学习的陕西省人民艺术剧院的演员刘远，就是因为在话剧《桑树坪纪事》中的精彩表演，荣获了中国戏剧梅花奖。

十四、王蓬：《油菜花开的夜晚》开掘淳厚的乡土风味

王蓬的文学创作活动开始于 1970 年，但他真正发挥出生活积累与个性优长，则是在新时期文学兴起以后。那一段时间，他笔如涌泉，创作出一批带有鲜明特色与强烈个性的作品。《批判会上》《油菜花开的夜晚》《庄家院轶事》等短篇小说，以及在《人民日报》发表的多篇散文，或获奖，或被转载，或引发评论，形成王蓬创作的第一个高潮。评论家王愚为此发表专文评论：

就我所知，王蓬是至今还当着农民的青年作者之一。他长年累月在农村劳动，他和农民朝夕共处，耳鬓厮磨，有着相通的感受，有着共同的命运。他一往情深眷恋着那里的田野、土地、村庄，更挚爱着那些淳厚、善良、朴实的人民。

因此，当他拿起笔来写农村的生活和人民时，不是从旁边欣赏，也不是从上面俯视，他自己就是描写对象中的一员，有一种身临其境的真切性。这种真切性，表现在他的作品中，就是浓郁的生活气息，能够深入农村各色人等的心灵深处，体察到人们心理变化的曲折微妙。

他发表于1980年的《猎熊记》，着力描写一个普通农民在“文革”极左思潮泛滥时辛酸而痛苦的经历，惶惑而烦恼的心情，比起表面描摹动乱岁月的骚动情景，单纯叙述农民贫困处境的痛苦生涯，似乎更能使人体会到那一条错误的“左”的路线危害之深。

1981年发表的《银秀嫂》，写一个农村中年寡妇爱情的萌动和凋零，触及封建习俗和传统习惯对善良妇女正常感情的羁绊和压抑。作品几乎没有什么事件，着重展现银秀嫂的内心波动。通过这种描绘，折射出环境与人的相互影响，既有比较深沉的内容，也有委婉曲折的情致。

同样于1981年发表的《油菜花开的夜晚》，保持了细致刻画人物精神世界的特点，在怎样通过人物心理状态的复杂变化折射出时代风云这个方面，却又有了长足的进展。珍儿去相亲，到了一个陌生的环境，却看到农村经济政策调整后人们劳动的欢乐，精神的舒畅，激起了她翻滚的思绪。在这思绪里，既转动着对过去“左”的错误思想指导下农村贫困生活的痛心，又转动着对新的生活的热烈期望，更引发出自己在这个新的生活天地里有所作为的豪情。这一切都串在“幸亏世事都变了”这条主线上。生活的变化、时代的前进拨动着一个少女的心弦，使她真正摆脱了那进城嫁人的困惑，感到现在“农村才真有意思，有乐趣，有希望，有盼头”。

王蓬的作品充满着浓郁的陕南生活气息，真实地传递出底层农村农民的生存生活状态。用贾平凹的话说：“观事观物富于想象，构思谋篇注重意境，用笔轻细，色彩却绚丽，行文舒缓，引人而入胜。”这位带着秦巴韵致与汉水风采的文学新人引起文学界与广大读者的热切关注，以无可置疑的文学成就进入了由路遥、陈忠实、贾平凹、莫伸、邹志安、京夫等人为代表的陕西青年作家行列。

十五、刘　路：从短篇到中篇小说创作

刘路，1947 年 10 月生于陕西长安县。1968 年 10 月下乡。1978 年 2 月考入陕西师范大学中文系，毕业后留校任教直至退休。教授、作家、文学评论家，文艺学、新闻学硕士生导师。曾任国务院学位委员会新闻与传播学科评议组成员、陕西师大新闻与传播学院首任院长、陕西省写作学会会长（连续三届）、陕西省大众文化传播工作者协会副主席。发表中、短篇小说五十余万字，出版专著、编著三十余部，发表研究论文百余篇。

1979 年，《延河》第 8 期发表了陕西知青作家刘路的处女作短篇小说《心是肉长的》。这篇小说属于伤痕文学，它应当归属于新时期文学的起点和潮头。那一时期，由于刚从专制和黑暗的“文革”中走出，稍有正义感的作家们都纷纷撕开形形色色的破衣烂衫，加入到以控诉和泄愤为主要内容的伤痕展览之中。长达十年的惨痛岁月，使得中国文坛弥漫着一片唏嘘之声。这是宣泄愤懑的文学，倾吐苦难的文学，也是彻底否定“文化大革命”的文学。

应该说，《心是肉长的》是刘路的处女作，也是当时陕西众多短篇小说中的一枝奇葩。作家王蒙曾称：《心是肉长的》是 1979 年小说创作的重要收获。

刘路在回忆《我怎么写起小说来》一文中谈道：

1977 年底，在粉碎“四人帮”一年后，我参加了已被取消了十年的高考，并以高分被录取到陕西师大中文系就读。

负笈到大学求学，我的导师是阎景翰教授（侯雁北）。他是著名的小说家、散文家、大名鼎鼎的文学评论家阎纲先生的叔父。正是阎先生的引领和陶冶，让我一入大学，便走上了创作之路，成为文学的僧侣。我来自农村，像相信土地一样地相信文学。在农村的十年，我就着煤油灯，把柳青的《创业史》翻烂了三本。不少章节可以熟读成诵，我遵从柳青的文学主张，认定他是我的文学教父。

进入大学后，我们年级几位爱好文学的同学组织起来，办了一个校园文学刊物《渭水》。在创刊号集稿时，我把寒假写就的一篇万把字的小说拿出来。虽然

此前我从未写过小说，甚至对小说文体的基本特征也知之甚少，但我读过太多的小说，广泛的阅读培养了我的小说直觉。然而，几位编委同学却对文稿不以为然，甚至批得一无是处。我一气之下，把稿子收回了。我不相信自我感觉如此良好的作品，竟连一本内部刊物都要拒之门外吗？这时候，我想起了《延河》，然而，我连《延河》的门朝哪边开都不知道，更别说认识什么人。我的想法是：寄给《延河》试试，如果《延河》说不行，咱也就认了。

稿子寄出不到一月，我就收到《延河》的来信，只有一页纸，几句话。大意是，稿子编辑部的同志们都看了，感谢你写了一篇好作品，我们也发现了一位新朋友，请你抽空来编辑部谈谈。不久，这篇小说在《延河》1979 年第 8 期发表。此后，我一发不可收拾，连续发表了近四十篇中、短篇小说；1992 年结集出版了《爱泉水清清》。

作家陈忠实曾谈道：

刘路已成为新时期刚刚形成的陕西青年作家群中一位被看好的青年作家。他既有厚实而又直接的关中乡村生活体验，又接受高等院校文学专业的修养，自身又潜存着敏感文学也敏感生活的艺术性天资，具备着文学创作的最完备的基础，而且出手不凡，起点很高，连续的创作也都保持相当稳定的艺术水准之上，被评论界被如我一伙文学朋友看好是自然的事。

作家贾平凹在读了刘路的小说《爱泉水清清》后致信作者：

书中的个别篇章，几年前我亦读过（也就是那时读了你才急切地与你相识，以后这些年成了朋友，成了朋友倒少读了你），现在集中读遍，我依然激动。觉得《心是肉长的》《我等马老师》《兄弟》等篇，是可以长读之作，它不仅使读者了解到历史，体悟到一种人生的况境，更是由阅读所产生的快感享受。几年前读福克纳的一些短篇，虽然对于黑奴时代的社会问题不甚感兴趣，但阅读时给我的快感强烈。我试想了一下，如果把《兄弟》一篇夹在福克纳短篇集中，我是难以辨出来真伪的。你的这批小说充满了关中乡下的生活气息，又特别厚重浑然。……你的作品初发表时读着好，时过这许多年读起来还好……

我本来只想给你说说我读此书的一种质感，但我还是忍不住要赞扬你的文笔。我太喜欢《兄弟》了，其中的场景，每一段每一句，笔法简练容量却那么大！我注意到你不是一个才情汪洋的人，也不是抒情主义作家，但你的字句干净而有力度，又浑然丰满。你很少用闲笔，虽然我欣赏一些作家的闲笔，认为风格完全在闲笔上，而你的这一种，又是一个路子，看似毫无技巧，但你的技巧化得没了痕迹，这一类用笔好狠的作品，又不露艰难态，是多么不容易啊！

知青作家被称为50后作家。他们出生于20世纪50年代左右，60年代末70年代初上山下乡、插队落户时还都是十多岁的孩子，从城市一下到了农村，巨大的心理期待突然转变为巨大的心理落差，对于毫无生活经验的他们而言，这可谓是人生最为惨烈的考验。正如莫伸所言："知青生活把他从一个少不更事的孩子变成了对社会有了许多了解的人。"这样的经历实质上也是广大知青的心路历程。在这一过程中，他们有的人选择了沉沦，有的人选择了等待，有的人选择了告别，有的人则选择了挑战。知青作家们既是知青又不同于一般的知青，他们善于思考，懂得运用手中的笔，将他们在农村的所见所闻与对社会生活的深刻感悟，通过文学的形式表达出来，使之成为永久的历史记忆。

回望春潮滚滚的文学勃发期，陕西一大批知青作家在苦难中寻求到精神的寄托，在黑暗中点燃思想的火炬，在迷茫中发出希望的呼唤，在黄土地汲取了丰富的创作源泉。粉碎"四人帮"后，他们的心灵获得回归，人性获得解放，创作获得自由。也正因如此，这一时期的知青文学如地火流焰，磅礴汹涌，呈现出一派蓬勃景象。可以说，20世纪70年代末期至80年代中期，整个知青文学以一种前所未有的态势涌现出来。无论从思想上，还是从艺术质量上；无论从反映生活的真实程度上，还是从思考社会的深入程度上；无论从知青们进行文学创作的热情上，还是从群众对知青文学的欢迎上，都呈现出了空前活跃的场面，释放出来巨大的能量。这一阶段的知青文学不仅撑起了知青文学的总骨架，而且撑起了中国现代文学的大框架。

知青作家作为一个相当庞大的群体，不仅在陕西，而且在整个中国都势头汹涌，锐不可当，成为那个历史阶段中一个突出的文学亮点。它有力地告诉我们：文学创作离不开为它提供不竭源泉的土地，离不开常青的现实生活。我们坚定地认为，这是知青作家群赋予中国现当代文学创作最具历史意义的启示。

第三章　坚守提升的文学深化期

（1986—2000）

概　述

在经过春潮滚滚的文学勃发期之后，从20世纪80年代后期到新千年这段时间，陕西知青作家进入了坚守提升的文学深化期。这个阶段的文学创作，摒弃了最初对“文革”控诉式的写作，也摒弃了盲目的乡恋般的怀旧和对青春无悔的赞美，从而对知青文学中弥漫着的英雄主义、理想主义以及乡恋情怀进行了全面的消解，使知青文学多方位贴近社会现实，也越来越成熟。

20世纪80年代后期以来，由于政治环境的相对宽松，知青题材写作的主题、风格和价值取向随之改变。陕西知青作家站在更高的角度，用更广阔的视野来审视逝去的知青岁月。他们已经不再满足于对知青岁月进行那种所谓的理想化叙事，或者是对那段历史进行强烈的控诉，抑或是对那段岁月乡恋式的思念。这种新形势下的反思结果使得他们摒弃了以往叙事的模式，不再是那种群体性的呐喊，而是以个人化的写作方式求新。他们作品的主题是抒写普通人内心真实的情感和经历的苦难，是一种日常化的叙事。他们力图更真实、客观地对知青的生活进行深刻反思与回顾，在更广阔的历史背景下，回顾与反思这一代人的人生际遇，从而达到对现实的还原。

随着改革开放的进一步深入，文学领域受到了市场化的强烈冲击，知青题材中有些作品市场意识开始涌现，比如知青作家叶辛的《孽债》、池莉的《怀念声名狼藉的日子》、王小波的《黄金时代》等。这些作品跳出了以往“文革”文章的沉重压抑，追求娱乐性和刺激性，出现了婚外恋、三角恋、性等元素。尤其是《黄金时代》，以反讽、戏谑、荒诞的叙事代替神圣悲壮的主流知青写作，语言调皮幽默。这些作品是对知青苦难叙事的另一种消解与颠覆。这种手法也迎合了20世纪90年代文学市场化的风潮。但是，陕西知青作家这种类型的作品几乎没有，这也是陕西知青作家在文学深化期作品没有引起人们关注的原因之一。

同时，中国文坛受到了西方思潮很大的影响，文坛层出不穷的西方思潮让人眼花缭乱。很多作家在知青题材创作中使用的叙事技巧，是对西方现代小说叙事技巧的模仿，这一风尚在全国掀起了阵阵热潮。然而，陕西作家始终坚守传统的现实主义写作。

从20世纪80年代后期到新千年的这段时间，其中值得关注的有以下作家及其作品：

20世纪80年代后期，作家王蓬先后推出了长篇小说《山祭》和《水葬》。这两部长篇整体上也可以归属于寻根小说系列，小说曲折的情节、生动的人物，浓郁的地域文化，构成了其独特的艺术特色。

被文坛称为“鬼才”的杨争光发表的一系列短、中、长篇小说，引起小说界格外关注。同时，他的影视创作也迎来了收获季节。

1988年，白描出版的长篇纪实小说《苍凉青春》，描写了五位滞留在陕北的北京女知青的生存境遇。她们没有回到北京，而是在陕北结婚生子，永远地留在那里。作家对题材进行了独特处理，以纪实的方式给人以新鲜和独特的感悟，成为20世纪80年代后期陕西本义知青文学创作的一部重要作品。

1989年10月，中国文联出版公司出版了莫伸的长篇小说《远山几道弯》。这部小说对知青生存的环境和知青自身进行深刻反思，至今已经接连先后再版了三次，其中个别篇章分别被北京《十月》、上海《电影电视文学》等杂志以独立中篇或者小长篇的方式选载或刊出。这部小说标志着莫伸小说的重大突破，也是陕西知青文学的又一重大收获。

特别引人注目的是，20世纪80年代后期，路遥完成了他的代表作三卷本长篇小说《平凡的世界》，这是一部全景式地表现中国当代城乡社会生活的长篇小说，以主人公孙少安和孙少平两兄弟为中心，展示在中国20世纪70年代中期到

80 年代中期社会各阶层众多普通人的形象。作品将劳动与爱情、挫折与追求、痛苦与欢乐、日常生活与巨大社会冲突纷繁地交织在一起，深刻地揭示了普通人在大时代历史进程中所走过的艰难曲折的道路，显示出恢宏的气势和史诗般的品格。1991 年，《平凡的世界》荣获第三届茅盾文学奖。

从 20 世纪 80 年代后期到新千年这段时间，陕西知青诗人创作势头更锐，发表了一批在国内诗坛产生广泛影响的作品，显示出强大的后劲，思变的潜力。

渭水的《1986：阿兹特克世界大战场》《大难之后：中国的沉思》《1988：奥运会启示录》《假如世界没有了音乐》《水的哭泣》等一批长篇社会抒情诗屡屡在《诗刊》显著位置发表，在 20 世纪 80 年代引起整个诗坛的关注。渭水的社会抒情诗，以强烈的干预社会意识，冲破了以往政治抒情诗的束缚，充溢着一股富有生命力的现实主义诗歌精神，赢得了著名诗评家冯至、刘湛秋、朱先树、黎焕颐、阿红、吕进、田奇、沈奇等人的高度评价。沈奇谈道："渭水自步入诗坛以来，他似乎就没有停止过求变、求新。其诗思广披博及，触须很多，显示出驾驭重大题材的能力，显露出新的眼光和品质。"

秦巴子对西方意象诗与中国古典诗歌进行了具有开拓性的融合、对接、贯通和改良，在自觉的对现代意象诗的探索和实践中，跨入写作的第二个阶段。在此期间，推出了数量惊人的可以归为意象诗一脉的诗作，譬如《夜弧》系列的几百首作品，《图像与心迹》系列作品……这些作品《物质的深度》系列作品，不仅对意象与词语的运用在写作上进行探索，在形式上也做了一些尝试。其代表作有《中药房》《雕塑家》《刀》《空衣服》《麦地上的风筝》《星空》《黑夜之黑》等。

景斌诗歌创作迎来了丰收的季节，自 20 世纪 80 年代末至 90 年代，《诗刊》先后多次以大篇幅刊发了他的组诗，《星星》诗刊在头条位置"西北实力派方阵"中，大篇幅推出其诗作，引起诗坛广泛关注。代表作有组诗《雪路》《车夫》《沃土》《船工 · 父亲》等。诗评家指出：其诗构思奇巧、意象重叠、情感真挚、手法新颖、诗句凝练、内涵深邃，具有博大的生命存在价值观念与强烈的人文关爱情怀。

黄默的诗作在全国几十家刊物发表，造成一定影响。其诗贴近生活，关注现实，以入木三分的情感气浪谱写心曲。其诗歌的主旨，正如诗家王若冰所言，是"守护一种温暖、质朴、本真的生命境界，守护爱、热情和真诚，最终守护人的生存之根”。

1993 年，陈忠实当选为陕西省作家协会主席，贾平凹、莫伸、王蓬等当选为副主席，标志着陕西知青作家的代表，正式从延安时期的老作家手中接过了陕西文学事业的接力棒，具有一种划时代的意义。

20 世纪 90 年代中期，中国知青文学的发展，在经历了 80 年代的高峰之后，进入了一个水静流深的新时期。梁晓声的长篇新作《年轮》，叶辛的长篇小说和同名电视剧《孽债》，王小波的长篇《黄金时代》，郭小东的《中国知青部落》，在一个更加广阔的时代背景前，展示了知青人生命运的延伸。而邓贤的纪实文学宏大篇章《中国知青梦》，深刻地揭示了云南兵团知青返城的内幕，一幕幕场景和一个个故事惊心动魄，对知识青年上山下乡运动给予了彻底的否定。同期的纪实文学集《北大荒风云录》《草原启示录》《绿色的浪漫——内蒙古生产建设兵团纪实》《戈壁岁月——北京军区内蒙古生产建设兵团一师四团生活纪实》《青春无悔——四川知青云南支边生活纪实》等书，对知青生活进行了多方面的真实记录。

这一时期本义上的陕西知青文学呈现出多元化的景象。90 年代后，各个地方掀起了知青回忆录的热潮。在延安上山下乡的北京知青，组织写作并编辑出版了回忆录《回首黄土地》。这部回忆录以其回忆的真实客观性以及语言的生动性，成为全国回忆录文集中好看耐读有影响力的一部。

1996 年,《西安晚报》刊登了《今日老三届》征文启事，后结集出版了《情结老三届》和《今日老三届》两本书，再次掀起知青热。

1997 年，知青作家李正平创作出版了描写知青生活的近三十万字的长篇小说《阴历年》。

1998 年，在知青上山下乡四十周年之际，陕西电视台播出以陕西知青作家为主体创作的七集电视专题片《老三届故事》。它突破了以往的程式，打破了“青春无悔的宣言”，站在宏观的高度，以纪实的方式，对一段特殊历史、难忘岁月进行了全方位、多视角的重新审视。

同年，朱文杰的《老三届采访手记》出版。这部长篇纪实文学是作家参与电视专题片《老三届故事》撰稿拍摄过程中，对大量的素材进行加工创作而成。此书真实地记录了在延安插队的北京知青和在关中、陕南插队的西安及各地市本土知青的故事，读来情真意切。

这一年，陕西知青作家常扬策划和编导了一部反映20世纪70年代初襄渝铁路建设者的电视专题片《三线学兵连》。三线学兵生活的圈子比较简单，不像插队知青分布在农村的角角落落，他们过的是群体生活，相对比较单纯封闭。通过这部专题片，我们可以看到知青为了襄渝铁路的建设，奉献出自己的青春年华。

这一时期的作品表现出以下特征：首先，记述更加深入具体，价值取向多元化。对前一时期英雄主义和青春无悔主题进行消解，从而定位于对普通知青命运的反思，尤其是对女知青命运的描写更是震撼人心。作品主题的改变，使得知青作家从题材的选择、写作内容、写作风格都发生了很大的改变。陕西知青作家的目光不再聚焦在革命运动和英雄人物身上，平凡的小人物成为他们写作中的主体。作品通过描写他们在历史运动中个体命运的起起落落，展现小人物的生存状态和精神诉求。这些小人物有着复杂的世俗人性，有着鲜活的生命体验，更能打动人心。

比如《远山几道弯》中知青为了能招工回城，有些知青之间开始钩心斗角，显示出生活的世俗和无奈。特别值得一提的是《苍凉青春》，作者以报告文学的形式写滞留在陕北女知青的生存境遇，从女性的命运来反映知青生活的苍凉与真实境况，读来令人动情。女性的柔弱与多情，她们注定要在历史的颠簸中承受更多的痛苦与磨难。《平凡的世界》以农村青年的个体奋斗为主题，来反映一个时代的历史性变迁。《阴历年》中留在农村的知青徐国庆也是一个具有悲剧意义的小人物。20世纪90年代出现的回忆录《回首黄土地》《情结老三届》《今日老三届》，更是个体化叙事的集合之作。知青们把个人的命运记录下来，仿佛一滴滴水，最终汇聚成溪流大江，让我们窥见历史的缩影。

这种主题转变的原因在于，知青作家在经历了新时期的控诉式写作之后，随着改革开放的深入，政治激情的弱化，那种情绪化的冲动和愤怒开始逐渐消退。当他们再回顾那段知青岁月，对于这段历史有了更加客观的认识，他们更愿意把历史最真实的一面写出来展现给民众看。所以，他们笔下的知青不再是充满理想主义的英雄，不再拥有那种崇高神圣的精神追求，作品主题也不再是青春时光的奋进。作家们没有沉浸在对苦难的一味回忆当中，而是探索了对苦难的超越，把知青题材小说推向了一个新的领域和高度。当然，作品没有回避“文革”给人们日常生活带来的变化，但更关注的是知青在这变化中仍坚守的东西，还原了琐碎的世俗人性，还原了历史的本来面貌，也还原了历史中人的精神家园。作家们用理性的眼光来重新认识自己，用平凡人的视角再现了历史，也成就了作品所应有的内涵与高度。

其次，在更广阔的历史背景下回顾与反思，甚至局部突破知青题材。陕西作家一如既往地继承了现实主义的写作手法，不隐恶不虚美，真实而深刻地对自己的生活经历进行了抒写，这种纪实性叙事在浓郁的地域特色中，力图呈现出人们在特殊年代的真实生存境遇。这类知青题材作品情真意切，能够引起人们发自内心的共鸣。

20 世纪 80 年代后期以来，文学创作在冷静的叙述语调中反映出平静客观的人生态度，体现出这一段时间作家力图超越已有的文学写作模式，去寻求独创性的领地。例如《远山几道弯》中的知青，他们生活得平淡实在，代表了多数知青的生活状态，他们想通过招工脱离农村，回到城市。他们身上有人性的弱点，也学会了在农村委曲求全，但是他们身上依然有善良坚忍的美德。作者真实地反映了自己曾经生活过的岁月，真诚地写下了自己对生活的理解。作品中有很多民俗风情歌谣，甚至不避粗俗地使用民间口语，使我们能感受到秦岭优美原始的自然风貌和关中这块土地上特有的浑厚大气。

《苍凉青春》是一部报告文学，其以质朴真切的语言和深刻的反思精神，反映了一群在陕北黄土高原上插队落户结婚生子的北京女知青的真实生活，描绘了她们苍凉的生存状态和复杂的心理状态。作者不是简单地对“文革”进行政治上的反思，也不是对上山下乡运动做结论，而是真切地表现人性的深度。纵观全文，我们能感受到陕北黄土地的贫瘠和荒凉，一如她们的青春年华一样，苍凉而孤独，无奈又真实。

路遥《平凡的世界》向来以现实主义写作方法著称，在对现实生活的客观描摹方面，在对陕北乡土乡情的展现方面和在人生价值的探索方面，奠定了自己独特的艺术魅力。这部小说中所洋溢的励志精神，数十年来，激励着一代又一代青年拼搏奋进。

李正平《阴历年》用苍凉悲壮的笔调描写了插队巴山丛中的一群老三届知青的人生历程，在陕南风土人情的背景中，叙写了徐国庆的悲剧人生。

朱文杰报告文学《老三届采访手记》以真实的人生体验赢得了众多读者的青睐。文中不仅真实地再现知青生活，而且有“老三届”人自审自省的感悟，在更广阔的历史背景下回顾与反思这一代人的人生际遇。留给读者的是，即使人生有过精神历程的痛楚与创伤，但是依然要留住美好的事物，才能不断地完善自我。

再者，表现手法更加多样。在文化传播诸方面，知青们借助大众媒体，特别是电视的传播力，让知青故事为大家所熟知。20 世纪 90 年代之后，全国知青文学创作领域作品不断涌现，还举办了一些大型展览以及联谊活动，拍摄了很多纪录片，这些都是知青群体活动，知青文化大戏拉开了大幕。陕西这一时期对知青运动和生活进行记叙的，最具有代表性的是电视专题片。这使得知青经历以图文并茂的方式为大家所熟知，而且扩大了影响力。在纪录片中，回首前尘往事，知青是一群有血有肉的生命，在时代的洪流中经历人生的酸甜苦辣，有着自己的挣扎和选择。他们走过的那段忧伤岁月，成为记忆中的一段历程，然后以一种平和的方式重现。其中，以莫伸、渭水、商子秦、朱文杰拍的电视专题片《老三届故事》为代表。电视片编创人员全方位回顾了知青运动，真实地讲述了陕西知青曾经的命运磨难，做出的青春奉献，以及和父老乡亲的深厚感情。这部纪录片结合历史、现状与未来，是充满自省意识的纪录片，具有很高的文献价值。

《三线学兵连》的总编导常扬站在历史的高度，把历史与现实结合起来，记录下三线学兵的青春奉献精神。在时空的隧道中，观众看这群人笑对苦难，去升华自己的人生。解说词有议论有抒情，同时也融入哲理思辨，使得此片更为客观冷静。

知青题材小说在经历了新时期文学的鼎盛之后，在 20 世纪 80 年代后期作品不是很多，却在 20 世纪 90 年代后又掀起新的高潮，较为显著的特点就是回忆录大量出现。20 世纪 90 年代前期，各省市知青先后出版了自己的回忆录，集中反映了 90 年代后知青群体对上山下乡运动的思想认识。历史在知青心灵中又一次唤起记忆，也是时代对知青心灵的又一次检阅。北京知青《回首黄土地》是这一时期回忆录文集中的佼佼者。这些实录文章记载了当年北京知青上山下乡生活的各个方面，以个体经历的故事，真实地重现了知青岁月的悲欢离合。

知青回忆录的大量出现，无疑具有重大意义。知青回忆录是知青文学的重要组成部分，真实地还原了知青插队的历史，给以后的知青运动研究提供了丰富的资料，具有宝贵的史料价值。知青题材作品的创作还将继续进行，这些知青回忆录将会为以后写知青题材作品的作家提供创作的素材依据。

从总体上来说，陕西知青文学深化期的特点在于对普通知青命运进行了记叙和反思，采用了现实主义的写作手法，这种纪实性叙事中充满了浓郁的地域风土人情。同时，借助电视的传播力，让知青故事广为传播，为历史保留了珍贵的记忆。

陕西知青文学深化期的作品，与陕西知青文学勃发期的众多有影响力的作品相比较，数量并不是很多，相对显得有些沉寂。但就广度深度而言，要更胜一筹，是对以往知青文学的一次超越，也为陕西知青文学延续期提供了借鉴。知青文学延续期绝大多数作品都是以纪实性著称，经过深化期的文学沉淀，文学不再是控诉和盲目的留恋，而是更深刻地看待那段曾经走过的曲折道路。陕西知青作家告别了曾经有过的苦恋与彷徨，以强烈的历史责任感和反思精神，重塑了关于青春的信念与价值。

一、王　蓬：长篇小说《山祭》和《水葬》珠联璧合

在20世纪80年代中后期，陕西知青文学长篇小说的创作中，作家王蓬的《山祭》和《水葬》，当属其中的重要收获。

王蓬，1948年11月11日出生于西安。1958年，随家迁至陕西省汉中市张寨村，1964年中学毕业后务农十八年，1973年开始创作，1982年因创作颇丰，破格调至汉中市群艺馆。后在鲁迅文学院、北大首届作家班学习四年。历任陕西省作家协会副主席，陕西省汉中市文联主席、汉中市作家协会主席，国家一级作家。

《山祭》描写了一个秦巴山区的传奇故事。老猎人幼年身陷匪巢，成长为剽勇悍武的神枪手，逃出匪巢后，成为威名远扬的猎手。他有浪漫奇特的婚姻，曾因活捉匪首获得殊荣，又在20世纪60年代蒙冤入狱。老猎人的女儿冬花是位美丽善良的姑娘，她的初恋情人，后来成了参与迫害她一家的仇人。她以凛然正气抵御了无耻之徒的凌辱，把冰清玉洁的爱情献给一位聋哑却善良正直的山民。

那个害了冬花一家，也害了村民的初恋情人，负疚忏悔时，猎手父女及山民们平静地宽宥了他。

秦岭山区的奇风异俗，惊心动魄的狩猎场面，引人入胜的曲折情节，变幻莫测的壮美风光，经作者全新梳理，带给读者无尽的精神享受。

1991 年，王蓬又出版了长篇小说《水葬》，小说讲述了一对有羌人血统的母女，流落至雄浑莽苍的秦岭腹地、沟通南北的古道驿镇，被镇长收留，小闺女翠翠和镇长正读中学的儿子成为一对少年恋人。一位从汉水码头上来的店小二，凭着精明与手段，利用起伏的政治风浪，成为小镇锋芒毕露的人物。又有一位麻脸壮汉，避仇流浪山间，在江山易色的特殊雪夜，与翠翠成为夫妻。后又掺进一位曾参与台儿庄血战的铮铮铁汉，与翠翠生出些故事。一对弱女，几条硬汉，在历史风云中起落沉浮，在社会变革中展示善恶。作者大刀阔斧、浓墨重彩，把秦岭深处的严峻生活，无处不在的酒性文化，耕耘收获的各类场景，婚丧娶嫁的独特习俗，展现得淋漓尽致，描绘得壮美如诗，让人读之回肠荡气，心血沸腾，为之神往。

陈忠实曾为王蓬的这两部长篇小说写下了很有分量的评论文字：

王蓬大量的小说创作，无论短篇、中篇，尤其是珠联璧合成姊妹篇形态的长篇小说《山祭》和《水葬》，给我强烈的贯穿如一的感受，就是作为一个现实主义作家面对生活的严峻的审视目光和深刻的穿透纷杂现实的思想力量。王蓬二十年以小说和报告文学为主体的创作，一刻也没有从现实生活层面上游移，没有从他熟悉的人群的生命历程和心灵历程中游移，甚至连丝毫的犹豫也没有。

在王蓬笔下，这些在中国乡村和城市发生过的影响到所有人生活的重大事件，无一遗漏地进入王蓬严峻的视镜，纳入秦岭或巴山某个村寨，淋漓尽致地演绎出来，正可当作生活的教科书和历史备忘录，留给这个民族的子孙，以为鉴戒和警示。《山祭》《水葬》等小说的认识价值和不朽的意义，就在于此。王蓬恰是在这里显示出独禀的气性，思想者的勇气和思想的力量，以及由此而蕴蓄在作品里的凛然之气。

审视和展示这些生活，对作家是一个严峻的挑战。直接亲历过这些生活历程的作家或间接了知这些生活过程的作家，任谁讲述几段生动而又荒诞的故事都不算难事，然而要避免简单化的图解和演绎，要避免浮泛的苦难展览而进入深部，却不是随意能够做到的。

王蓬以《山祭》《水葬》为代表的大量的小说创作，有一个无处不在的幽灵徘徊在大小篇幅的文字之中，就是人道和人性。我在意识到这一点时有一种破解的欣然之情。从80年代初，我读王蓬作品就有某种一时说不大准的特异气象，一种区别于同期同类题材小说的独禀的气质。显然不是来自作家对秦巴山地独特的生活习俗的生动描绘，不是对一方地域生活语言的成功改造和抒写，甚至不完全是对生活的直接体验，因为这些东西许多作家都拥有着。

我在这次通读王蓬作品的过程中豁然明朗，王蓬有一个人道人性的思想视镜，有一个博大深沉而又温柔敏感的人道人性的情怀。回溯当代文学复兴的历程，王蓬当为具备这种思想视镜和精神情怀的最趋前的作家之一。这样，就不难理解，王蓬何以会跳脱同期同类题材常常陷入的对某些口号或政策的谬误的简单鉴证的局限。在人道人性视镜下的思考，合理生存是人类追求奋斗的共同目标，也是各个民族堪为经典之作的文学作品一个永恒的常写常新的主题，不同制度下的各个种族，唯其在此一点上是共通的。这样，王蓬笔下人物的心理轨迹就烙印着沟通各个民族的普遍性意义。

《山祭》和《水葬》所指涉的时代和生活，好多作品也都写过，甚至现在还有人在写着。作家自由选取自己感兴趣的某一时段的时代生活，关键在于谁写出了独自的独特的又是深部的体验。从这个意义上说，《山祭》和《水葬》是写那个时代生活最杰出的长篇小说之一。我在扑朔迷离变幻无定的世态时风中捕捉到人道和人性的幽灵时，我竟然有一种深深的感动和伴之而来的钦佩。我确知这两部小说写作时段里文学领域思想解放艺术探索的进程和情状，王蓬当是最前趋的思想者和最具勇气的探索者之一，由感动而引发钦佩，属于自然发生。

二、杨争光：《老旦是一棵树》等取得世界性声誉

杨争光，1957年生于陕西省乾县大杨乡祥符村。1975年1月毕业于乾县杨

汉中学，曾返乡务农，后考入山东大学。在大学期间，发表第一首诗作《钻天杨》，第一篇小说《霞姐》。曾任山东大学云帆诗社社员、社长。

20 世纪 80 年代中期，杨争光曾在《诗刊》发表诗作，参加过“青春诗会”。从 80 年代后期，开始发表小说。他起步陡然，却有足够的速度和高度，被小说界称为奇异的鬼才。他一篇接一篇的小说，几乎在很短的时间内就震撼了文坛，成为陕西知青作家中一匹令人瞩目的矫健黑马。

文学评论家李敬泽评价杨争光的创作说：

我最初读到争光的小说是在《人民文学》1987 年第 1、2 期合刊上，他发表了《土声》，发自土地的声音、“土”的而不是“洋”的声音，那些几乎可以和泥土混为一体的人物被他辨认出来，生命在幽暗中的饮泣，被我们庄重痛切地倾听。我至今记得“高坎的儿子”，那个叫棒棒的少年，他的父亲指着鼻子骂了他几句，他说：爸，你丢了我的脸。然后就上吊死了。死前，他说，人眼睛一闭要能死就好了。1987 年，我是一个年轻的编辑，我不能确定我在这篇小说中看到和听到了什么，但是我意识到，在这“近乎无事”中有某种非常紧要的消息。现在，我或许可以说，杨争光和他同时的一些作家，改写了现代文学的“小人物”传统，在杨争光的眼中，人无分大小，每个生命都具有乾坤般的存在的重量。我之所以在此谈论多年前读过的《土声》，是想说明，杨争光那一代作家，他们深刻地影响着我们，他们的狂飙突进和润物无声，使我们看待世界、看待人的眼光发生着调整，今时今日，我们习以为常的许多观念和共识，其实常常受益于或发端于他们孤独的探索和创造。

迄今，杨争光已出版有中短篇小说集《黄尘》《黑风景》《老旦是一棵树》《鬼地上的月光》《光滑和粗糙的木橛子》《赌徒》；长篇小说《越活越明白》《从两个蛋开始》《少年张冲六章》《驴队来到奉先畤》等。《杨争光文集》（十卷）也面向广大读者推出。他的小说以其独有的艺术风格，引起了现当代文坛的广泛关注。

《人民文学》杂志在发表杨争光的长篇小说《少年张冲六章》时，编者在“卷首语”给予了高度评价，说这部作品是“一部忧思深广、直切我们生活和生命之症结的作品”。

文学评论家王愚在《上海文学》撰文《苦涩的追踪——谈杨争光的〈小说二题〉》，说杨争光的小说“读时苦涩异常，读后回味悠长。这类小说很难说究竟要告诉人们什么，或者启发人们什么”。

李星则认为：“在陕西乃至整个中国文坛上，杨争光的小说都是一个变异。他被称为写农村、农民的乡土作家，他自己也以写农民而自命，但他笔下的农村生活和农民形象却迥异于他的前辈和同时代的大部分作家，不仅浑茫和深邃，而且奇异而神秘，热闹而荒诞，带给人们一种新的感受和新的认识。”

韩子勇在《我读杨争光》中说：“杨争光是继莫言之后的又一个写匪高手，尽管他们路数不同、效果各异。”

林为进谈道：“杨争光的作品虽然不算多，但他无疑是近年来创作个性比较显著的中国作家之一。对于读过杨争光作品的人来说，不管喜欢与否，是赞赏还是拒绝，都很难不留下强烈的印象。”

白烨认为：“杨争光当然是一个文学天才，但是这个文学天才我觉得，他更多的像文学浪人，他经常是居无定所，我行我素，他在那一辈人里面比较独特。他打通了艺术真实和原生态真实的界限，这个上面表现得比较充分，他的作品从语言，细节的故事都很粗野、粗俗，但是你要仔细琢磨，其实又包含了精细、精准，他把这二者结合得非常好。有时候你看着他很延伸，但是你要仔细推敲，你就发现其实又很艺术。”

李建军说：“杨争光是深圳作家，但是他还是文化意义上的陕西作家。杨争光很善于写对话，而这种对话不是陕西人不一定读得出来。这个小说里面有非常深刻的对中国文化、教育，包括我们自己的反思，有些地方让我想起王小波的小说，让人感觉非常痛心。”

李震说：“在写法上，杨争光小说最值得谈论的是跨文体特征和结构方式。杨争光小说的跨文体实验，不是指不同文体形式的简单融合，而是指他用自己熟悉的其他文体的写法来写小说。这一特征的成因很明确，那就是杨争光在作为小说作家的同时，还是诗人和影视剧作家。不同文体的写作经验，习惯性地进入了他的小说写作之中，从而成为其小说在写法上独异于其他作家的一个重要特征。”

李敬泽说：“杨争光是一个难以归类的作家，中药铺里有很多抽屉，但就是没有一个能装得下他。也恰恰由于这种原因和这种可能，我认为，像这样的作家尤其应该研究和讨论，他们的作品对我们构成了挑战，其中包含着我们感到困难的事物，潜藏着某些特殊的能力和路径……《杨争光文集》洋洋十卷，它的出版提供了一个重要机会，使我们得以从整体上考察这个作家，不仅是为了更充分地认识他，而且也是为了扩展和丰富我们对世界、对自身、对文学的认识。”

在陕西知青作家中，杨争光不仅在小说创作上取得了惊人而可喜的成就，在影视文学领域内的成就同样惊人而可喜。其电影代表作有《双旗镇刀客》《杂嘴子》《五魁》《征服者》《黄沙青草红太阳》《沙镇的故事》《生日》等。电视剧代表作有《中国模特》《好戏连台》《水浒传》《激情燃烧的岁月》《我们的八十年代》等。在这些给观众留下强烈印象的电影和电视剧中，他或者担任编剧，或者担任总策划、总监制、艺术总监等，充分展示出他多方面的才华。

王京生说：“杨争光在中国当代文学中享有盛誉，是新时期中国文坛涌现的一位创作多面手，是较早引进深圳的一位优秀文艺人才。他在诗歌、小说、影视文学等领域，都取得了骄人的创作成就。他的作品植根生活，面向社会，具有丰富的思想和艺术感染力，形成了自己独特的结构和语言风格。他以严肃的创作态度长期关注社会、面向现实、贴近生活，表现出一个作家的社会责任感和积极进取的人生态度。”

崔建明认为，《行走的灵魂》的出版，标志着杨争光创作思想体系的正式形成和定型，他说：“杨争光创作生涯线索清晰，他在山东大学四年求学读书时开窍，并以诗歌创作走上文学之路，之后小说和电影创作齐头并进。小说《老旦是一棵树》和《公羊串门》取得世界性声誉，电影《双旗镇刀客》开中国新派武侠电影之先河。”

李敬泽谈道：“当争光的小说在市场上、在大众传媒中被提起时，常常都会首先提到他是《水浒传》《双旗镇刀客》等影视的编剧。我理解出版社和传媒的苦衷，我也丝毫无意忽视争光作为影视编剧的成就，我只是觉得，这种介绍方式对于杨争光的处境构成某种隐喻。这似乎是说作为一个小说家，他是幽暗的，他的小说在我们的理念或感知体系中处于一个隐晦的、难以辨别的地带，以至于我们不得不从电影或电视那里为他借得光亮。”

三、白描：《苍凉青春》被誉为“知青文学的又一次超越”

1988年8月，中国工人出版社出版了白描所著的长篇纪实小说《苍凉青春》。这部作品所描写的是在陕北下乡的北京知青，作者又是陕西知青作家，所以，成为20世纪80年代中后期陕西本义知青文学创作的一部重要作品。

1969年年初，两万多名北京知青到陕北插队，到70年代末知青运动结束时，已经通过当兵、上学、招工、招干和其他方式，除极个别人外，基本上已经全部离开农村。大多数知青在走出农村后，也陆续调回北京或调至各地工作，留在陕北的只是少量。而白描的这部纪实小说，描写了20世纪80年代仍留在陕北农村的五个北京女知青的故事。这部小说的内容提要写道：

轰轰烈烈的上山下乡运动，古老荒蛮的黄土高原，扭曲、切割了几名北京女知青的青春——两个单纯漂亮的女知青，在痴情驱使下，轮番充任一位曾有婚史并被关押收监的青年农民的婆姨，为情为爱，危急关头断然采取极端措施而震惊四方。黄河波浪在两位女知青和一位陕北汉子之间荡出一段奇缘，于是善良的她走进农民家中，在已有四个孩子的破败窑洞里创造出令人不可思议的情爱传奇。能歌善舞的女知青屡受灾难刺激终致麻木呆痴，当地干部强行将她嫁与一残疾农民以寄存生命，遂导演出一幕似功实罪却亦功亦罪然而非功非罪的悲剧。贞洁青春横遭侮辱反受千夫所指，为寻求真正爱情却被游街示众身陷囹圄，不得不以百倍努力坚忍乃至以死相拼来争得人的尊严。一对知青的私生女儿为逃避可怕婚姻，逃出荒原到城市寻找生身父母，由此演绎出一连串揪扯人心的故事……本书向读者着力展示的，是在上山下乡那场社会大潮退潮之后，几位滞留在黄土高原腹地的北京女知青的情爱遭际和命运境遇。这些鲜为人知的知青生活，具有悲怆、残酷的震撼力，引导读者的思想穿越时间空间的阻隔，去审视历史，思考生活，体味人生。

小说发表后引起广泛关注和评论，北京、西安两地曾分别召开作品研讨会，得到较高评价，被誉为“知青文学的又一次超越”。

白描在怀念逝去的诗人雷抒雁的文章中，也写到了《苍凉青春》发表前后的往事：

1988 年，我的长篇纪实文学《苍凉青春》写完后，最初打算给《当代》编辑刘茵。刘茵是陕西乡党，是我尊敬的一位大姐。我想若能先在《当代》发表，后在人民文学出版社出版，再理想不过。给刘茵说了想法，她很有兴趣，马上要看稿子。在稿子最后润色期间，工人出版社总编南云瑞出差到西安，南云瑞也是陕西人，我们彼此非常熟悉，老南听说我有一部写北京知青的长篇，动员我给工人社，回京后他又让雷抒雁盯着我手中的稿子。雷抒雁上手，于情，我无法推辞；于理，他时任工人出版社文艺部主任，没有不放心的道理，遂给刘茵说明，稿子给了工人社。

《苍凉青春》先经编辑梁文玉初审，室主任刘延庆复审，都给予很高评价。雷抒雁是在他们之后看的，立即致信于我，龙飞凤舞寥寥数语：“白描：看过《苍凉》，公认佳作，祝贺。争取当作重点安排。”很快，《苍凉青春》出版，读者的反应印证了社里的估价，他们觉得应该召开一个研讨会，于是先在西安，后在北京，分别召开了两个《苍凉青春》研讨会。两个会全由工人出版社出资，均由雷抒雁主持。西安的研讨会，雷抒雁带了工人出版社数位编辑前来，我们也邀请了刘羽升、马林帆老师出席，师生重聚，又是在这样一个场合，自然都很兴奋。雷抒雁在西安的几天，我们常常彻夜长谈，从文学到政治，从生活到家庭，从泾阳的人物、吃食、戏班子，谈到泾阳民间风俗礼数、泾阳的话、每年县城的“二月会”，以至狗撵兔、马配桩、杀猪孩子哄抢猪尿泡……嗣后，《文学报》发表陕西评论家李国平写的西安《苍凉青春》研讨会纪要《知青文学的又一次突破》。西安研讨会雷抒雁很是满意，但后来北京的研讨会他却抱以为憾。北京研讨会于 1989 年 4 月召开，其时学潮初起，人心惶惶，整个社会和媒体的兴奋点已不在文学，尽管与会著名专家不少，但报纸很少予以报道，枉费了工人出版社和雷抒雁一片苦心美意。

《苍凉青春》后曾改编为话剧、电视剧上演。曾由广州出版社、武汉大学出版社等五次重新出版。

白描，原名白志钢。曾任《延河》文学月刊主编，陕西省作协书记处书记。1991 年调北京，1999 年调中国作协任鲁迅文学院副院长。

白描发表于 1991 年第 6 期《家庭》的知青题材报告文学《一颗遗落在荒原的种子》，荣获中国作协 1990—1991 年度全国优秀报告文学奖。

四、莫　伸：《远山几道弯》开创本义陕西知青文学创作

长篇小说《远山几道弯》是陕西本土知青作家莫伸的一部长篇小说。这部小说初稿完成于 1986 年，1989 年正式出版。在陕西知青文学中，这是一部属于知青对自身进行深刻反思的重要作品，也开创了本义上的陕西知青文学长篇小说的创作。

1993 年，商子秦阅读了《远山几道弯》，以难以压抑的热情撰文评论：

在莫伸的作品中，我特别喜欢他的长篇小说《远山几道弯》。记得他第一部写知青生活的中篇《山林雾茫茫》发表之后，我曾专门去他家中讨来那期《十月》细细拜读。收到《远山几道弯》后，我几乎一口气读完，且当时就想给莫伸写封信。我感到这不仅仅是莫伸创作的一次突破，而且是知青文学的一次突破。新时期最初的知青文学，多是暴露“变相失业”之苦，如竹林的《生活之路》，这是一种真实，一种对“文革”中“假、大、空”知青文学的否定。到 80 年代，梁晓声的《这是一片神奇的土地》，则再现并歌颂了一代知青献身的崇高和悲壮。之后，《我的遥远的清平湾》《南方的岸》，真实表现了知青的一种回归之心、思恋之情。我感到莫伸开始超越了这些阶段，把笔触集中于知青本体，刻画立体的、复杂的知青形象。在表现他们的青春热情、正直、富于同情心的同时，也真实地表现了他们的弱点。许多情节和细节，是以前的知青小说中所没有

的，如在招工时知青自己内部的“小动作”，和农村干部冲突中巧妙利用其男女关系的“把柄”，以帮助并保护自己。十分精彩也十分真实。其中，涉及男女之间的一些文字，也是莫伸这位“正人君子”以前小说中绝对没有的。仅此一点，我觉得莫伸对自己本身也有新的突破。我始终认为，由于当时某种特殊的政治与文学风潮大气候所致，莫伸的这部作品未受到应有的重视和评价。但我相信，这部作品的文学价值，最终会得到公正的评价。当然，这也需要文学批评能走出某种浮躁与偏见，走出某种以表现手法为唯一评价标准，走出某种名词大轰炸、拿腔作势的怪圈之后，才会出现我所期待的水落石出。

莫伸本人也曾不止一次地回忆这部长篇小说的创作过程。他认为这部小说来自于他下乡插队的真实生活。此前，莫伸已经先后发表了几部反映知青生活的小说，均受到好评并部分获奖。这些小说或多或少带有作者自己的影子，但总体来说，还属于虚构的创作。而农村生活是如此丰富，如此令人铭心刻骨，这使他一直怀有一个强烈的愿望，即尽可能真实地还原那一段生活，甚至希望那段生活像一篇真实的日记，永远留存在作者的记忆中。

有关《远山几道弯》的创作，莫伸写道：

1986 年 10 月，我在宝鸡市话剧团借到了一间屋子。屋子里除了一张破桌子，一把旧椅子，再就空空如也。但窗外正对着的是一览无遗的渭河滩，是莽莽苍苍的秦岭山脉，它们牵出了我许多回忆，引发我许多咀嚼和思考。我闭门谢客，整日伏案，用了二十多天时间，写出了《远山几道弯》的初稿。

真正一落笔，我才发现真实只能是相对的。这倒不是由于生活本身有许多必然要被遗忘的细节和不宜示众的隐秘，而在于艺术必须选择和剪裁。否则，越是真实的生活就越会成为一部事无巨细的流水账，一本啰啰唆唆、任何人也难以卒读的三流书。真实很好，但真实的，却不一定是艺术的。而如果没有了艺术，那么谁也不会有兴趣来读这本书。正是写这部长篇小说，让我深刻地认识和理解了生活与艺术的关系。我才终于明白了，写作需要生活，但是原始、真实的生活却不等于艺术。

由于《远山几道弯》是莫伸的第一部长篇小说，他对自己究竟能够写到怎样一个篇幅，怎样一种程度没有把握，因此最初的草稿只写了十三万四千字。《十月》编辑部看了前两章，决定作为独立的中篇小说发表，这给了他极大的鼓励，也使他增添了完成一部像模像样的长篇小说的勇气。1989 年，这部小说以近三十万字的篇幅由中国文联出版公司出版。由于种种原因，小说淹没在大量出版的长篇小说中。但是不知不觉中，这部已经出版过的小说又引起了一些刊物和出版社的重视。先是《中篇小说选刊》将《十月》上发表的独立中篇选载，其后上海的《电影·文学》杂志邀请作者将全书浓缩成一部十二万字的小长篇，以《招工的故事》为标题，作为刊物头条小说发表。2014 年，武汉大学出版社再次出版了这部小说。

《远山几道弯》出版前后，中国文学经历了空前繁荣，开始步入市场的喧嚣期和过渡期，彼时一部小说的出奇制胜，或多或少都需要宣传甚至某种意义上的炒作了。《远山几道弯》没有进行过任何宣传和炒作，但是作家依然接到了许多读者热情的来信。莫伸回忆说："印象最深的是东北一位落榜的高考毕业生。他高考落榜后情绪极不好，甚至几次想到自杀。偶然中拿到了这部书，也偶然中翻了翻，被吸引住了，随后一口气往下读。当他读到最后庄莲莲在招工中做出自我牺牲，把机会留给了她所爱着的人时，他流泪了。并且正是在这种近乎苦难的生活状态中，让他看到了生活中积极美好的一面和值得留恋的一面，从而打消了自杀的念头。后来他继续奋发努力，终于考上了沈阳医学院。印象中，他是考上医学院后给我写来的这封信。这封信写得很长，也很生动。可惜当年不知留存，都丢失了。"

陕西知青文学的组织者和参与者刘莹是许多年以后才读到这部小说的，读完后，她以《流放的青春》为题，写了一篇读后感。刘莹写道：

长篇小说《远山几道弯》是莫伸 80 年代创作的作品。这部小说通过特定历史时期的特殊历史事件，以第一人称的视角，讲述了一群知识青年在农村生活的境遇。作者用写实的手法，将城市年轻人在农村中的无奈和艰辛，以及渴望从农村重返城市的希望、失望，甚至是绝望的心情，描述得淋漓尽致。

小说的可贵之处，在于作者真实地叙事。许多情节沉淀至今，依然会在惊骇之余有其寻根的思考意义。小说的另一个可贵之处，还在于作者对农村故事的捕捉。其中，李长生和乖艳凄凉的爱情、吉香娘无奈的重婚，比起前张艺谋时代同类题材的《菊豆》要早两年。而对李长生这个人物落幕时遭遇暴行的残酷描写，也应该是后寻根时代乡村叙事中“暴力美学”的先行者，远早于一些后来的作家们在这方面的努力和探求。

五、路　遥：《平凡的世界》荣获茅盾文学奖

20 世纪 80 年代后期，路遥完成了他的代表作三卷本长篇小说《平凡的世界》，该书的三卷分别于 1986 年、1988 年、1989 年由中国文联出版公司出版。这是一部全景式地表现中国当代城乡社会生活的长篇小说，以主人公孙少安和孙少平两兄弟为中心，展示了中国 20 世纪 70 年代中期到 80 年代中期社会各阶层众多普通人的形象。作品将劳动与爱情、挫折与追求、痛苦与欢乐、日常生活与巨大社会冲突纷繁地交织在一起，深刻地展示了普通人在大时代历史进程中所走过的艰难曲折的道路，显示出恢宏的气势和史诗般的品格。

1991 年，《平凡的世界》获得第三届茅盾文学奖。路遥在颁奖典礼上发言时说：“我们的责任不是为自己或少数人写作，而是应该全心全意全力满足广大人民群众的精神需要。我国各民族劳动人民创造了辉煌的历史、壮丽的生活，也用她的乳汁哺育了作家、艺术家。人民是我们的母亲，生活是艺术的源泉。人民生活的大树万古长青，我们栖息于它的枝头就会情不自禁地为此而歌唱。只有不丧失普通劳动者的感觉，我们才有可能把握社会历史进程的主流，才有可能创造出真正有价值的艺术品。”

1992 年 11 月 17 日上午 8 时 20 分，路遥因病医治无效在西安逝世，年仅四十二岁。

路遥去世前躺在医院病床上写下了《平凡的世界》创作随笔《早晨从中午开始》，全文五万多字，凝聚了路遥生命中最后的心血。文中记录了他写作《平凡的世界》时的生活经历、思想经历和感情经历。从萌发写《平凡的世界》的念头，到 1988 年 5 月 25 日完稿，十年磨一剑，路遥用他十年的青春和生命换来

《平凡的世界》的美丽绽放，用他十年的苦难（精神和身体备受折磨）雕琢了一颗晶莹璀璨的明珠。这篇随笔为后人研究《平凡的世界》提供了宝贵的第一手资料，也是一笔特殊的精神财富。

《平凡的世界》主要内容如下：

第一部：1975 年年初，农民子弟孙少平到原西县高中读书，他贫困、自卑，后对处境相同的地主家庭出身的郝红梅产生情愫，在被同班同学侯玉英发现并当众说破后，与郝红梅关系渐变恶劣，后来郝红梅却与家境优越的顾养民恋爱。少平高中毕业，回到家乡做了一名教师。但他并没有消沉，他与县革委副主任田福军的女儿田晓霞建立了友情，在晓霞的帮助下关注着外面的世界。少平的哥哥少安一直在家劳动，与村支书田福堂的女儿——县城教师田润叶青梅竹马。少安和润叶互有爱慕之心，却遭到田福堂反对。经过痛苦的煎熬，少安到山西与勤劳善良的秀莲相亲并结了婚，润叶也只得含泪与父亲介绍的一直对她有爱慕之情的李向前结婚。这时，农村生活穷困，又遇上了旱灾，田福堂为了加强自己的威信，组织偷挖河坝与上游抢水，不料竟出了人命。为了“农业学大寨”，他好大喜功炸山修田叫人搬家又弄得天怒人怨。

第二部：1979 年春，十一届三中全会后百废待兴又矛盾重重，田福堂连夜召开支部会抵制责任制，孙少安却领导生产队率先实行，接着也就在全村推广了责任制。头脑灵活的少安又进城拉砖，用赚的钱建窑烧砖（大部分为贷款），成了公社的“冒尖户”。少平青春的梦想和追求也激励着他到外面去闯荡世界，他从漂泊的揽工汉成为正式的建筑工，最后又获得了当煤矿工人的好机遇。他的女友晓霞从师专毕业后到省报当了记者，他们相约两年后再相会。润叶远离她不爱的丈夫到团地委工作，引起钟情痴心的丈夫酒后开车致残，润叶感到内疚回到丈夫身边，开始幸福生活。她的弟弟润生也已长大成人，他在异乡与命运坎坷的郝红梅邂逅，终于两人结为夫妻。往昔主宰全村命运的强人田福堂，不仅对新时期的变革抵触，同时也为女儿、儿子的婚事窝火，加上病魔缠身，弄得焦头烂额。

第三部：1982 年，孙少平到了煤矿，尽心尽力干活，从学生成了一名优秀工人。可是，就在孙少平与田晓霞产生强烈感情的时候，田晓霞却因在抗洪采访中为抢救灾民光荣牺牲了，后来田福军给孙少平发了封电报，少平悲痛不已。少安的砖窑已有了很大发展，他决定贷款扩建机器制砖，不料因技师根本不懂技术，砖窑蒙受很大损失。后来在朋友和县长的帮助下再度奋起，通过几番努力，终于成了当地社会主义建设的领头人。却没想到，少安的妻子秀莲，在欢庆由他家出资一万五千元扩建小学的会上口吐鲜血，后确诊肺癌。润叶生活幸福，生了个胖儿子，润生和郝红梅的婚事也终于得到了父母的承认，并添了可爱的女儿。二十七岁的少平在一次事故中为救护徒弟也受了重伤，英俊面容尽毁，却遇少时玩伴金波之妹表白，少平为她的前途与自己的感情选择拒绝。他们并没有被不幸压垮，少平从医院出来，面对了现实，又充满信心地回到了矿山，迎接他新的生活与挑战。

《平凡的世界》所采用的创作方法——传统的现实主义方法，在经历了五六十年代的异化和畸变之后，已经为 80 年代后的大多数作家所不屑，但路遥运用这一方法，却取得了成功。像在现实生活的客观描摹方面，在对乡土乡情魅力的展现方面，《平凡的世界》表现出了认真的追求，也获得了独特的艺术魅力。这一点，固然能强烈感染那些来自农村却又到城市中讨生活的读者们，使他们能真切地感受到浓郁的思乡情结，抚慰他们漂泊异乡的心灵，同时也能给城市青年读者一种新鲜感，在欣赏到乡村异域风情美的同时，也了解到更丰富的生活世界。

陈忠实评价道：“《平凡的世界》是茅盾文学奖皇冠上的明珠、激励千万青年的不朽经典、最受老师和学生喜爱的新课标必读书。路遥获得了这个世界数以亿计的普通人的尊敬和崇拜，他沟通了这个世界的人们和地球人类的情感。”

贾平凹评价道：“他是一个优秀的作家，他是一个出色的政治家，他是一个气势磅礴的人。但他是夸父，倒在干渴的路上。他的文学就像火一样燃出炙人的灿烂的光焰。”

延安大学文学研究所所长厚夫评价道：“这部小说所传达出的精神内涵，正是对中华民族千百年来自强不息、厚德载物精神传统的自觉继承。这样的小说对底层奋斗者而言，无疑具有灯塔效应。”

虽然路遥已经去世二十多年，他的作品至今仍然在激励着一代代青年拼搏。2003 年到 2004 年，在大陆七所高校大学生信仰状况问卷调查中，在“对你影响最大的书”一项中，《平凡的世界》名列首位。

2015 年，电视连续剧《平凡的世界》播出，在这部经典之作出版二十多年之后，引起了新一轮的路遥和《平凡的世界》热，成为全社会关注的焦点。

六、莫伸、渭水、商子秦、朱文杰：电视专题片《老三届故事》产生强烈社会反响

1998年，在知识青年上山下乡三十周年之际，陕西电视台播出了一部七集电视专题片《老三届故事》，产生了强烈的反响。这既不是当时曾一度流行的“青春无悔”的宣言，也不是伤痕和苦难的展示。电视片编创人员站在时代的高度，在全方位回顾观照了知青运动的基础上，真实地讲述了陕西知青的故事。从各个不同侧面，表现知识青年曾经的命运磨难和苦乐年华，展示了他们为陕西热土做出的青春奉献，较早地表现了现今党和国家领导人在陕北插队和生活的真实历史，反映了广大知青和父老乡亲的深厚感情。

这部电视专题片原策划片名为“我们老三届”，共九集，各分集标题分别为：《历史的回声》《土黄的青春》《文明的天使》《血沃的原野》《浪漫与现实》《苦难铸风流》《土地与史诗》《最后的知青》《负重的一代》。总撰稿为莫伸，1—3集渭水撰稿，4—6集朱文杰撰稿，7—9集商子秦撰稿。

1997年春天，西安的“老三届”自发开始筹备纪念上山下乡三十周年，“老三届”企业家王克良先生出资，要拍摄一部陕西“老三届”知识青年的专题片，在知青张自力的引荐下，邀请知青作家莫伸任总撰稿。莫伸邀了同是“老三届”诗人的渭水、商子秦及朱文杰一道完成撰稿。于是，几位知青作家在西安乐居场王克良先生的老家安寨扎营，开始了为时半年的采访和写作。

莫伸带领大家一起讨论了剧本的提纲，明确了主题和内容，拟订写九集脚本。大家都有自己的知青生活经历与积淀，加上当时《西安晚报》举办“老三届”征文，大量的未能刊发的来稿，为撰稿提供了丰富的素材。当年插队陕北的北京知青们所出版的《回首黄土地》等书刊，也成了以后采访时的“联络图”。

渭水、商子秦、朱文杰三人先后赴延安、北京采访，结识了大量的“老三届”知青，获得了翔实的第一手资料。之后开始写作。完稿后，三人的分集脚本由莫伸统一修订，莫伸在电脑上打完并修改了近十万字的文稿，不但统一了文字

风格，而且粗分了镜头，使之更加电视化。

随后，几位知青作家同陕西电视台《我们老三届》摄制组一道，奔赴陕北、陕南、宝鸡、北京等地，进行了历时一个多月的实地拍摄采访。

片子的后期制作时，渭水参与了剪辑工作。由于种种原因，与原先设想的艺术风格发生较大变化，最后剪成七集，改名为“老三届故事”。

《老三届故事》先在陕西电视台、北京电视台播出，反响特别强烈，引起社会各界广泛关注，在广大观众的要求下多次重播。后在国内多家电视台及香港阳光台播出。《老三届故事》荣获陕西电视金鹰奖专题片一等奖，出版有光碟。

七、朱文杰：《老三届采访手记》填补知青报告文学空白

1998 年，朱文杰所著的《老三届采访手记》一书由陕西太白文艺出版社出版，产生强烈反响。这部长篇纪实文学是以作家朱文杰参与多集电视专题片《老三届故事》撰稿拍摄过程中，积累的大量的素材为依据精心创作而成的。全书三十万字，共分为二十多个章节，作者用饱含感情的文字，真实记录了大量在延安插队的北京知青和在关中、陕南插队的西安及各地市本土知青的故事，蹉跎岁月、沉浮命运，令人慨叹不已，书后附有知青作家语录，充满深刻思辨意识。

作家朱文杰是“老三届”知识青年的同龄人，1948 年 10 月生，陕西西安人，1965 年初中毕业后考入西安会计学校，1968 年分配工作到铜川，从而免去上山下乡。后毕业于西北大学中文系。系中国作家协会会员，国家一级作家，西安市文史馆馆员。

作家赵熙评价道：“文杰在长篇报告文学《老三届采访手记》这部荣登 1998 年畅销书排行榜的著作中，也表现了他在对生活把握提炼的，挖掘思想深邃的，语言叙述睿智的全面的非凡功力！”

《陕西日报》周末版 1998 年 12 月 25 日整版发表了记者张立（现《陕西日

报》文艺部主任、陕西省评论家协会副主席）对朱文杰的专访，并加编者按："朱文杰先生撰写的长篇报告文学《老三届采访手记》，一经问世就引起了广大读者的关注，首版销售一空。一时间好评如潮、反响强烈，普遍认为该书厚重大气，以真实撼动人的心灵，是近年来写得有深度又不可多得的一部好书。"

记者认为，《老三届采访手记》的意义就在于它填补了一个空白，一个全景描写散落在黄土地的上山下乡知青命运报告文学的空白。这部很多读者流着眼泪读完的书，见解超前，在揭示严酷生活真实的前提下以情感人，不粉饰、不回避，拒绝笔墨亵渎。

现将这篇专访摘录如下：

问：《老三届采访手记》在读者中尤其是"老三届"中反响很不一般，很多读者是流着眼泪读完这本书的。有评论说这本书敢于直面人生，以真实生活撼动了人的心灵，你能谈一下自己创作时的真实想法吗？

朱文杰：真实是报告文学的生命，真实地反映一代知青的命运是一个作家的良知和义务。知青悲壮而坎坷的生活历程深深感动了我，我在很多情况下都是流着眼泪完成采访的。到大山深处看望至今仍留在农村的最后的知青，随一批批老知青们重访插过队的地方，出席他们为回报土地、回报乡亲们捐资办起的希望小学的开学典礼，参观他们捐资二千万元修建的黄土地上最现代的希望小学，以及他们为农村捐建的果园、电站、卫星电视等公益事业，甚至那一座座旧窑洞、知青屋，即便是一片废墟，在他们的心中也是美丽的。和"老三届"们哭在一起，笑在一起，疯狂在一起，触摸到了那一颗颗饱经沧桑而依然滚烫的心。悼念牺牲在广阔天地的"老三届"同学，在苍凉残破的坟茔前献上一束束鲜花，在深山绝壁下悲戚地呼唤着他们的英灵，都无不催人泪下，令人热血奔涌。那种深植的情结和刻骨铭心、永难忘记的泣血的追忆，撼动着每一个"老三届"人的灵魂；表现他们依然忠诚，依然奉献的心灵。他们的喜怒哀乐无论是一起倾诉、一起发泄，都绝不粉饰、不回避，把生活的真实，原生态的非经感情过滤的活生生的甚至严酷的真实摆在读者面前，因为历史拒绝笔墨亵渎。

问：这本书集中反映了普通而平凡的"老三届"人的命运，不少"老三届"人认为比较客观，你是怎么把握这一点的？

朱文杰："老三届"人是一个几千万人的大群体，把眼光集中到他们之中普通人的平凡命运上，我以为更具代表性，更能证明这一代人经历的坎坷，这种带有普遍性的、独特的生活真实，更为客观也更为强烈。同时注意多选一些鲜为人知的不同类型的典型人物，如社会科学和自然科学中的佼佼者，虽默默无闻，也不是新闻上追踪的热点人物，有的甚至没有被采访报道过；还有曾经的风云人物如今被人遗忘的各类“老三届”人；仍留在深山老林中的“最后的知青”和挣扎在贫困线上的下岗者。我用归类的方法来描写，这样就有了比较和反差。

对一些历史问题的观点和看法上，我注意尽量客观与公允，把各种观点都摆出来，给人的不是结论的统一，而是各类“歧见”并存，因为生活本身的复杂，各人的经历、处境不一样。但这不应妨碍争鸣和思辨的理性分析。对于一些“老三届”现象，我是抱着不嘲讽、不贬低，实事求是的态度来反映的。

问：《老三届采访手记》选用了一百多幅知青老照片，并附录了“知青作家语录”，增大了这本书的内涵与信息量，使之具有了史料性和收藏价值，为后人研究“老三届”提供了珍贵的第一手资料。就这方面你能谈一下吗？

朱文杰：本书选用了一百四十五幅知青老照片和生活现状的写实照片，使这本书图文并茂，可感可触。尤其是那些珍藏了近三十年的老照片给人一种历史沧桑感，与生活现状的照片形成巨大反差，给人以岁月无情的震撼，使人触景生情，浮想联翩。这种效果是单纯文字所达不到的，而这些照片也是历史的见证物，具有一定的史料价值和收藏价值。

采用五十多位知青作家的语录，增大了这本书的内涵和信息量。这些语录是融哲言、警句、诗意为一炉的精美语言的荟萃，语言的瑰宝，是可以传抄和诵读的，能给人启迪，发人深省。

我本来的想法是，这一代人是读“语录”长大并走向社会的，从盲从受骗到觉醒反思，这一代人终于也有了自己的语录，这无疑是一种荒诞，当然更是一代人灵魂的自白，对社会人生的感悟。解剖自己、重铸灵魂的思想结晶，也给读者打开了一道进入这一代人心灵的途径，满足人们的兴趣和审美愉悦。

问：为写这本书历时两年，跑了那么多地方，采访了数千名“老三届”知青，请你谈一下创作这本书的动机和作家的社会责任感。

朱文杰：创作这本书首先是被知青的生活与命运所打动、感染，不由自主地要为他们代言，为他们树碑立传，这已成了我义不容辞的责任。这一代人与共和国同龄，应当被人关注和同情，不应当被人误解，被社会忽视。虽然我没有上山下乡，由于我们是同龄人，使我真切感到我也是他们中的一员，有一种同呼吸共命运的感觉。这一种感觉所激发的创作冲动，使我不吐不快。要潜心地研究“老三届”这一独特现象，进入他们的灵魂深处，弄明白一些模糊的是非，澄清一些混淆的观点，这同时也可以说是作家的社会责任吧！

问：我省近期相继问世的一批知青文学作品，注重更深层次的开掘，你能谈一下《老三届采访手记》是如何把握这一点的吗？

朱文杰：以往的知青文学构成了一幅幅多姿多彩、灿烂辉煌的画卷。进入80年代，知青文学的精神内核，仍然是理想主义与英雄主义沉重与虚妄的呐喊，青春不悔、无怨无悔却是存在于一种生存危机、精神危机的灰色状态中。到了90年代，有所拓展，在个性魅力与时代风格的结合中，极为个人化的以宣泄为主的描写，不同程度地接触到文学的本真。在世纪交替的转型期，文学状态也呈异彩繁复的迷宫状态，一批批新的知青文学作品问世，开始冲决着“苦难崇拜”意识的束缚，因而加大了开拓力度，其中有社会批判的冷峻，有绚丽归于平淡的憩适，有的则进入深度灵魂忏悔。而《老三届采访手记》作为报告文学不同于其他虚构文学样式，只能真实地再现生活，即使是网状的、复杂的、充满奥秘和不可解释的生活，也最大限度、原封不动地真实拓印。这里有追溯历史的真相，也有“老三届”人自审自省的感悟；并从独异视觉、新颖角度切入，超越单纯的“感谢苦难”“劫后辉煌”“青春无悔”的知青情结；同时具有警示性、忧患意识地进行深层次开掘，在更广阔的历史背景下回顾与反思这一代人的人生遭遇。

问：知青插队落户的生活，不同于建设兵团的集体生活，《老三届采访手记》的意义就在于它填补了一个空白。请你谈一下上山下乡运动中插队落户与建设兵团知青生活的区别。

朱文杰：有影响的反映知青生活的报告文学大都是反映建设兵团的。例如：邓贤的《中国知青梦》、郭小东的《中国知青部落》等。而反映知青中插队落户的长篇报告文学则比较少，在大背景下整体反映以人物真实命运为描写对象的报告文学还没有见到。可能是我孤陋寡闻吧，不敢说填补了整体反映插队落户知青的报告文学的空白，我想仅仅是一种抛砖引玉的尝试。对插队落户知青与兵团战士两者差异的研究我以为很有意义，很有价值。首先从人数上讲，1968年兴起的上山下乡运动一千八百多万知青，其中到兵团农场的仅有二百二十八万，占

16%；而插队落户的是大多数，遍撒广阔天地的角角落落。

兵团战士有屯垦戍边的性质，作为解放军后备队的准军事编制，要求到兵团去的知青出身好，所以“红五类”多，因为这要通过严格的政审和体检；实际上兵团战士只是一种名誉，确切地说是农工。而插队落户就是当农民，生活上与农民同吃同住同劳动。一下子处于社会最底层，优越感丧失了，对土地的了解更直接了，不像兵团战士还有一点工资。他们受农民影响大，又有大串联留下的习惯，农闲时流动性强，有游兵散勇的感觉，处于一种自由散漫的状态。王小波以“流氓无产者”来划分是有一定道理的。农村基层组织在“文革”中破坏严重，对知青的管理松懈和放任，加之天高皇帝远，远离政治经济中心，原有的“革命”意识、阶级斗争观念相对减弱，很快知青就被温情化了。兵团就不一样，他们是半军事化的管制，由单一知青组成连队，使集体生活强化，所以“政治挂帅”“阶级斗争一抓就灵”等极左的东西强烈尖锐得多。初期对知青有“二劳改”的称谓，对“落后”知青进行残酷迫害，关押吊打，对逃跑的判刑甚至有枪杀的。另一方面在知青中理想主义、英雄主义的色彩更为强烈。还有，兵团的知青时间长，一般在十年左右；而插队落户有两三年就招工当兵返城的，多则五六年，十年以上的很少。所以兵团知青精神上的苦闷、孤寂更为深重，前途的迷茫、命运的悲惨使他们的苦难感更强烈。

兵团知青较集中，他们中间发生的影响到全国的大事件多。例如，死难的多，东北、内蒙古的森林大火和洪水泛滥，当年知青烈士的典型最著名的金训华和张勇都是兵团的。还有兵团的现役军人干部利用职权强奸女知青的事频频发生，惊动中央，轰动全国。最后发生五万云南知青要求返城，绝食罢工，进京请愿的事件及北大荒的知青“胜利大逃亡”，都是震动一时的大事件。

插队落户的知青中却是鲜为人知的秘闻多，千奇百怪的故事多。例如有的地方知青与农民发生械斗被打死的、判刑的，其中死难的肯定也不少。但因为分散，难以整体反映，影响相对小，因为各地有各地的特点，十里一俗。另一方面，插队落户的知青与他们共同度过苦难的父老乡亲建立的感情更为深厚，以致在回城后，自己的处境一有改变，就纷纷重访第二故乡。探望老房东的，重访小山村的，回农村扶贫帮困的，建希望小学的，搞各种公益事业以回报父老乡亲和养育过他们的土地的，等等，虽如涓涓细流，也形成蔚为大观的浪潮。

在知青文学这一独特的文化现象中，反映兵团的作品和有影响的作家相对较多。例如，东北兵团的梁晓声、张抗抗等一大批人，著名的作品有《今夜有暴风雪》《年轮》，以及内蒙古兵团老鬼的《血色黄昏》等。但我以为，插队落户的知青作家的作品可能更具代表性和历史深度，生活底蕴更为丰厚。虽然这都是一些篇幅相对短小的中短篇小说，但更为经典，例如阿城的《棋王》、史铁生的《我的遥远的清平湾》、朱晓平的《桑树坪纪事》等。在插队落户的知青中出现的思想先驱多，他们觉醒早，思想活跃，例如白洋淀诗人群中郭路生（食指）等诗人的诗被广泛传抄；朱学勤提到的“68年思潮”知青中思想旗手的群体；还有任毅的《知青之歌》等。总之，这里面是否有一种规律，两者之间的同异差别，作为一个课题，去研究上山下乡运动中两类不同处境的知青命运，有待专家们去研究分析，我只能简单谈一下。

八、常　扬：《三线学兵连》获中国电视金鹰入围奖

1998年，一部反映20世纪70年代初襄渝铁路建设者的电视专题片《三线学兵连》，在陕西引起轰动。这部电视片的总策划、总编导是陕西知青作家常扬。

电视专题片《三线学兵连》是常扬的重要作品之一。1970年8月和1971年3月，陕西省动员二万五千多名初中毕业生，到陕南秦巴山区修建襄渝铁路。襄渝铁路是当时中国三线建设重点战备工程，代号2107工程。这些初中毕业生按照部队编制，组成了一百四十一个连队，直接由铁道兵部队指挥。2107工程陕西省建设指挥部将这些学生连队命名为“学生民兵连”。这个特别的群体在襄渝铁路建设中开山、架桥、盖房、打隧道，因供给困难常常不能饱腹，但依旧拼搏奋战，流血流汗，有一百多人把年轻的生命献给了襄渝铁路。这支学兵生力军为襄渝铁路的建成，立下了不可磨灭的功勋。

鉴于《陕西劳动志》《陕西共青团志》等史志中，都把三线学兵划归为一种特殊形式的上山下乡，所以，这部作品归入知青文学。

常扬和时任团省委研究室主任的李西茂作为这一重大题材的发现者和摄制组组织

者，带领创作团队，足迹遍及陕西关中、安康以及深圳、北京等地，采访人员数以百计，笔记达百万字，撰写成九集电视专题片《三线学兵连》，并历经艰辛拍摄播出。

董邦耀曾撰文这样评价此片："该剧的作者感受着时代的脉搏，准确地切入生活，精心谋篇，站在历史的高度，把历史与现实、悲与壮、背景与人、疏与密的关系处理得很到位，透过多重的层次，去抒写学兵的大无畏精神，把人们带入时空的隧道，笑对苦难、升华人生……是一部思想内容深厚、艺术品位颇高的力作，是近几年我省不多见的优秀电视专题片。"解说词以诗化、抒情化为基础，融入哲理、议论，长于思辨，更为客观冷静……尤其是片尾的主题曲，童声演唱《铁道兵志在四方》，内涵丰富，意味深长，当年学兵生活的万千镜头闪现于脑海，给人专题片以外的诸多回忆和联想。

在拍摄采访中，常扬在安康跌入农家菜窖，险遭意外，又经历了丧母之痛，但仍坚持完成了这部电视专题片的制作，其敬业精神让人感动。电视专题片《三线学兵连》获中国电视金鹰入围奖、陕西金鹰奖二等奖。

常扬从 20 世纪 80 年代后期开始涉足电视行业，撰稿、拍摄了许多电视专题片，出版有电视专题片撰稿集《蓝色奏鸣曲》《笔头和镜头的交织》。

常扬还是一位重要的报告文学作家，著有报告文学集《夹缝时代》《人的长城》，长篇报告文学《在离开父母的日子里》《让历史记住三线学兵》。他的报告文学作品曾分别荣获陕西省第五届双五文学奖、《蓝盾》杂志奖、陕西省企业家征文奖、《中国妇女报》《萌芽》征文奖、中国税务题材作品一等奖、中国首届亚泰杯报告文学大奖、陕西"五个一工程"奖等。

九、李正平：长篇小说《阴历年》叙写最后一个麦田守望者

李正平，原西安市七十二中初中 1968 年毕业学生，插队勉县元墩公社杨家坪。1997 年，李正平创作出了近三十万字的反映他插队大巴山深处生活的长篇

小说《阴历年》。作者用苍凉悲壮的笔调描写了插队巴山丛中的一群“老三届”知青的人生历程，描写了徐国庆和杨柳之间缠绵感人的精神苦恋；山姑杏花纯朴火热的爱情；苏洁以身殉情“快意恩仇”的激情，以及游戏人生又不失豪侠之气的淘金汉等系列人物。小说描写了这一代共和国同龄人在共和国的各个重大历史时期所感受到的酸甜苦辣和所经历的悲欢离合，悲壮地叙写了他们这一代老知青中的最后一个“麦田守望者”——徐国庆几近殉道者的悲剧人生。

无疑，《阴历年》中被当作主人公的徐国庆，是作者倾注心血最多、形诸笔墨最多，也塑造得最为成功的典型环境中的“这一个”。作为共和国的同龄人，在狂热的革命激情和被烧沸的要“解放全人类”的革命目标的驱使下，徐国庆和他的战友抱着要改变农村落后面貌的宏大志愿，一同来到了巴山深处的桑树坪小山村，并满怀自信地在山坡上栽下了象征他们青春和生命的“扎根树”。

然而，土炕还没暖热，残酷的农村现实就向他们的背上猛击一掌。当女知青被人强暴后，出于知青义气，徐国庆手执利刃闯入公社大院却因误伤他人而被判了三年的监禁。这期间，杨柳违心地嫁给了曾强暴过她的公社书记；和徐国庆同住一个小屋的黄永昌踩着他的肩膀跨进了省城一所大学的校门；甚至发誓要和徐国庆生死与共的恋人苏洁也弃他而去。出狱后的徐国庆面对的就是这样残酷的现实。

但是，作为顶天立地的男儿，徐国庆没有气馁，没有被社会上的邪恶所征服。为了生存，他和欺压他的生产队长斗智；为了人格的尊严，他当着区委书记的面撕掉了汤秉臣给他讨要来的上大学的招生表格；为了回报脚下的那块土地，他借助“知青”的力量，给在黑暗中摸索的桑树坪建起了水电站，使数百口人得到了光明。

可以说，正是通过一系列人物性格的刻画，作者使徐国庆在走向丰满的同时，也使他的思想境界得到了进一步的升华。所以，当徐国庆最后一个走出知青领地，在小城中碰得头破血流，为世俗所不容而又回到桑树坪，重新做“麦田守望者”的时候，我们就不能不为之豪叹了。当然，他是一个失败的英雄，但他对公众事业的那种献身精神，面对邪恶始终在抗争的硬骨头精神，以及他把自己的信念、理想、热情都献给了那段岁月，而现实生活却无情地嘲弄了他，可他依然对未来充满信心的乐观精神，都使他成为一个真正的英雄。正是从这点出发，人们不仅不觉得这个背时的英雄可笑，而且产生了深深的同情，因为从他的身上，我们看到了一代人的生活悲剧和这代人对理想的执着追求。

十、姚泽芊：折射时代的光与影

姚泽芊，男，汉族，祖籍山东，1947年11月生于西安市，系西安市十中高中1966年毕业学生。1968年10月作为知青上山下乡，赴海南岛琼中县乌石军垦农场。以后参军到了陆军第十九军政治部文艺宣传队，先后任演员、编导和创作员，从这时起，就开始了舞台艺术的创作活动。先后编导过舞剧《送水》《炉火正红》《雪原良种》，创作过歌剧《排雷》，并写过一大批歌词。1978年复员到了西安市总工会，在市文化宫做职工文化辅导工作，此间创作了反映战士新婚别妻奔赴战场的舞剧《木棉花开》，经市职工艺术团演出，1981年赴京参加全国青工会演获创作二等奖。1984年创作工业题材小说《呵，我们的一线天》在《延河》发表后，很快被《小说月报》和《小说选刊》同时转载，同年获得陕西省政府首届文艺创作开拓奖文学类二等奖。此后他连续写出了一批有影响的小说，分别在《延河》《小说林》《朔方》《中国西部文学》《西北军事文学》《百花园》等文学期刊发表。由于创作成绩突出，他受到西安市委宣传部、西安市文联、西安市总工会和共青团西安市委的联合表彰。

在陕西诸多作家中，姚泽芊突出的特点是题材多样，不拘一格。他写工业题材，写得得心应手；写部队生活，写得活灵活现；写日常琐事，写得耐人咀嚼；写社会万象，写得入木三分。以致许多熟悉他的人都共同认为：他是人生百态的描绘高手。

除过题材多样，视角多元，姚泽芊写作的另一个特色是语言简洁凝练，生动准确。2011年“老三届”知青编辑出版了一部文集《一路悠长》。担任主编之一的莫伸终审时读到署名“骆驼刺”的一篇散文《呼伦贝尔印象》，觉得文笔优美，意境隽永，全文几乎多一字不宜，少一字不可，凭着一种直觉，莫伸认为这绝不是一般写文章的人所能够做到的。为了不埋没人才，莫伸专门顺着稿件来源打听作者，打听的结果，“骆驼刺”原来是姚泽芊。

姚泽芊是一位严肃、真诚的作家，他的作品，绝无一点闲情逸致，也绝无一丝矫揉造作，他的独特经历和独特文笔组成了他生命的史诗，也具有了一种独特的价值。姚泽芊在兵团开过荒，当过兵，长期从事文艺工作，又长期担任期刊编辑。他的小说，总是在忠实地表现着他自己的生命感悟；总是在社会发展的每个阶段，顽强地表现着个体命运和社会的碰撞。他通过一些小人物的情感思索、小人物的追索和无奈，表现出一种典型的时代情绪。比如早期获得陕西省文艺创作开拓奖的短篇小说《呵，我们的一线天》，表现的是改革开放初期人民群众对前景充满期盼的、温暖的时代情绪。正如已故著名文学评论家王愚先生在他的评论中所说：“作者通过一幅小巷陋室的素描，揭示了新一代工人的阔大胸怀和乐观精神，忧国忧民之情、振兴民族之心跃然纸上，令人感奋。”评论家李星则在“古都新声”的广播小说奖的评奖会上评论：“这是一篇精致的短篇小说。”随着改革的深入，中国在取得巨大进步的同时，人们的生活，尤其是精神生活中也出现了负面的不和谐的声音，姚泽芊笔下主人公的心灵与时代同步，也随之出现了种种游移和惶惑。他写出了《乱纷纷的夏天》《鼓声在黎明前响起》等小说，犀利而尖锐地对社会上一些丑恶现象进行批评。

进入新世纪以后，姚泽芊写了不少部影视剧本。这些剧本内容丰富，手法多样，以短剧为多。剧中表现出来的社会，如《找感觉》《上边有人》等，特别明显地表现出一种“人间喜剧”和“解剖刀”的意味。阅读姚泽芊的作品，总是能深切地感觉到，他永远在热情地投入这个社会，又永远在理性地观察和解剖着这个社会。他的大部分作品都表现出一种喜剧的品质，从嘲讽、调侃、荒诞，直到黑色幽默，读来往往令人哑然失笑，却又令人掩卷沉思。用作家莫伸的话来说：“他的作品多数不靠近主流，不靠近宣传导向的主流，不靠近重大题材的主流，也不靠近大众娱乐的主流，但是却是用百分之百的真诚，从一个侧面，折射出了这个时代的光与影。”

十一、丁　晨：交通文学的开拓者

丁晨，笔名奕言，河北省任县人。“老三届”知青，西安市五中高中 1966 年毕业学生，高级编辑。少年时卖过大碗茶、饿过肚子；青年时代，历经“文革”，在宝鸡县固川山村插队。

丁晨自 1982 年在《工人文艺》发表短篇小说《梨》迄今，在全国各类报刊发表短篇小说、散文、史话、报告文学和新闻作品上百万字。出版个人散文集《秋叶》《迟到的欣慰》《幽复含光门》《寻找》四部；主编和参与编著的散文集、报告文学集、新闻作品集、交通史志达三十余部。

丁晨创作的散文《永远的铺路石》获 2001 年《人民日报·大地》副刊三等奖；散文《乍见周庄》获中国散文学会 2010 年全国散文家论坛征文大赛一等奖，并编入华文出版社出版的《全国散文作家精品集》；散文《迟到的欣慰》获中国散文学会中国当代散文奖并编入作家出版社出版的《中国散文家大词典》；与商子秦合著的报告文学《梦圆中国第一隧——获国家科技进步一等奖的秦岭终南山公路隧道建设纪实》，获 2011 年省作协主办的陕西首届“长河杯”报告文学征文大赛最佳文学作品奖。

综观丁晨的创作，以散文和报告文学为主，其中散文创作成绩尤为突出。他的创作走向大致可划分为四类：

第一类属于记录历史，追寻思想深度的创作。

丁晨在他的多篇文章中强调散文不是作文，好的散文必须要有文化内涵、知识内涵、思想内涵和历史厚度，要给人以思考和启迪。作家始终要保持独立、自由的精神。他的早期散文《面对黄河》《新世纪断想》就体现出作者对历史，对现实，对文化和民族的沉重思考。《这里殿堂静悄悄——走进中国现代文学馆》《大地原点在哪里》《大槐树下能祭祖》《文化的力量》《面对泾渭相汇处》《狂读·夜读》以及 2015 年最新出版的散文集《寻找》中的《寻找属于自己的文字》《散文：心灵真情流淌的文字》《中国梦与读书》《丝路史话》《世界屋脊上的彩虹——康藏青藏公路》《克拉玛依：一个动人的神话》等多篇散文，都保留了作者呼唤文化，思考问题，忠于历史，追寻思想深度的风格。作家子页评价说：“读过他的作品后，我以为，丁晨寻找的是历史，是信念，是灵魂，是平平常常生活中的诗意，是普普通通人性中的美质。有了寻找，才铸就了他的作品的忠实。”

第二类属于怀念亲友，追寻人间真情的创作。

丁晨是一个情感细腻的作家，他写的《迟到的欣慰》《当爱情不再年轻》《病中杂记》《人生苦短》《每逢佳节倍思亲》《十年风雨十年友情》《兄妹情》《方寸世界寄情怀》《为先考先妣扫墓》等多篇反映人生际遇与情感的散文，语言朴实，真情动人，感人至深。

第三类属于讴歌热土，体味人生百味的创作。

丁晨虽然是河北省任县人，但童年起就一直生活在中国十三朝古都西安，他自小就跑遍了古城的角角落落，对这座城市有着浓厚的文化情结，也对滋养着自己的这片热土有着深厚的情感。在上世纪 90 年代中国文化散文兴盛之时，他按捺不住内心的兴奋，并选取沧桑、厚重的古城墙作为自己主要研究的对象，对其进行文化层面上的深度思索。他的散文《幽复含光门》系列篇，被收入“十二五”国家重点图书规划项目、国家出版基金项目——大型历史文化图书《西安城墙》文化卷。同时他还承担了书中《风流朱雀门》《风烟勿幕门》《城墙上的防空洞》《西安都城隍庙》《唐皇城墙含光门遗址博物馆》《八路军西安办事处》和城墙的四关《东关》《南关》《西关》《北关》等十篇文章的撰写任务。

值得一提的是，作者饱含对为中国民主革命做出重大贡献的井勿幕先生的怀念和敬意，写下了纪实性散文《风烟勿幕门》。文中回顾了井勿幕先生波澜壮阔的革命生涯，并对他的遗诗《秋感·步少陵〈秋兴〉》大加赞赏：“百年后我们读到这样的诗文，依然令人振聋发聩，心潮激荡!”作者对井勿幕先生的敬意不是停留在书桌前或者稿纸上，而是付诸行动——2011 年 10 日 10 日恰逢辛亥革命百年祭日，丁晨几经辗转专程寻觅到井勿幕先生之墓，在墓前静默，并撰文高呼“呼吁和渴盼尽快恢复对勿幕门的命名，将‘勿幕门’三个大字，能早日醒目地镌刻在今日人们仍叫小南门的城门洞上”，让后人世代铭记这个为这片土地演绎过热血报国史剧的年轻人。

著名文学评论家、茅盾文学奖评委李星读完丁晨有关西安城墙的系列散文后，大为赞赏，称丁晨散文集《幽复含光门》中的“城墙文化”写的同样是他生活了四十余年的西安。这些城门，几乎天天都经过，熟之又熟，而它们的历史及名字内涵，却很少为大家所知。“但是丁晨却将它们的历史和曾经的风貌，曾经的经历呈现在我们面前。”李星深刻地分析道：“丁晨散文中的历史掌故、地理变迁肯定都是从各种关于老西安的书籍、档案记载中来的。但能将它们从五花八门的历史档案、书稿中搜罗出来，赋予它们以情感、色彩、灵魂，却是作者思想的浸润，生活的酝酿，现实的激发。而如他对含光门早晚风光的描写，历史内涵的品味，人生哲理的抒发，却是任何材料都不可能有的。”

第四类属于唱响交通旋律，追寻人生价值的创作。

丁晨长期在交通行业工作，也因此，站在时代的潮头，为交通发展鼓与呼，是丁晨几十年文学创作的重点。

丁晨既倾心于对交通历史的钩沉与研究，发表了《雄关漫道话关中》《千年沧桑秦直道》《心驰神往古蜀道》《古老神奇的中国驿传制度》《中国最古老的桥梁——灞桥》《诗化交通》等大量交通史话类文章；也深入基层单位，挖掘出许多鲜活的交通人事迹与故事，如《黄土高坡最后的北京知青养路工》《道班里走出的收藏家》《秦岭深山里的夫妻养路工》等报告文学，这些作品曾在行业内引起强烈反响。在任《陕西交通报》副总编辑期间，他每年都会抽出大量时间到公路建设一线采访，并撰写了《梦圆中国第一隧》《高速公路润三秦》《从三农快客到通村客运》等一批有分量的长篇报告文学，获得了省内外作家和上级领导的一致好评。

著名散文家、原西安市文联副主席商子雍认为丁晨的作品“集中反映了陕西公路交通行业的历史和现实”，作者“远追三秦古道渊源、典故、史实；近写西部开发陕西公路建设盛况，使广大读者加深对这个特殊行业的深度了解，有着形象化的记史述志的价值”。应当说，这是一个非常中肯的评价。在“老三届”知青作家圈里，大家公认，丁晨通过几十年如一日的创作积累，形成了他洋洋大观的交通文学创作的群雕，是陕西交通文学当之无愧的开拓者。

第四章 调整嬗变的文学延续期

（2000—2015）

概 述

进入新世纪，知青这个庞大的社会群体已成为中国社会发展的中坚力量。而“知青文学”也成为文学史上的一个名词，一种文学现象，一股文学思潮。陕西知青文学在经历了20世纪60年代末期到70年代中期沉寂岁月的文学酝酿期，70年代末期到80年代末期春潮滚滚的文学勃发期，80年代末期到新世纪伊始坚守提升的文学深化期之后，“知青热”虽有所降温，但仍然成为一个跨世纪的话题，以一种新的发展态势在调整嬗变中得以延续。

客观而言，知青作家群体正逐步由中年进入老年，了解和关注知青的读者群也就同步在减少。20世纪90年代末，在拍摄《老三届故事》电视专题片时，剧组曾在北大未名湖畔随机采访过十几名大学生，其中只有两名同学多少知道点儿知青的来历，而多数大学生竟对知青一无所知。

新世纪以来，尽管本义上的陕西知青文学已经越来越弱化，但广义上的知青文学还在继续。这一时期，无论知青文学的数量，知青文学的影响力，还是普通读者、媒体对知青文学的关注都有所减弱。一方面是因为知青文学写作的主力——当年的知青们大多数年岁渐大，创作精力下降；同时，有些作家早早远离了知青题材的圈子，创作趋于更广阔的社会范畴探索，如知青作家渭水、白描、沈奇、秦巴子等人。另一方面，是因为社会环境的变化，文学思潮更迭，陕西一些作家急于摆脱“乡土味”，导致后起的作家将注意力集中到城市题材创作中，大部分年轻的作者或者知青一代的子女因为缺乏直接的知青生活和乡土经验，在自己的写作中鲜有知青的内容。

但是应该看到，新世纪陕西知青文学的低谷，同时也是陕西知青文学的自我清理和沉潜。随着当年知青逐渐退休和离职，有了空闲和时间，加上自身丰富的阅历，使之对以往人生有了更新更高层面的审视，在这种情况下，自传体回忆录竟成为一种不期而至的热点写作。

回忆录属纪实文学范畴，它借助于个人体验的方式（亲历、采访等），或使用历史文献（日记、书信、档案、新闻报道等），以非虚构方式反映生活中的真实人物与事件。好的自传或回忆书籍，不仅具有相当的艺术价值，而且有时能够超过文学作品本身，成为历史的旁证或其他社会科学的佐证。

知青回忆录以视角分类，有个人集、多人集和第三者采访集；以媒介形式分，有正式出版物、非正式出版物以及网络写作、跨媒体等形式。这类作品从数量上来看，浩如烟海；从质量上来看，参差不齐。由于展示的平台比较散杂，因此，这类文体未能形成它原本应有的艺术冲击力量，也就未能吸引更广泛的阅读群体。但是由于这类作品不可替代的纪实性，也由于它具有的内容上原生态的鲜活，它的生命力正越来越旺盛，形成的势头也越来越强劲。可以预言，它在未来的知青文学中必将占据一个相当重要的地位。包括我们在本套丛书中编撰的上下两册的《陕西知青纪实录》，只是这类文章中极少的一部分。

随着广大知青在生活中的沉淀和历练，这一阶段的陕西知青文学已经超越了具体的知青事件、话题和回忆，作为写作资源进入了更广阔的领域，对于20世纪发生的历史事件，有一批作家通过重新回首反思，跳出了“私人化”的缅怀或祭奠，做到了“我”的隐匿，也不再简单地书写“岁月蹉跎”“青春无悔”等类型化的主题。他们开始站在历史的高度，跳出个体的哀怨和温情，以更大的视野关注中国历史的变迁，将对知青经历的反思与20世纪中国历史与民族的沉浮兴衰进行更理性的观照，无论是知青文学呈现的方式，还是知青文学作品的历史分量和思想容量都有了新的境界和整合。可以说，在新世纪陕西知青文学的延续期，陕西知青作家的写作进入了一种自觉状态，知青题材融入了更宏大的社会历史背景中，超越了功利性，强调“人性”的回归。究其原因，首先是由于知青写作群体有了新的变化，更多的业余作家开始向知青题材挺进。这体现在，一些知青事件的亲历者在退休之后，不希望自己的历史被湮没，其中的许多人本着对自我交代，对历史负责的态度将自己的所见所闻所历以回忆录、口述史的方式写了出来。

这个群体之大，著作之多，范围之广，不容忽视。以杨迈曦的《并非蹉跎——我的老三届生涯》为例，用三十五万余字的篇幅，抒写了一部自己的人生传奇。他以自身的亲历亲为和所见所闻，以他的成长史、创业史为主线，展现出半个多世纪共和国的历史，尤其书中对“文革”时期、上山下乡时期以及个体企业发展过程的详尽回忆，使该书成为当地很抢手的回忆录。杨迈曦是位理工科的大学生，这部作品写得笔调从容，绵密严谨，加上有大量当时的日记、文献、资料为辅证，是一部可信度很强的个人回忆录。这不仅是一部忠实记录和还原历史的兼具社会学价值的著作，也同样是一部作者本人的心灵史。

从北京赴陕北插队的知青朱学夫，是一位事业上的成功者，他在陕北富县插队四年多，后被推荐上了西北大学。1994 年出任中美合资北京贝斯机电工程有限公司董事长兼总经理。他对当年插队知青生活怀有深厚的情结，不仅个人捐资二十万元为那里建了一所小学，还以北京贝斯机电工程有限公司的名义亲自参与了陕西省天然气股份有限公司在富县的“加压分流站项目”的自控总成建设。朱学夫把在陕北富县茶坊川口插队这四年半中印象最深刻的真人实事，分别以《出发》《到达》《赶集》《回家》《还乡》《经历》《拉练》《国道》《多舛》《拐点》及《后记》为标题，写出了一部长篇回忆录《陕北往事》。这部回忆录生动而真实地描写了北京知青当年的生活情景，堪称是一部记录知青年代的珍贵历史文本。《陕北往事》一出版，立即引起了社会各界的关注和赞誉，经《北京晚报》连载后，反响更为强烈。

这一阶段中，先后还有小寨“老三届”知青撰写的《青春与梦想》，北京知青与延安丛书编委会编撰的《苦乐年华——我的知青岁月》等大量回忆录或自传体纪实作品出版或发表。《青春与梦想》是同一插队地点多名知青撰写的回忆录。多视角交叉，有述有感有议，出版后反响很大，网上也有不同观点的争议。

《苦乐年华——我的知青岁月》是 2014 年 3 月由中央编译出版社出版的，这部书汇集了多人的回忆，也是“北京知青与延安”丛书中的第一卷。丛书共分六卷，目前出版了两卷，以纪实的笔法，向人们展示了近两万八千名北京知青，在延安黄土地上度过的峥嵘岁月和苦乐年华。

编辑推荐此书说：

书中的作者是四十五年前曾在延安插队的北京知青。当风华不再、青春已逝，追忆当年在延安的黄土地上度过的苦乐年华，更有一种人生况味。书中所收录的这些追忆文章，感情真挚深沉，文字朴素优美，尤其是在对插队生活细节的挖掘和展示中，呈现出那个年代的社会风貌和人们的精神气质，将陕北黄土地浓郁的乡土风情和知青们的心路历程给予了准确的描述和表达，是一部滋养人精神的、充满正能量的励志之作。

中共陕西省委常委、延安市委书记姚引良为这套丛书写了总序。序中说：

知青们在延安插队的岁月里，看到了当时中国社会最真实、最基层的一面。他们在接受艰苦生活的考验中，懂得了人生的衣食之难，体会到了稼穑之苦，并在与延安人民朝夕相处、共同生活中，学会了坚忍、顽强与拼搏。艰难困苦，玉汝于成。正是因为有了这样的人生经历，才玉成了知青健康的人格、志存高远的情怀和坚韧不拔的精神气质；正是因为有了上山下乡这碗酒垫底，他们才会在日后漫长的人生岁月中，对遇到的各种人生风浪总能等闲视之。在圣地延安的土地上接受了精神洗礼的知青们，学到了在书本中根本就无法学到的东西，收获到一部不着一字，但却可以受用终身的人生宝典。作为一种回馈和反哺，知青们将大好的青春年华，将单纯而又质朴的青春热情挥洒在延安的土地上。

而署名小布衣的知青网络自传体回忆录《人生——缩影》则抒写了另一类独特的经历。小布衣原名姜尚文，1964 年西北机器厂职工子弟中学初中毕业，因身体原因未能升学。是年他积极响应号召，自愿报名到陕西眉县农村插队，在农村整整待了十一年，妻子待了十五年。他退休后利用点点滴滴的时间，把自己曲折的经历通过网络平台一篇篇写下来，几经反复和文档全盘丢失的挫折，都没有挫败和中止他的书写。作为 1964 年下乡的知青，在农村势单力薄，又面对农村错综复杂的政治环境与生活环境，加之他在农村成家，他的饱含辛酸的际遇使许多人读后唏嘘不已。

还值得一提的是摄影家兼作家黑明的纪实性作品《记忆青春：100 个知青的命运写照（1966—2011）》。黑明本人不是知青，却以知青为创作的主要题材。《记忆青春》的前身为纪实摄影集《走过青春》，2011 年新版时，作者增加了其历时三年采写的知青故事，并公开发表了作者采访知青时的日记。全书用影像和文字记录了一代知青人的命运历程，影像及文字的相互衬映，增加了图像的内涵和视觉的冲击力，属于一种跨文体跨媒介的纪实作品。黑明，1964 年生于陕西，1990 年毕业于天津工艺美术学院。曾获“全国德艺双馨优秀摄影家”和“首届全国百杰青年艺术家”称号，并获中国摄影艺术金像奖。黑明最早做的就是知青的选题，从 1994 年开始，先后做了三年。做这个选题和他的家庭有关系，虽然他并不是知青，但他的哥哥和姐姐都是，所以他对这个选题非常感兴趣。

《走过青春》出版后，在西单签名售书的当天就卖到了五万元，黑明用收回的书款在陕北建了一所希望小学。

除过以上作品，还有雷焕性的长篇小说《川子沟》、刘锡恩的《风雨四十载的回顾》、依夫的《留在延安》，郭欣根的《秦岭巍峨》等一大把知青作家作品。作为运动的亲历者，这批作者客观地还原知青生活，以一种私人的话语为知青文学纠偏补漏，他们的回忆中经常会涉及一些知青重大事件和被历史掩盖的事件，相互对照来读，就形成了知青史的大场景。

在广大知青纷纷撰文抒写自己经历的同时，一些关注知青的人也加入到书抒知青的行列中。袁智强和张金菊对戈卫扎根农村的报道与写，书梁成的长篇小说《意中人》的创作，都是如此。

新世纪陕西知青作家，尤其是那些早期写出过优秀作品的成熟作家们最突出的变化是：他们写作的视角有了灵活的转换，写作的高度有了全新的提升。这些作家对自身的知青生活很少有情绪化的发泄，而具有了更高的站位和更理性的表达。作为陕西知青文学的见证者和知青文学的中坚力量，莫伸的《一号文件》多处写到了知青生活，但他笔下的知青生活不再是一位插队知青的全部天地，而只是整个社会生活的一枝一叶。他通过这似乎不起眼的一枝一叶，将抒写农村和农民的笔触延伸到合作化运动、人民公社、“文革”、改革开放等更全局也更曲折的历史事件中，对个人、群体、农民、农村乃至国家的命运做出了深刻的思考和解读。作者对农民、农村的忧思，对土地的情感，既融渗着明显的知青烙印，又远远地脱离了知青情结。与前期创作的大量知青题材小说相比，莫伸在经历了多年沉淀之后，在《一号文件》中视角更加广阔，思考更加深邃，立意更加高远。他将知青的个体命运融入历史的长河中进行反思，他对一个民族、一个国家在历史进程中踉跄身影的揪心与祝福，都是负责且令人敬佩的。

陕西知青诗人薛保勤的长诗《青春的备忘——一个知青的往事追怀》刚一出版，就受到广大知青的极大关注，并引起知青们的强烈共鸣。与此前诸多抒写知青的诗歌相比较，薛保勤的这首长诗对知青生活进行了大视角、全方位的思考。它超越了单纯的控诉与怀旧情愫，不带任何功利，相当理性又相当完整地记录了知青历史；它既是对一代人、一段难忘历史的回顾与描述，又是对中国所走过的曲折道路的概括与思考。诗人的思考既尖锐又深邃，诗歌的笔法既传统又新颖，阅时铿锵，读来上口，是无论哪种意义上来评价都经得起检验的一首好诗。诗人直面当今世象里对当年那场上山下乡运动的种种心态，诗中既有个人的独特话语，又有广大知青的普遍心理历程，还有许多人一时难以企及的深刻的反省和思考；全诗展示了一代青年的浪漫，一代青年的艰辛，一代青年的追求，一代青年的沧桑，一代青年的悲壮，一代青年的热血。诗人以“备忘”作为纪实的底色，成为陕西乃至整个中国知青心灵和精神的深刻探索，使得一首长诗罕见地具有了长篇小说或长篇报告文学才具有的社会史与思想史的意义。

2010 年商子秦的散文集《传说》出版，这本书虽没有专门写到知青，但作者讲述自己亲历的岁月时，很多知青故事与细节浮出水面。比如，其中对秦岭山中最后女知青吴香春的回访，对“文革”中知青传唱的“黄歌”的记录，都为知青史的“蛛丝马迹”提供了宝贵的资料。

新世纪以来，关于陕西知青的文学活动、事件丰富多样。2008 年 4 月 9 日，陕西“老三届”知青上山下乡四十周年活动组委会组织了知青文学征文活动，将一些沉默的知青唤醒，让更多的知青有了说话的机会和平台。2008 年 4 月 29 日，由陕西省作家协会和陕西“老三届”知青上山下乡四十周年活动组委会主办的“陕西知青作家与知青读者”知青文学研讨会召开。这次活动，对陕西的知青文学创作是一个总结，也是一个新的起点。

为了让陕西知青文学艺术工作者和爱好者有个思想碰撞和交流的平台，2010 年 3 月 23 日，陕西省社科院文学艺术研究所成立了知青文学工作室。知青文学工作室为开放式工作模式，无固定编制，成员都是文学志愿者，工作室以记录知识青年上山下乡的难忘历史和他们的成长历程为己任，研究探讨有关知青文学艺术的课题，壮大知青文学艺术创作的队伍。工作室领导决策小组由研究知青文学的专家王克良、王农、莫伸组成。随后，知青纪实文学集《岁月》《一路悠长》《我们的知青岁月》等陆续出版，成为新世纪知青文学沉甸甸的成果。

新世纪以来，随着网络的普及以及网络文学的蓬勃，各地相继成立的知青网站，无一例外地都将文学创作园地列为重要栏目。如陕西知青网的《文学园地》、华夏知青网的《知青文苑》、“老三届”网的《在水一方》、中国西部知青网的《知青文苑》、上海知青网的《文心院》、湖南知青网的《原创作品》、青岛知青网的《知青文化沙龙》、北京知青网的《知青文苑》、香港知青网的《知青文学展》，以及南加州知青网的《知青岁月》等。可以说，所有参与网站活动的知青们，或多或少都在文学园地的平台上，真实地倾诉过自己难以忘怀的青春岁月和年轻时期的知青生活。陕西知青文学也跨越了纸媒的界限，网络知青文学异军突起，多样化的表达丰富了知青文学的内涵。

网络给知青写作提供了很好的平台，陕西知青的网络写作分为个人网络写作和集体或官方网络平台写作，知青个人博客或网络写作是个人写作的常见方式，比如网络知青作者张自力 1989 年用自己下海五年挣的钱实现自己未完成的梦想——自己造飞机。1991 年，第一架超轻型飞机“宝鸡 - A 号”试飞成功，1992 年他研制的第二架飞机在嘉峪关失事，“自力 - 3 号”终于在 1995 年 9 月试飞成功。他被《航空知识》杂志评为 1995 年的国内十大航空新闻人物之一；新华社记者和其他媒体说他是“新中国民间航空第一人”；他的事迹被载入了《中国航空史》档案。2006 年退休后，他开始在网上撰写《岁月的那条小溪》，已经发文三百三十多篇，共七十多万字。他以自己的实际行动阐释了知青的奋斗、挣扎和执着，完全超越了自怜的诉苦或者对知青生涯的一味否定，以自己的生命为陕西知青的人生轨迹和历史做了漂亮的升腾。知青作家安力达的小说《东望》就是以和网站签约的方式在网络上写作的范例。

陕西知青的网络文学集体样态目前存在约有三种形式：1. 网站文学栏目。如陕西知青网的《文学园地》，是知青文学的家园。陕西知青网成立于 2006 年，先有《原创文学》专栏，后在此基础上改为大型栏目《文学园地》。下设《春华秋实文学习作社》《原创文学》《诗词风韵》等板块。2013 年经网站委员会讨论，再次改版为《文学园地》，在《文学园地》大栏目下，重新组建《原创散文随笔》《原创小说》《诗词风韵》等子栏目，以便于写作者更好地选择体裁和题材的归类；2. 电子文学杂志，如陕西中洲知青帮助基金会官方网站的《常青树》；3. 陕西知青各学校、团体的博客，为知青的文字交流和抒写提供了空间，如西安交大附中的晁峪知青博客、西安南泥湾兵团博客、西安市五中知青博客、西安市一中知青博客、西安市二十中知青博客、陕西知青联盟（论坛）、西安高中“老三届”博客、颜家河—坪头知青博客，等等。

陕西知青文学的发展在新世纪表现出很强的后发劲头，陕西知青网与陕西知青文学工作室的合作，是陕西知青网络文学发展的双翼。2010 年 3 月，陕西知青文学工作室成立后，陕西知青网申请与陕西知青文学工作室进行窗口链接。文学工作室首批特邀的创作员和顾问中，有著名作家莫伸、叶广芩、朱文杰、冷梦、和谷以及诗人渭水、杂文家商子雍等人。众多文化名人的参与，使陕西知青网的文学栏目有了长足的发展。几年来，在坚持原创、认真写作的指导思想下，涌现出大量优秀的文学作品。作品形式有散文、随笔、回忆录、小说、诗歌等。

2010 年，由陕西知青网与省社科院文学艺术研究所牵头，联合陕西知青文学工作室，为知青作家林明远的长篇小说《东坑》召开了专题研讨会；2011 年，三家再次联合，将陕西知青网站《文学园地》栏目中的优秀作品结集成册，出版了知青网络文学书籍《一路悠长》；2013 年，成功地为陕西知青作家方菊举办了《寂静的腊梅花》个人作品研讨会；2014 年，曾在延安插队的原北京知青刘锡，撰写了四十万字的回忆录《风雨四十载的回顾》，陕西知青网特别为他举行了书稿研讨会；2014 年 10 月，在纪念陕西知青网成立八周年的活动中，陕知网联合陕西知青文学工作室，为商洛知青杨迈曦的回忆录《并非蹉跎》做了广泛的宣传。

目前，仍然有大量优秀的原创文学作品保存在陕西知青网的《文学园地》栏目中，如《路遥：一个钉在文学十字架上的灵魂》（上、下卷）的作者、西安知青商子秦，《雪地迎春花》的作者、西安知青方菊，《北京的歌谣》《爬华山的人》的作者、北京知青马营海，《有耳诗歌集》的作者、延安北京知青有耳，《蔬属劲草诗歌集》的作者、西安知青蔬属劲草，《东川诗歌集》的作者、西安知青东川，《宁雅轩诗歌集》的作者、南泥湾兵团宁雅轩等。

客观地说，随着时间的推移和年龄的增长，继续在网络上写作的知青作者同样会呈现出减少趋势，但这并不等于有关知青话题的作品会消失。据悉，一位网名为“更的的”的作者写了一部反映知青题材的网络小说《鱼挂到臭猫叫到瘦》，2012 年 6 月由中国大百科全书出版社出版。著名作家张抗抗、评论家白烨等人对此书给予了高度评价。我们强烈感觉到，随着互联网的普及，网络写作也将会开启知青文学创作的一种新模式。

一、 薛保勤：抒情长诗《青春的备忘——一个知青的往事追怀》产生广泛社会影响

《青春的备忘——一个知青的往事追怀》为长篇抒情诗，它生动地展示了一代知青的生活和精神历程，是诗人薛保勤对知青生涯深邃而理性的回望。全诗饱含激情地吟诵了一代青年的浪漫、一代青年的追求，也满怀感慨地咏叹了一代青年的沧桑、一代青年的悲壮。诗人以刚健劲透的笔力，深刻地阐释了一代青年关于人的哲学思考，描述了他们用生命演绎的理想和苦难。

《青春的备忘》是一部具有史诗性质的长篇诗歌，出版后获得广大知青一致认同和赞扬。这部长篇诗歌 2008 年由太白文艺出版社出版后，先后五次印刷，印发数达三万一千册。2012 年该诗的修订版由人民文学出版社出版，先后两次印刷发行，印发一万五千册，产生了广泛的社会影响。《青春的备忘》使得薛保勤毫无悬念地进入当代中国最优秀的知青诗人行列。

这部长诗获柳青文学奖的授奖词是这样写的：

在对一定时代社会生活真相的艺术再现中，努力打捞“泥塘里的光彩”，是长诗《青春的备忘》最突出的人文品格和美学气象。作者以炽热与悲凉兼具的情怀追忆知青岁月，深沉反思民族灾难，赞美艰苦生存环境下的美好人性及自强精神。全诗叙述、议论、抒情结合，具有一种荡气回肠的感人力量，是陕西今年不可多得的一部长篇叙事诗。

著名作家陈忠实满怀深情地为这部长诗撰写了序言。他说：“读《青春的备

忘——一个知青的往事追怀》猛然发现，我也是很健忘的，顿然领略到作者‘备忘’的庄重含义。当生活把一段最不堪的记忆自然而然淡化并抹去的时候，薛保勤却以令人震撼的激情和拷问，铸成铿锵的诗句，给我和我们‘备忘’。”

《青春的备忘》展示的是一个曾经上山下乡的知青的精神历程。诗一开篇便直指当今世象里对当年那场上山下乡运动的种种心态——有忘记说，有不再提及说，有控诉说，有反思说，还有诅咒说，薛保勤当属“备忘”说。诗中的“我”既有广大知青的普遍心路历程，又具有许多人不具备的深刻反省和思考的个性，应该是那一代知青的典型。

诗中的“我”，起初也是和广大知青一样，以青春的全部热情与庄严神圣的实际行动，义无反顾地奔赴农村那个“广阔的天地”去了。诗中有一个生动真实而又传神的细节：送别时，母亲唏嘘流泪，激情燃烧着的我们却“假装视而不见”，毫不在乎地“高昂着骄傲的头”。信仰产生的激情是无所畏惧的，母亲的亲情不仅不会引发“我们”心理的触动，反而可能被视作短视或多余。凡是经历过那个时代的人，都完全能够理解并相信诗人的描述。

怀着“大有作为”的理想进入农村“广阔天地”之初，一切都是新鲜的，扶犁吆喝，挥锨扬场，和着汗水的诗意；批判指定的敌人和斗掉自己的私心杂念，伴着勇敢虔诚的激情；物质的贫困和精神的贫瘠，尚不能动摇坚守的信念。时日稍长，当一时的热烈和血涌被庸常化释为平淡，且有“压抑”和“慨叹”从年轻憧憬的胸膛不由自主发生的时候，“破旧的口琴”和“二胡哀婉的丝弦”是无法化解的了，应当是心理和精神裂变的前奏，诗人写得如此细腻而真实。

这个庞大的群体里，不乏有心人和思想者。他们不甘沉沦，更不甘把美好的生命里最鲜活的青春空耗了，于是进入思考。他们把曾经信仰不渝的极左理论摆到生活现实的层面上来拷问。他们不仅以自己上山下乡的遭遇为例证，而且跳出了个人命运的圈子，观照到自己所感知体验到的乡村里的男人和女人的生存形态，视野开阔了，心理厚度也增加了，对谎言的判断就更为自信了。诗人写出自己的疑问和反思：“为什么/乡亲们一天劳作/工分仅值几分钱/面朝黄土背朝天/终年辛劳仍要受饥寒。”这里所涉及的已经不单是知青这个特殊群体的命运了，而是几亿农民的命运，直到对整个社会发出诘问。应该说，这是反思后的觉醒，终于戳破谎言后的发现，一种面对现实的勇气，一种精神的升华。

中国社会科学院文学研究所副所长、著名文艺评论家党圣元先生撰写长篇论文《放飞青春中国的美好明天》专论《青春的备忘》。他指出：

当代一些知青作家大都怀有一种深深的挥之不去的“知青情结”，不愿而且也难以走出自己的历史和时代的阴影，并沉溺于对往事的回忆甚至讴歌之中而不能自拔。他们拒绝反省自我，拒绝承担任何历史责任，并用虚幻的理想主义和英雄主义精神去遮蔽和消解历史的荒谬和灾难。他们以国家苦难承受者的身份将自己曾经承受苦难的意义予以升华，并在“青春无悔”的口号下，既宽恕了自己，又宽恕了历史。于是，“苦难”“英雄主义”“青春无悔”便成为知青文学创作常见的三大主题。对此，思想敏锐的评论家们多有不满，并毫不容情地予以指责和批判。《青春的备忘》虽然也有浓厚的怀旧情绪，也有对知青曾付出的一切所给予的同情、理解和宽容，但是，作者既能“入乎其中”，又能“出乎其外”，从而跳出了知青写作一边责难历史，一边又高喊“青春无悔”的怪圈，在对历史不乏理解的同时，又能以清醒的头脑对历史进行深刻的反思和理性的批判，从而显示出知青文学在思想上达到的应有的高度。

作者为什么要追忆往事？因为“那是一千多万少男少女的青春大迁徙，那是精神的流放，那是肉体的考验”。正是因为有了这样的基调，全诗才能以理智节制情感，做到情感与理智的相互碰撞和交融，从而在追求与虚无、真实与荒诞、虔诚与欺骗的冲突和背反之中显现出足够的艺术张力，给人以复杂的审美体验和智慧启迪。在表现青春的率真执着的同时，诗人检讨了青春的盲目幼稚和非理性的一面：“在没有精神的土地上，我们‘生产着’精神，在没有希望的沙漠里，我们‘制造着’期盼。”可一旦理想破灭，天真的少年又会手足无措，甚至变成可怕的狂徒：“惊恐”“绝望”“死水般平淡”“偷鸡摸狗屡有前嫌”“打架斗殴玩世不恭”。在赞美乡亲们的坚忍顽强、宽厚仁爱的同时，诗人毫不留情地揭示了民众的愚昧和可悲：“让作恶者横行的我善良的人民啊！‘忠厚’‘淳朴’难道不是任人宰割的‘土壤’和‘条件’？”在诉说我们民族苦难的同时，诗人像屈原那样发出了一长串的“天问”：“为什么/贫困的土地/总是弥漫着斗争的硝烟？”“为什么对假丑恶的厌倦只能忍受却不能言传/对真理的呼唤/却要遭受割断喉咙的摧残？”“为什么几千年的文明古国何以如此健忘？泱泱大国的神经何以抽风似的多变？”很显然，作者追忆往事的目的不仅仅在于缅怀已经消逝了的过去的青春，更不是为了单纯地抱怨和诅咒历史，以抚慰心中的创伤，而是要从历史中总结经验、吸取教训，从而使今天的青春和未来的青春不再重蹈过去的覆辙。于是，从历史中我们感悟到，“理智的丧失必定走向历史的反面，封建专制的残酷必将适得其反”，“解放思想、与时俱进，理性的光芒分外耀眼”；通过反思，我们“懂得了祖国大地人民，与我们的血肉相连”；面向未来，诗人高声呼吁：“让我们与祖国一起做青年，让我们与祖国以年轻共勉。我们将风雨兼程、漫道雄关，放飞青春中国的美好明天！”至此，全诗终于完成了“题记”中所构想的青春从给我“梦想”到令我“迷惘”，到给我“希望”，再到送我“翅膀”的转折和跨越，达到了一个超越个人的荣辱得失和摆脱了特定历史的纠缠与羁绊的较高的思想艺术境界。

二、袁智强、金建斌：《最后的知青点——记下乡知青戈卫》真实记录“中国最后一位知青”人生经历

2007年《报告文学》第2期发表了袁智强、金建斌的长篇纪实文学《最后的知青点——记下乡知青戈卫》。记述的是至今还留在宝鸡坪头乡码头村的1968年下乡的西安“老三届”知识青年戈卫。

戈卫是陕西师范大学第一附属中学高中1966年毕业学生，1968年12月26日来到宝鸡县坪头公社码头村插队落户，被分到当时的码头大队第三小队。到1972年前，同时下乡的知青已经全部返城，只有他至今还留在码头村，成了“中国最后一位知青”。

报告文学真实地记录了戈卫上山下乡以来的人生经历，再现了一个平凡而又执着的真实戈卫，告诉大家所关心和不解的戈卫留在农村四十多年的原因，这就是戈卫所说的：“之所以留在农村，因为我喜欢农村，我热爱农民，我愿意切身参与并见证农村的每一次变迁，愿意以一种最贴近的方式感受中国农村的进步。”

三、张金菊等：长篇纪实文学《沉潜：知青戈卫三十九年的理想》重新审视知青岁月

2007年，《当代陕西》发表了张金菊、张军、袁智强、金建斌的长篇纪实文学《沉潜：知青戈卫三十九年的理想》。纪实文学对“老三届”知识青年戈卫，始终留守在农村的三十九年人生历程进行了全面、系统、深入的剖析和客观的描述。让人们透过知青戈卫鲜活的生命历程，去重新审视特殊岁月中一代知青的理想和追求。

四、张金菊等：《对话戈卫：激情·理想·人生》深刻展示知青精神世界

2007年，《当代陕西》接着发表了张金菊、张军、袁智强、金建斌长篇访谈录《对话戈卫：激情·理想·人生》。

这篇纪实文学连同前两期发表的同是关于至今还留在宝鸡坪头乡码头村的1968年下乡的西安“老三届”知识青年戈卫。三篇文章深刻地展示了戈卫的心灵和精神世界，记录了这一特殊时代典型人物的人生，让人敬重。

这是新世纪陕西本义知青文学的重要收获，是这一时期为数不多的以老知识青年为题材的报告文学作品，具有重要的存史意义，随着时间的流逝，将更显出其价值。各位作者关注老知青、走近老知青、理解老知青、宣传老知青的责任心和使命感，也应该受到所有知青尊敬。

作者袁智强是宝鸡日报社主任编辑，曾参加襄渝铁路建设，是三线学兵群体中走出的作家之一。

作者张金菊，笔名晓章。祖籍山西临猗，在西安灞河畔袁雒村生长。1983年毕业于武汉大学汉语言文学专业，在陕西省委宣传部、组织部供职至今。编审、省作协会员，现任中共陕西省委机关刊物《当代陕西》杂志社总编。著有纪实文学集《白杨风骨》等。

五、莫　伸：长篇报告文学《一号文件》成就超越文学的功勋性创作

2012年，陕西省重大文化精品项目、知青作家莫伸撰写的长篇报告文学《一号文件》出版。作家以中央历年下发的《一号文件》为切入点，用两年多时间走访了陕西全省以及广东、江苏、黑龙江等地基层农民、农民工等，撰写了此书。《一号文件》从中国农业遭受"左"倾思潮以及由此带来巨大挫折的反思开始，截取当代中国农村具有代表性的生产、生活场景和具有里程碑意义的事件以及具有影响力的人物，深入浅出地阐述了为什么党的十一届三中全会是中国历史上一次具有里程碑意义的会议，阐述了为什么党在拨乱反正的关键时刻要首先在农业上起步并实现突破。并由此展开，着力讴歌改革开放取得的伟大成就，深刻反映中国农村空前深刻的变化，展现新一代农民的精神面貌，追寻当代农业发展的崭新道路，探讨、思索中国农民、农业和农村的未来。全书秉持着一种"不溢美，不隐恶"的求实精神来讲述故事、描述人物，书中的人和事，观点与分析，既是鲜活而现实的，又是凝重和深刻的。

陕西省委宣传部、省新闻出版局、省社科院、省作协、陕西出版传媒集团等单位联合主办长篇报告文学《一号文件》研讨会，与会专家学者和农村代表认为，该书是一部近年来罕见的、"用双脚走出来"的、饱接地脉的优秀纪实文学作品。作品虽立足于陕西，却以全国为视野，是一部"站位高远、眼界开阔、观点精辟、逻辑严密、分析透彻、思想深刻"的反映时代精神的力作。对出版社能够关注、策划、出版这样重大题材的文学作品给予了由衷的褒扬。

陈忠实在发给研讨会的贺信中说："书中记述的典型人和事，以其无可置疑

的真实性，奠定了《一号文件》独有的史料性品格和价值，为需要了解中国成长道路的人，提供了珍贵的原生态材料。从这个意义上来说，莫伸成就了超越文学的功勋性创作。”

陕西省社会科学院副院长石英说：“报告文学《一号文件》提出的问题和思考，既有思想艺术价值，又有社会现实意义。这本书与其说是一部文学作品，不如说它是一部社会学著作，是一部文笔优美的社会调查报告。全书资料的翔实、准确、客观，调查的深入、细致、广泛，以及在浩如烟海的大量素材当中进行选择和判断的功夫，体现了作者对史料和艺术表达的相当难得的驾驭能力。”

中国作家协会党组成员、书记处书记，中国报告文学学会副会长张胜友评价道：“这部书某种意义上是新中国农村、农业、农民的百科全书。它用事实，也用自己的抒写，有力地证明了我们的农民原来多么艰难，也有力地证明了农村改革是多么伟大，同时也在反复告诫现在的农村还存在着多么多的问题。我非常佩服作者莫伸，他的调研、采访、下乡，每一个字、每一个细节都是从乡下、从农民中来的，是用双脚亲自走、亲自采访出来的，非常了不起。作者自己也像中国农民一样吃苦耐劳，像农村的一头老黄牛一样写这部书。可以说这部书的意义、它带给我们的启示、给我们提供的思考，几乎是无限度的。”

六、 冯积岐：长篇小说《村子》体现中国农民的精神风貌

这部长篇小说构思于2000年，动笔于2001年，完稿于2005年，从头到尾写了三遍，总共改动了十六次之多。《村子》写的是发生在关中西部农村的故事，从1979年写到了1999年。这二十年是农村的剧烈变化时期，农村变化是多层面的，既复杂又微妙。在《村子》里活动着的有五六个家庭，有名有姓的人物就有几十个，冯积岐尽量让《村子》里的父老乡亲都能活生生地展示自己，能从他们身上体现中国农民的精神风貌。作品的主人公就是一位有着知青经历的农村新人。

贾平凹认为，《村子》给他印象最深的是感情真挚、思考深刻、生活丰厚、文笔优美。从冯积岐的作品中可以感受到他是在胆怯而勇敢地进行着一种探索，是在无奈而又怀着野心地奋斗着，这是一个作家最重要的素质。冯积岐掌握的创作素材够别人写几部小说了，但他写了一个村子，写了一群人，这种小说是最难写的，书中有些篇章和场面读起来是那么精彩。

贾平凹指出，《村子》写实写得到位，人物刻画得细腻，议论富有哲理，抒情又出人意料，显示了作家的诗人气质。他认为，冯积岐的创作在新时期以来不但未出现衰微，反而持续坚挺，这一现象值得重视和研究。通过冯积岐的创作，贾平凹提出这样一个观点：如果我们处在一个没有大精神、大境界、大技巧的文学时代，那么不妨把我们的作品写成这个时代的一份份记录留给历史，这或许是作家的出路，也是作家最大的野心。

七、梁　成：长篇小说《意中人》刻画“老三届”知青形象

梁成，1941 年生于陕西西安。从事铁道通信技术与管理工作四十年，系陕西省作家协会会员、西铁文化艺术研究会副秘书长。《意中人》是作者第一部长篇小说。

长篇小说《意中人》刻画了“老三届”知青的形象。小说中的主人公严施华是一个“老三届”下乡回城的国有企业技术工人，姜苗是免下留城的待业初中女学生。双方在寻觅意中人时相识、相恋，直到结婚建立家庭。为了追回“文化大革命”失去了的青春，他们为自己制订了一套毕业奋斗的计划，在贫困的经济生活条件下，自强自立刻苦学习，自修完了高中的课程，克服了重重困难和坎坷，姜苗终于考入首都一所重点大学，开始了新的生活。

作者通过平淡无奇的现实生活中的各个场景，对严施华、姜苗、梅容艳、刘小鱼等人物在心理上、感情上的细微变化进行刻画和描写，把那些哲理性的思考和对人生价值是非曲直的理性判断，以及指导生存意义的格言，都自然而然、合情合理地融汇

在他们的言语和行为之中。读后激励心灵，回味无穷。《意中人》一方面倡导年轻人，特别是青年学生要认真读书，勤于思考，勇于实践，奋发图强；另一方面也是功成名就的人回忆过去，总结自己一生工作学习奋斗历程的参考书。

八、雷焕性：长篇小说《川子沟》回忆“老三届”往事

雷焕性，西安灞桥区高中1966年入学返乡知青。当过乡村的赤脚医生，办过乡镇企业，1977年考入西安交通大学电子系。毕业后先后在灞桥区水务局、乡镇企业局供职。

雷焕性的四十五万字的长篇小说《川子沟》创作历时六载，三易其稿，于2013年2月出版。九年的知青生活是雷焕性创作的素材来源。小说刻画了各种人物的命运，是对“老三届”知青往事的回忆和展示。文学评论家、陕西省作家协会会员马士奇评介此书为一幅厚重灵动的中国当代史的缩略图，一部荡气回肠的“老二届”知青血泪磨炼史，一部现实与神幻交融的奇书。

九、王子冀：电视连续剧《回首黄土地》真实讲述知青故事

《回首黄土地》是为纪念北京知识青年赴延安插队落户三十周年，由王子冀编剧、潘欣欣导演的一部二十集电视连续剧。

《回首黄土地》根据当时插队知青的真实回忆，综合成六个故事，讲述了六个知青在延安插队的全过程，真实地反映了20世纪60年代末70年代初北京知青在陕北农村的生活。这部电视剧，不仅可以使现代人了解当时知青们的真实生活，也可以了解当时陕北农村的真实状况——记工分、自留地、小片荒，等等。

这部作品最大的优点是一个“真”字，反映的是一个“穷”字，暗含着一个“善”字。这六个知青所在的山村真是太穷了。周北江接替队长时，队里的年结余才有三分钱，而欠外债却有五百元。因为穷，村里的青年人娶不起媳妇；因为穷，买卖婚姻仍然流行；因为穷，孩子有病就等死；因为穷，个个村民连腰都直不起来。

然而，剧中的所有人物几乎都在体现着一个“善”字。勤劳朴实的农民心地都十分善良。与人为善是他们的共性。村里发生的许多事件无不处处体现了村民的善心。而知青就是接受了这种善心，才与村民达成了互相认同。剧中也表现出了知青在许多方面做出的积极贡献，在教育、医疗卫生、科学技术、文化传播等方面都有所作为。知青带去的是城市文明。虽然知青下乡是错误的决定，但知青在农村所做出的成绩也是事实，不可否定。

编剧王子冀是陕西宜川新市河公社太吉村插队的北京知青，原《人民文学》主任编辑，担任《守望记忆》《回首黄土地》等反映北京知青陕北插队经历丛书的主编。2000年前后，王子冀又主编了《中国知青民间备忘文本：守望记忆》，全景式地展现了陕北插队北京知青的生活。2002年，同名电视连续剧推出，2003年又被改编为话剧，由北京强强联合文化发展公司独家投资、陕西省人民艺术剧院演出，由曾执导过电视剧《平凡的世界》的中国电视剧制作中心导演潘欣欣执导。

十、朱西京：长篇小说《流年》获俄罗斯契诃夫文学奖

长篇小说《流年》是朱西京历时十年创作的作品，2008年，由作家出版社正式出版。小说分上中下三部，共一百二十余万字，讲述的故事时间跨度长达三

十余年，以上山下乡的知青命运为主线，记录了一代人的生活和心路历程，反映了剧烈变革年代中人们的奋进、彷徨和沉沦，用文字见证了一个时代的历史变迁。内容涉及城市、农村及社会各个阶层、多种人物的形象和心态，人物个性鲜明，市景逼真，生动再现了20世纪60年代至今四十多年来中国社会的巨大变革和人们的心灵动荡。

西北大学文艺评论家周燕芬对长篇小说《流年》有以下评论：

从新时期文学发生以来，知青一代文学书写一直居于文学的主流位置，他们是那段历史的亲历者，他们个人的历史正代表着那个时代的历史，将他们浸透着血肉疼痛的集体记忆记述下来，这本身就很有意义。知青运动构成特定的一段中国历史，知青群体又是当下中国社会的中坚力量，无论历史叙述还是当下抒写，知青一代的人生遭遇正能够全方位地深入地反映中国社会的方方面面，这就给予他们以文学代言的合法性。

作为一个知青作家，朱西京关注着自己所在的这个群体，但透过这个群体，我们看到的是广阔的历史和现实人生。作家通过各行各业知青的人生命运，将社会变革时期的全貌纳入小说中。知青文学曾经轰动过文坛，20世纪90年代以来，又进入了所谓的后知青文学时代。《流年》可以说纵观了知青写作的这两个阶段，小说上卷完整地再现了知青插队的全过程，后两卷写知青回城后的生活。长篇小说专长于大规模反映时代面貌，表现丰富复杂的社会现象和人生百态，《流年》以纵向拉开三十多年历史沿革过程和中国城市到农村的全景展示，实现了长篇小说的这一写作目的。

小说传达了一代人的理想主义情怀，以及在现实挑战中的精神坚守。知青回城后遍布社会各个领域，在经历了共同的插队生活的艰苦磨炼后，新的人生道路向他们展开。如果说知青生活面对的主要是恶劣环境的考验，回城后面对的人生困境则直逼心灵和人性的深部，这既是一个艰难的生存过程，也是价值体系的重建和心灵图像再造的过程。《流年》以一个系列的知青人物形象，呈现出他们各自不同的人生选择和命运归宿，从而进行了有力的现实审视和人性批判，努力探寻生命的存在价值和终极意义。

小说在这一努力中，始终以情与意、爱与美为价值轴心，这是一代人的理想主义底色所决定的，既从顾罡韬和齐浩楠等人身上得以正面表现，也在尹松、大孬、赵天星等人身上进行反面映衬。重情重义是顾罡韬的性格核心，也是这一代人的精神特征，在一系列的男性形象，如顾罡韬、齐浩楠、李若愚，甚至尹松、大孬身上，都有不同程度的体现。而爱与美的理想，则在女性人物群组中得以抒发，黛微、辛弦、淘气、柳絮、柳茗、郝唯珺、欧阳曼等女性形象，都是爱与美的化身。作家重在刻画她们和外形统一的内心世界的单纯和美好，重在传达一种传统的纯正的女性情爱。作家对“爱”的情感的抒发，对真爱和美好人性受到摧残痛惜不已，体现了一种浓郁的人道主义情怀。从这些性格不同的美丽女性身上，我们看到了作家的审美取向，表现了作家对理想女性永远的赞美。对人的心灵问题的探讨，对美好情感的肯定，是小说的一个亮点。小说的感染力很大程度来自情感状态的呈现和相当笔墨的心灵化描写，在这些方面，小说有时候又是很具浪漫主义色彩的。

顾罡韬和齐浩楠当是代表着对理想主义的精神坚守，并在社会变革的沉浮中拒绝平庸和堕落。而尹松、大孬和赵天星则代表着唯利是图、精神堕落，以致走向毁灭的人生过程。这是“知青”和“后知青”文学普遍关注的一个话题。《流年》显得比较理智和从容，作家对社会变革有理解有顺应，是理解和顺应中的精神坚守。《流年》中人物品质和行为方式并不极端，顾罡韬、齐浩楠、李若愚，并不是很纯净的理想人物或英雄人物，小说塑造出了他们个性的多面体，尹松、大孬、赵天星，也不是完全遭人唾弃，他们的人生命运变化多端，是社会环境和个人性格合力促成他们的毁灭。特别是尹松这个黑道人物，在道德上爱情上有自己的信念，他的爱情很美好，甚至震撼人心，这一笔把这个人物一下提升了。《流年》中，知青所坚守的不再是空泛的政治信仰，所谓精神信念落实在相濡以沫的知青情意，刻骨铭心的爱情坚守，是支撑我们寻常百姓的那一种道德情感力量。

《流年》在清醒和冷静之外，更有一份平和与温暖，不是那么的愤世嫉俗，也不是那么的怨天尤人，历史命运注定这一代有了这样的人生遭际，是不幸也是幸运，是损失也是财富。《流年》就是一条人生的长河，最终淘洗出的还是真善美的理想结晶。所以，《流年》不像现今很多小说一味涂抹灰暗和颓唐，作家呈现出的人生有阴暗面，但更多的是理想和希望。小说整体是亮色调的，是有精神坚守的有崇高感的写作，这在今天的文学时代，尤其值得我们珍视。

2014 年，长篇小说《流年》获得俄罗斯契诃夫文学奖。此奖是由俄罗斯联邦政府特设、俄罗斯城市作家协会主办的政府类文学奖项，在俄罗斯有着非常崇高的地位。2010 年，该奖首次颁发给中国作家。目前，中国获得该奖的四名作家均为陕西作家，他们分别是雷涛、陈孝英、阿莹和朱西京。

第五章　陕西知青作家20世纪八九十年代创作纪要

概　述

20世纪80年代，中国文学冲破十年“文革”的思想禁锢，从内容、思想上产生历史性的大突破和大飞跃，进而在内容和形式上探索创新、百花齐放，迈进一个重要历史时期。广大作家久久积累的思考和激情，犹如黄河冲出龙门，一泻千里不可阻挡。在政治、思想上，中国文学从反思“文革”，到逐渐反思大饥荒、反思“反右斗争”，进而反思新中国成立十七年间的种种失误，拨乱反正，热情讴歌改革开放的新时期和新人物。在艺术上，从传统的革命现实主义一花独放，到涌现出朦胧诗、意识流小说、现代派话剧等多种具有新的艺术特征的作品流派。

在这样一个历史的潮流中，陕西知青作家群不断推出有分量、有影响的作品，引起全国文学界和广大读者的关注，成为与中国文坛的主力军京、沪、湘、粤作家群并驾齐驱的地方作家群。

陕西知青作家在从事知青文学创作的同时，把自己文学创作的视野和笔触伸向更为广阔的时空，在题材内容、艺术风格上，不断进行具有突破性的探索，并取得了丰硕的成果。

在题材上有重大突破的作品，应该首推路遥的《惊心动魄的一幕》，这篇作品正面描写“文化大革命”，描写武斗，在题材和主题上，都冲破了当时的禁区。20世纪80年代初，党和国家提出“团结一致向前看，全心全意搞经济建设”的口号，当时的大氛围形成了不提倡写“文化大革命”，不提倡继续写伤痕文学。在这种大气候下，路遥的这篇中篇小说曾经多次被编辑部退稿。在他感到失望之时，突然峰回路转，这篇作品被著名文艺理论家、时任大型文学刊物《当代》的主编秦兆阳发现。正是在秦兆阳的力荐下，《惊心动魄的一幕》不但在1980年《当代》发表，还一连获了两个荣誉极高的奖项：1979—1981年度《当代》文学荣誉奖、首届全国优秀中篇小说奖。尤其是全国优秀中篇小说奖，是新时期陕西作家的中篇小说第一次获奖。

20世纪80年代中期，贾平凹的中篇小说进入了一个收获的季节，连续发表了《正月·腊月》《鸡窝洼人家》《商州初录》和《小月前本》等一批正面反映农村改革现实的中篇小说。这些小说以全新的生活、鲜活的人物、传奇的情节，描写了商州在改革开放以后所经历的社会历史的大变迁，人与人的关系、社会价值观念、人们情感心理的巨大变化，引起广泛关注，部分作品还改编为电影（如《野山》）。

20世纪80年代中后期，贾平凹的中篇小说创作以《古堡》《龙卷风》《天狗》《黑氏》《人极》《远山野情》《冰炭》等为代表，在题材、艺术上都有了新的探索和变化，这些小说开始“集中于写大历史下的人及人的命运，商州儿女的命运，尤其是他们的情感和爱情生活；写人性，宽厚忠实的男人和柔情似水与刚烈似火互为表里的女人。说它们是自然主义的，是因为其结构框架与故事发展完全顺从生活的自然逻辑，以人的命运心理为主，看不出丝毫雕琢的痕迹，给人一种大巧若拙、大雅若俗的感觉”（李星先生评论）。

20世纪80年代中后期，中国文坛上的寻根文学大潮涌起，贾平凹的这些具有原生态风格的新作也被称为寻根文学。贾平凹成为中国寻根文学代表性作家之一，迈出了探索性的步伐。

20世纪80年代中期，陕西作家协会召开了一次长篇小说创作座谈会，这次会议被认为是陕西长篇小说创作的一个标志性起点。正是在这次会议后，路遥开始了《平凡的世界》创作，贾平凹则很快推出了长篇小说《浮躁》，获得了“美孚飞马文学奖”。这篇小说描写了中国农民进入新的历史时期以来，为摆脱贫困、封建残余势力和旧意识的束缚所经历的经济、政治、文化、道德、心理的复杂曲折斗争，是20世纪最后十多年间一幅真实的社会画卷。正是从这部长篇小说之后，贾平凹创作产生了更巨大的变化。

20世纪80年代，陕西知青作家散文写作，贾平凹与和谷是一对引人注目的双子星座，他们的散文以抒写乡情乡风为主，贾平凹散文风格上清新灵动，和谷的散文则质朴厚重。他们的散文集《爱的踪迹》（贾平凹）和《无忧树》（和谷）双双在1988年获中国作家协会新时期（1976—1988）全国优秀散文（集）奖。

20世纪80年代前期，陕西知青诗人诗歌创作除知青题材外，比较集中在社会反思。80年代中后期，陕西知青诗人渭水先后在《诗刊》显著位置连续发表了长篇社会抒情诗《1986：阿兹特克世界大战场》《大难之后：中国的沉思》《1988：奥运会启示录》《水的哭泣》等，在诗坛产生广泛影响，标志着陕西知青诗歌创作的全新突破。这些作品激情饱满、视野宽阔。其内容密度和容量博大，密切关注现实，具有强烈的思想力量。这也是渭水的新诗创作高峰。

纵观80年代，陕西知青作家群体创作在全国占有重要地位。他们的创作依旧整体保持着陕西文学厚重扎实的传统风格，在思想的开掘、内容厚重和人物塑造上的收获，明显大于在形式和语言上的探索创新。其中贾平凹、渭水等人在艺术上探索和追求，为陕西文学注入了一股鲜活、清新、独有的风韵。

20世纪90年代是中国文学百舸争流的时期，陕西知青文学作家在这一时期异军突起，长期的积累骤然爆发，凝聚经典力作，迈出了重大历史意义的新步伐，树立起陕西文学的里程碑。

20世纪90年代初，陈忠实推出了史诗风格的现实主义巨著、长篇小说《白鹿原》，成为陕西文学和中国文学的重大收获。1997年荣获中国长篇小说第四届茅盾文学奖。

20世纪90年代初，贾平凹推出了长篇小说《废都》，引起极大争议，一度被查禁，却在外国赢得声誉，1997年获得法国著名的费米娜文学奖。被禁十六年之后，《废都》2009年再度出版。长篇小说《废都》的命运沉浮，折射了中国社会前进的步伐。90年代中后期，贾平凹连续创作的长篇小说《土门》《白夜》《怀念狼》，等等，也凝聚着他在文学创作中的不断探索。

芦苇的电影剧本创作，是陕西知青作家文学创作中的一个独具特色的高峰，芦苇也成为陕西知青作家中最具个性和传奇色彩的人物之一。他的影视剧本创作起步于20世纪80年代，辉煌于90年代，中国第五代导演以及他们最具影响力的代表作如陈凯歌的《霸王别姬》、张艺谋的《活着》、周晓文的《秦颂》、叶大鹰的《红樱桃》等，这些电影的剧本创作初稿（或梗概）都出自芦苇之手，由他编剧的电影数十次获国际大奖。从而，芦苇被誉为中国第一电影编剧。

在报告文学创作方面，20 世纪 90 年代，作家莫伸先后创作出版了长篇小说《尘缘》，长篇纪实文学《中国第一路》和《大京九纪实》等。《中国第一路》是一部全面记述大秦铁路建设的长篇报告文学，全书气势恢宏，有博大的历史纵深感；而《大京九纪实》是记录京九铁路建设的长篇报告文学，被誉为“一部大气磅礴的作品”。

在诗歌创作方面，陕西知青作家群体中最年轻的作家之一秦巴子，在全国各地陆续发表了一批有广泛影响的新诗，并频繁在各地诗歌大赛中获奖，成为 20 世纪 90 年代陕西新诗探索中最具代表人物之一。

1952 年出生于西安的“老三届”知青诗人胡宽，1979 年开始诗歌创作，1995 年因哮喘病去世。1996 年，胡宽的朋友集资出版了《胡宽诗集》（漓江出版社 1996 年 7 月出版），选入其 1979 年至 1995 年所创作的近百首诗。而在此之前，胡宽默默无名，在诗歌圈中很少有人知道。所幸的是，胡宽的诗秉承惠特曼和马雅可夫斯基的开放诗风，语言充满锐气、力量和勇气。他的诗作成功地勾画出一个心灵异化的现代人的形象。诗评家李震在序言中谈道：“胡宽，用死亡给了诗坛一个响亮的警示；写作，发生在传统与时代边缘的个人行为；活法与说法，胡宽的诗性魅力。”

无疑，从 20 世纪 80 年代到 90 年代，陕西知青作家在小说、散文、新诗、报告文学、电影文学剧本等领域，取得了令整个文坛所瞩目的成绩，展示出陕西知青作家群体所取得的历史性突破和非凡的创作实力，成为中国知青文学团队中的中坚力量。

一、路　遥：中篇小说《惊心动魄的一幕》获首届全国优秀中篇小说奖

1980 年，路遥的中篇小说《惊心动魄的一幕》在大型文学刊物《当代》发表。这是一篇写“文化大革命”的作品，在题材上和主题上，都闯了当时的禁

区。小说曾多次被退稿，最后，被秦兆阳先生慧眼识珠，在《当代》重点推出，后获得1979—1981年度《当代》文学荣誉奖、首届全国优秀中篇小说奖，标志着路遥的小说创作迈上一个新的高度。

延安大学文学院院长梁向阳（厚夫）曾撰文记述过路遥《惊心动魄的一幕》写作和发表的相关情况，特摘要如下：

1978年，就在伤痕文学铺天盖地之时，路遥以自己亲身经历过的“文革”武斗为题材、以“文革”前夕担任延川县委书记的张史杰为原型，创作了中篇小说《惊心动魄的一幕》。这篇小说没有迎合当时伤痕文学发泄情绪的路子，而是进行彻底的“文革”反思，塑造县委书记马延雄在“文革”中为制止两派的武斗而进行飞蛾扑火式的自我牺牲。它是路遥经过深思熟虑后选择的题材。一则，路遥有在“文革”武斗时的亲身经历和生死体验，写起来得心应手；二则，他对当时的文艺政策走向有一个基本的判断，认为伤痕文学虽是逞一时之快发泄情绪，但文坛终究要有一些正面歌颂共产党人的作品，而他的这部作品的着眼点就是“想塑造一个非正常时期具有崇高献身精神的人”。

在创作手法上，这部中篇深受法国作家雨果《九三年》的影响。《九三年》写的是在光明与黑暗短兵相接时英雄主义的闪光。路遥在这部中篇中也想来个土崩瓦解的结果，在矛盾的最高潮结束。他下定决心创作这部与当时的文坛潮流有些不甚合拍的中篇，是一着险棋，剑走偏锋。

很多年后，时任《延河》诗歌编辑的晓雷回忆：“我看过后的第一感觉是震惊，既震惊这部小说的真实感和我的朋友闪射出来的令我羡慕甚至嫉妒的才华，又震惊于这部小说的主题和思想的超前。那时，我的思想还深陷在‘文化大革命’好的长期喧嚣形成的藩篱中，而如今由我的朋友捧出一部讨伐‘文化大革命’的檄文，怎能不让我感到惊恐呢？但我的真诚认可了这作品的真诚，我毫不含糊地肯定了它，并表示我的支持。我们在共同商量这作品的题目，似乎叫作‘牺牲’，意思是表面写一位县委书记在‘文化大革命’的批斗中牺牲了，实际深意表明不仅这位县委书记是‘文化大革命’的牺牲品，而且所谓的‘造反派’和‘保守派’都同样是‘文化大革命’的牺牲品。”

不仅晓雷看到这部小说时叫好，《延河》副主编董墨也有同感，路遥拿出这本小说的初稿让他看后，他认为：“这个中篇小说与当时许多写‘文革’题材的作品，有很明显的不同，这种不同是作家着眼点的不同。”

这部中篇先是由《延河》副主编、路遥的恩师贺抒玉推荐给某大型文学刊物的主编，不久被退了回来，又寄给一家刊物，二次被退回。两年间，接连投了当时几乎所有的大型刊物，在“周游列国”后，都被一一客气地退回。路遥甚至有点绝望，最后他将稿子通过朋友转给最后两家大刊物中的一家，结果稿子仍没有通过，原因仍是与当时流行的观点和潮流不合。朋友写信问路遥怎么办，路遥写信告诉他转交最后一家大型杂志——《当代》，如果《当代》不刊用，稿子就不必寄回，一烧了之。

1980 年春天，就在路遥彻底灰心的时候，戏剧性的一幕出现了，幸运之神终于降临到不屈不挠的路遥身上。没过多久，《当代》编辑刘茵打电话到《延河》副主编董墨那里，明确地说：“路遥的中篇小说《惊心动魄的一幕》，秦兆阳同志看过了，他有些意见，想请路遥到北京来改改，可不可以来?”董墨很快把电话内容告诉路遥，路遥欣喜若狂，他终于看到所期望的结果了。《当代》是新时期以来我国文学杂志的“四大名旦”之一，有“直面人生，贴近现实”的特色，以发表现实主义作品为主，整体大气、厚重，能在《当代》上发表小说是每个作家梦寐以求的事情。

1980 年 5 月 1 日那天，路遥激动地给《当代》编辑刘茵写了一封长信，诚恳而详细地阐释了这部小说的创作动因、思路以及写作中的苦恼。这封信件，是目前路遥本人关于《惊心动魄的一幕》最系统的创作阐释。他甚至明确地告诉《当代》编辑：“我曾想过，这篇稿件到你们那里，将是进我国最高的‘文学裁判所’（先前我不敢设想给你们投稿）。如这里也维持‘死刑原判’，我就准备把稿子一把火烧掉。我永远感激您和编辑部的同志，尊敬的前辈秦兆阳同志对我的关怀，这使我第一次真正树立起信心。”同时，路遥还提出想在校样上改一改个别不妥的地方。路遥忐忑不安的心情在信中表现在字里行间。

当然，《惊心动魄的一幕》能在《当代》上刊发，是路遥创作的重大收获。就在 1980 年 5 月 1 日，路遥又情不自禁地给朋友谷溪写信，表达了他当时的激动心情：“好长时间了，不知你近况如何。先谈一下我的情况，我最近有些转折性的事件。我的那个写‘文化大革命’的中篇小说《当代》

已决定用，5月初发稿，在《当代》第3期上。这部中篇，《当代》编辑部给予了很高评价，秦兆阳给予了热情肯定……中篇小说将发在我国最高文学出版单位（人民文学出版社）的刊物上，这是一个莫大的荣誉。另外，前辈非常有影响的作家秦兆阳同志给予这样热情的肯定，我的文学生活道路无疑是一个最重大的转折……”路遥按捺不住自己的激动，连续使用“我国最高文学出版单位”“莫大的荣誉”“一个最重大的转折”这些极致性的词语来表达他的兴奋心情。这说明路遥在文学突围时期，文学前辈秦兆阳的充分肯定，对他提升文学创作信心具有非常重要的意义。

1980年5月初，路遥应邀到《当代》编辑部修改小说。他怀着激动的心情赶到北京，并在责任编辑刘茵的陪同下，去北京北池子秦兆阳住所见到了这位德高望重的《当代》主编。秦兆阳是延安鲁迅艺术文学院的学生，他的青春年华是在战争中度过的。新中国成立后，他担任过《人民文学》副主编、《文艺报》执行编委。1956年发表《现实主义——广阔的道路》，引起了很大反响。1957年，他被打成“右派”下放。1980年，他出任人民文学出版社《当代》文学双月刊主编。也就是说，《惊心动魄的一幕》是他上任不久后看到的作品。路遥的确是幸运的，他的命运得到幸运之神的垂青。结果，路遥在秦兆阳与孟伟哉、刘茵等人的指导下，在人民文学出版社修改了二十来天，作品比原稿增加了一万多字。路遥当时无限感慨地说：“改稿比写稿还难。”

路遥在1980年5月24日给好友谷溪的信中谈到这个情况：“我于5月初来北京，在人民文学出版社改那个中篇小说已二十来天了，工作基本告一段落，比原稿增加了一万多字，现在六万多，估计在《当代》第3期发（6月发稿，9月出刊）。此稿秦兆阳很重视，用稿通知是他亲自给我写的，来北京的第二天他就在家里约见了我，给了许多鼓励……”

《惊心动魄的一幕》在《当代》杂志1980年第3期头条刊发，秦兆阳专门题写标题。在秦兆阳的力荐下，《惊心动魄的一幕》还一连获了两个荣誉极高的奖项：1979—1981年度《当代》文学荣誉奖、首届全国优秀中篇小说奖。尤其是全国优秀中篇小说奖，是新时期陕西作家第一次获中篇小说奖。

路遥的好友、时任《延河》诗歌编辑的闻频，见证了路遥得知获奖消息的情景：“记得有一个礼拜天，一大早我在办公室写东西，他从前院急匆匆进来，手里拿着一封电报，一进门便高兴地喊：‘我获奖了！’说着扑过来，把我紧紧拥抱了一下。路遥这种由衷的喜悦和兴奋，我只见过这一次。这是他《惊心动魄的一幕》在全国获奖，也是他第一次获奖。后来的几次获奖，包括茅盾文学奖，他再没激动过。”

1982 年 3 月 25 日，秦兆阳在《中国青年报》上撰文《要有一颗热情的心：致路遥同志》，再次谈到当初对《惊心动魄的一幕》的第一印象：“初读原稿时，我只是惊喜：还没有任何一篇作品这样去反映‘文化大革命’呢！而你的文字风格又是那么朴实……所以路遥同志，你被所熟悉的这件真事所感动，经过加工把它写出来，而且许多细节写得非常真切，文字又很朴素，毫无华而不实的意味，实在是难得。”他也客观地分析了这部中篇小说没有被评论界关注的原因：“它甚至于跟许多人所经历、所熟悉的‘文化大革命’的生活，以及对‘文化大革命’的反感之情和对‘四人帮’的愤慨之情，联系不起来。因此，这篇作品发表以后，很长时间并未引起读者和评论界足够的注意，是可以理解的。”秦兆阳独具慧眼地赏识了这部小说，并成就了路遥。命运的转机就在坚持之间，对于路遥来说就是这样！他鲤鱼跳龙门，一跃进入全国知名作家的行列中。从文学创作的角度来讲，路遥的文学创作道路可以说是从这部中篇小说开始的，作为作家的艺术个性也是从这部小说开始显露的。从此，路遥的创作跃上了一个新台阶。

当然，并不是说《惊心动魄的一幕》就是一篇十分成功的作品。1985 年 1 月，路遥在接受采访时坦诚地谈到它的局限：“这个作品比较粗糙，是我的第一个中篇，艺术准备不充分，很大程度上是靠对生活的熟悉和激情来完成的，因此，许多地方留有斧凿的痕迹……”

《惊心动魄的一幕》的发表至少有这样几重意义：一是极大地提升了路遥文学创作的自信，使他获得了前所未有的自信心；二是使他跻身全国著名作家行列，为全国文坛所关注；三是改变了他在陕西文学界坐冷板凳的际遇。在 1981 年的全国首届优秀中篇小说获奖座谈会上，中国青年出版社资深编辑王维玲郑重向路遥约稿，才有路遥中篇小说《人生》的创作。此后，农裔城籍的路遥找寻到城乡交叉地带这个属于自己独特生命体验的优质文学表达区位。

二、和　谷：《无忧树》《市长张铁民》成为该时期散文和报告文学代表作

在20世纪80年代中后期，陕西知青作家和谷的散文集《无忧树》获中国作家协会新时期（1976—1988）全国优秀散文（集）奖；中篇报告文学《市长张铁民》获中国作家协会第四届（1985—1986）全国优秀报告文学奖。《无忧树》和《市长张铁民》成为这一时期陕西知青文学的散文和报告文学创作的代表作。

和谷，原名和都蛮，1952年9月9日出生于陕西省铜川市黄堡镇南凹里。初中毕业回乡务农，再进水泥厂当工人，后入西北大学中文系读书。曾任《陕西青年》杂志记者、《长安》文学月刊主编。曾一度迁居海南，后调至陕西省文联工作。

和谷是陕西具有代表性的散文作家之一。主要作品有散文集《原野集》《无忧树》《独旅》《野生地》《和谷散文选》《和谷游记选》《远行人独语》《巴黎望乡》《和谷散文》《和谷散文精选》《还乡札记》等。在《中国散文通史·当代卷（下)》一书中，对和谷的散文介绍如下（摘录)：

和谷的主要创作文体是散文……故乡是作者的主要创作源泉，题材内容关涉着故乡的方方面面，角角落落，向读者展示着不同于中原文化的西部风情。早期关于故乡的诗性记忆与后期的故乡见闻散文，组成了他散文创作重要而庞大的部分。

《故乡的柿子》记叙了渭北山地给作者记忆最深的水果柿子从春天开花到秋天收获，以及这个过程中与柿子相关的儿时生活，柿子锁着作者对乡土的眷恋之情。《荆的记忆》《两匹骡子》《塞上秋阳》《白云老人》，等等，都融合着童年记忆与乡土情怀。故土风物一直都是他眷念的，而这正是城市生活中所缺乏的，萱草、茵陈、皂角、老树、窑院、纺车反复出现在他的笔下。《故土三味》（地软、杏仁、茴香)、《原上草》（牛草、野菜、草药)、《果是故乡甜》（桑、杜梨子、桃园)、《萱草》《皂角》等作品均细腻地描述了故乡的草木果树，情有独钟。

和谷散文表现出一种深情的回归乡土的情感倾向，继承了中国现代乡土散文的特点，在浓郁的抒情化叙述中向故乡寻找血脉意义上的精神归宿，以怀旧的方式表现出对于乡土的情感依恋，朴实而真诚。评论者指出：“我由衷感觉到和谷

思想的力度和深沉。他对生活体验的质量，对生活景象穿透达到的层面，决然峭拔于常见的某些衣锦还乡者矫情的吟诵，更迥然区别于那些猎奇者故作惊讶的妄议。”（陈忠实：《和谷文集》序）

《故乡水三题》（窖的童话、默默的泉、井的憧望）、《故乡的夏》《送嫁》《窟穴》《土风》等作品则蕴藉着农业文明生活形态的质朴、苦难、宿命与力争表现出的执着与忧伤。记人散文《风中的小辫》中的“小辫”，是作者在乡间订婚六年的未婚妻，呈现了特定时代神秘的初恋情态与闭塞心灵的娇羞，行文间萦绕着凄美与无助。作者的回归乡土还表现为对于整个西北的热爱。《驼城》《黄河古渡》是关于西北旅行的文字，均系作者精雕细刻之作。前者描述了古道夕阳的塞上风光，对塞上的景致、历史、生灵无限向往，文中意象繁复，诗情浓厚；后者记述了自己经行黄河古渡的经历，作者对当地淳朴的民风、真实的生活风貌做了十分精细的描绘。

个别作品具有隐喻的意味。短文《无忧树》面对一棵生命飘摇的一千八百年高龄的老树，赞颂了坚忍而淡定的人生哲学。《怪梦录四题》是一组关涉乡土的寓含丰富的散文。其中《故园》一篇，一面是寂寥、贫穷的故乡众生的生存现实，一面是城里来的谈笑风生的“友人”和“我”看到的、寻找到的田园诗般的情景，两者在对比中形成反讽，既抹淡了乡土的悲情，又隐含着某种无奈与困惑。《宰杀》是一篇寓言，记叙一对男女宰杀一只未明兽种的过程，蕴含有对人类对自然生物界暴力掠夺的批判。

20 世纪 90 年代初期，和谷从西安移居海口，此后他的散文也经历了一些变化，笔端仍然没有离开故乡，所不同的是不再以单纯的个人化回忆为主调，而往往代之于回乡见闻，如《还乡札记》《城南集》。大多数作品仍然没有离开故乡的地理、草木风物及人事，相比较早期的作品，抒情性降低，题材面更为开阔。西北地域性历史文化在作者的创作中受到较多关注，其中《王维的辋川》《长安梦寻》两篇在史迹的凭吊中贯穿了写现代都市生活的一批散文和随笔，表现了作者“深刻而真实的内心冲突”。

关于中篇报告文学《市长张铁民》及电视剧《铁市长》的写作相关情况，和谷曾撰文回忆如下（摘录）：

“铁市长”是西安人送给张铁民市长的称呼。20世纪70年代末，张铁民调任西安市市长，虽说进了省会城市，但他在铜川工作时养成的做事果断、坚持原则、为老百姓办实事的工作作风一点没变。其实，这一称呼来自于他主政铜川时的事。据说，他在铜川的市政建设尤其是治理漆水河的艰巨工程中，雷厉风行，敢于碰硬，对拒绝参与市政建设的中央及省上驻铜川的单位实施强制措施，使工程圆满竣工，改善了市区环境，造福于铜川市民，从而得到了市民们的赞赏。“铁市长”的称呼就这样不胫而走了。我是铜川人，二十多岁离开家乡，可能是缘于乡情，便产生了对他的敬仰之情。

“铁市长”能成为我笔下的人物有这么一段往事。我当时在劳武巷警备区招待所内的市文联《长安》文学杂志做编辑，每天从大雁塔附近的家中骑自行车上班，几乎穿越整个城区。当时的媒体上时不时就会有市长出行的新闻，而更多真实生动的有关市长的话题却来自普通市民的传言中。在我看来，“铁市长”在特殊的社会环境下彰显的工作作风和人格魅力，正是中华民族精神的张扬和世道人心所向。

1984年夏秋之际，我去拜访《延河》副主编晓雷。我们两人在谈到报告文学的选题时，不知不觉地便谈到了“铁市长”这个题材。对于如何写“铁市长”，说老实话，我也没有十分的把握，只答应试试看。这之后，我在当编辑之余，抽出时间赶到了北院门市政府办公厅，向这里的负责人说明了我的来意。

在市长身边工作的一位五十多岁的女同志，听说我要写“铁市长”，马上放下手头的事，很激动地向我讲述起“铁市长”的故事来。这位女同志说：“‘铁市长’病了，正在省医院接受治疗，我们联系一下，争取找他本人谈谈。”之后的采访在断断续续地进行着。一个秋雨天的午后，我如约骑车子赶到了省医院干部病房采访“铁市长”。秘书胡太平在门口等我，带我走进一楼南面的一间病房。市长显然是刚刚接受完治疗，从病床上走到外边的会客室。他很爽朗地笑着，吩咐我坐在沙发上，然后点燃一支烟亲切地同我攀谈。谈到采访，张市长真实的想法是，原先是不愿意让人写他自己的，现在想想，快到站了，总结一下工作也好。有经验也有教训。我为他的坦率所感动。他特意提醒我，写的时候，要注意分寸，不要只写了他的好而显得别人不好。他让我先多听听别人的意见，然后需要他谈什么，他会坦诚地如实讲出来的。他一边说，一边给胡太平交代。提到需要采访的市委、市政府及一些部门的领导和工作人员，他还把熟悉情况的一些人名让我记下来，由胡秘书负责联系。

接下来，我和胡秘书相约，由他引见或联络，我有时乘车有时骑自行车，有时还步行着在西安的大街小巷追寻“铁市长”的足迹。在一个月前后的时间里，挨个儿寻访遍了与市长故事有关的人和事。在采访中，我深切地体会到，无论是领导、同事，还是普通市民，他们所讲述的事情已经不只是具有传奇色彩，而是以确凿的事实、栩栩如生的细节引领我深入那些感人至深的事件之中。在同张市长家人的交谈中，我从他妻子儿女讲到的那些家务事中可以察觉到他们善意地抱怨他在大公无私方面对家人不近情理的地方。正是这些来自各方面的采访素材，愈来愈使我走近了张铁民这位西安市市长既平凡又不平静的情感世界。

我用几个月的时间采访了近百人，采访笔记记了十几万字。之后，我用了十多天的时间，写出了有五六万字的初稿《张铁民市长》。1984 年年末，我将初稿送给仍在住院的张市长审读，这前后他已任省人大常委会副主任，病情在渐渐恶化。他花了十多天时间，坚持在病床上读完了原稿，并做了多处更正和修改。之后，我把第二稿送到了《延河》编辑部，在晓雷的建议下作品的标题改为“市长张铁民”，修改后的稿子本意是让有关部门审读并签署意见发表。但稿子送出去，就没见回复。最后，只得由作者、编者和主人公本人负责了。《市长张铁民》很快在《延河》1985 年第 5、6 期发表。当我把刊物送到张市长的手里时，他真诚地说：“谢谢。”后来我问过胡太平，他说市长是在病床上断断续续读完的，医生多次劝说市长不能再劳累，要好好休养。谁知，没过几个月，张市长的病情严重恶化，一口痰没上来，就离开了人世。

一个深受普通百姓爱戴的市长就这样走了，他因积劳成疾退二线，六十多岁便离开人世。张市长的死，更使他的生命价值在人们心中得到了升华。“铁市长”的称呼，几乎成了敢于负责、为老百姓办事、铁骨柔肠的领导干部的代名词。报告文学《市长张铁民》在两年一届的中国作家协会第四届（1985—1986）全国优秀报告文学评奖中榜上有名。先后担任陕西省作家协会党组书记兼副主席、省委宣传部副部长、省文化厅厅长的李若冰作为评委，很高兴地说，这篇作品填补了陕西乃至西北作家在全国报告文学获奖方面的空白，在反映市长现实生活题材方面也是不多见的，是难能可贵的。

接着，华岳文艺出版社推出了《市长张铁民》单行本，请原市委书记何承华作序。在序言中，除肯定了作品的思想性和艺术性，强调了市委、市政府在原则问题上的一致态度，也指出了作品内容“挂一漏万”的局限，这是我采访还不够深入细致，构思还欠得当的缺憾，看来，这些缺憾只能在出版书的序中弥补了。之后，作品被收入省纪委编辑的发行广泛的《陕西党风建设》一书。近些年来，陆续被载入多种全国性经典选本及网站。随后，以报告文学《市长张铁民》为脚本的电视剧也投入筹拍。可是六集电视连续剧却好事多磨，或因剧情需要调整而下马，或因经费不足而搁浅，三起三落。好在《市长张铁民》最终还是上马了，第三个摄制组仍由我担任编剧，由郑定于老师继续任艺术指导，并亲自在韩小磊的原导演工作基础上进行改编；请李默然、陶玉玲、刘法鲁、李万年、蒋雯丽等出演主要角色，由万盛华、杨宝石任导演。从电视剧开始筹拍到完成拍摄已经过去了三年，《铁市长》终于拍摄完成，我也长出了一口气，总算了却了一桩心事。

1991年7月1日，中央电视台在一套黄金时段开播《铁市长》，陕西、西安电视台同时播放。此剧是在建党七十周年全国优秀电视剧展播中作为第一部播出的，后获得展播优秀奖、全国“五个一工程”奖、飞天奖、西北首届电视剧特别奖等多项大奖。作家李若冰、路遥，评论家王愚、肖云儒、李星等，或在电视专题中作访谈，或撰写文章在《陕西日报》等报刊整版推出，在文化界、政界和社会各界形成了当时的“铁市长热”。

三、渭　水：对社会抒情长诗及新诗的探索

渭水，本名周抗美，系西安“老三届”知青。1976年10月，粉碎“四人帮”后，开始在宝鸡内部小报及刊物发表诗作。这一代人与共和国承受相同的命运，是负着文学复苏的伤痕走向诗坛的。

1979年年底，渭水在《星星》诗刊1979年12月号卷首发表了一百多行的处女作组诗《挂甲屯的爱和恨——献给彭大将军》，立即引起诗坛关注。1982年1月，《挂甲屯的爱和恨》荣获首届《星星》诗刊创作奖。自此，渭水的创作激情一发不可收。

从上世纪80年代初至90年代末的二十年间，是其诗歌创作的旺盛期。渭水的《1986：阿兹特克世界大战场》《大难之后：中国的沉思》《1988：奥运会启示录》《假如世界没有了音乐》《水的哭泣》等一批长篇社会抒情诗屡屡在《诗刊》显著位置发表，在20世纪80年代引起整个诗坛的关注，赢得了著名诗评家冯至、刘湛秋、朱先树、黎焕颐、阿红、吕进、田奇、沈奇等人的高度评价。

秦巴子认为："渭水的诗中，具有近年诗歌大潮少有的然而是珍贵的品质：强烈的社会现实性，浓厚的抒情意味，极具个性色彩的主体意识与多视角的关照相互交融，公民意识和社会责任感。这除了诗人的激情，同时还需要胆识和勇气。"

景斌指出："渭水其诗中所体现的强烈的忧患意识、浓郁的社会责任感、缜密的抒情意境以及厚重的主体深度和多层面的人文关怀，给人们以心灵的净化和精神的享受。"

余小刚认为："其创作追求，是一种向史诗靠拢的自觉。"

阎建滨强调："忧患精神贯穿了渭水的整个创作，而且，忧患之深广贯彻了一种深刻的自我批判自我反省涅槃精神。在当今的中国，仍需要渭水这种黄钟大吕似的诗人。"

渭水的社会抒情诗，具有强烈的社会干预意识，冲破了以往政治抒情诗的束缚，充溢着一股富有生命力的现实主义诗歌精神。粗犷深厚而又洒脱自如，哲理深沉又气韵飞动，笔力雄浑，竭力将有限的意识放大至无限，构成了他独特的审美情调。除上述诗作外，有影响的社会抒情诗还有《挑战》《关于焦裕禄》《人祸》《戴口罩的日子》《中国，五月的泪水》。

沈奇谈道："渭水实质上是个精神诗人——以气为主，以气取胜，兼之敏锐、机智、活跃，永远热情忘我地投入。自步入诗坛以来，他似乎就没有停止过求变、求新。其诗思广披博及，触须很多，显示出驾驭重大题材的能力，显露出新的眼光和品质。"

综观渭水的创作全貌，就其诗作题材范畴流向、审美观念脉络、艺术风格形态而言，大体可分为三类：长篇社会抒情诗、黄土文化诗、生命体验与爱情哲理诗。

作为中国北方的儿子，诗人写了不少历史底蕴深厚、对生命深沉思索的黄土文化诗，长诗《我们相逢在延河桥上》《关于龙》《安塞腰鼓》《中国西部歌狂潮》、组诗《陕北八月天》等，为诗界所称道。

有诗家认为，梅绍静写陕北显示阴柔，渭水写黄土地彰显阳刚。阳刚之外溢是渭水诗歌审美价值中最鲜明的另一特征。其黄土文化诗就艺术风格而言，有《安塞腰鼓》《中国西部歌狂潮》的狂放抒发，《陕北八月天》的淳朴道白，《我们相逢在延河桥上》的纵深思绪，也有张扬激情而又充满象征意象和哲理观念的系列长诗《关于龙》。

就数量而言，黄土文化诗只是诗人创作的一小部分。然而，可窥其诗作在多领域、多层面、多角度、多样态进行探索的形影。

生命体验与爱情哲理诗在渭水整体创作中占有很大篇幅和重要位置。从20世纪80年代始，诗人足迹遍布祖国的大江南北，写了不少行吟诗和爱之独白的短章。这些以软抒情为主的诗，构思奇巧，立意新颖，诗句生动凝练，极富浪漫主义色彩，凸显出渭水诗作的另一种样态和特质。其代表作有《重庆一日》《邂逅》《关于夏天》《在冬天》《沐浴》《夜歌》《男人女人》《重逢》《两地书》《距离》《听你的声音》等。

其生命体验诗以颇具意象品质和哲学思考的组诗《面世》为典型代表，20世纪80年代下半叶，在《诗神》《绿风》显著位置推出后，引起诗坛关注。

景斌认为："《面世》以人生、灵魂、环境、命运为符号，对人类生存本相和主客观境遇进行了具有穿透力的探究。"

田奇指出："《面世》标志着新的起点，这是渭水宇宙意识与自我意识的艺术熔炼最佳状态的作品。"

沈奇谈道："渭水对个体生命在现时空下的存在状态作深沉的诗性思辨，由此产生了以《面世》为代表的许多富于哲理性的短诗，显示了诗人另一层面的诗质。"

不少诗家认为，《面世》以人和地球宇宙为符号，开始了对生存本相的探究，《面世》背后最具冲击力的是隐性话语，可以当成渭水的诗歌精品来读。

渭水从1976年步入诗坛以来，已经在新诗探索之路上走了将近四十个年头。自1983年至2014年三十年间，几乎每年都有诗作被选入国内各种诗歌选集之中。迄今，已发表上千首诗作，出版诗集《诞生》《静夜写意》《渭水抒情诗选》《面世》四部，其部分诗作及个人创作业绩被收入国内近百种诗歌选集及名人传略辞书之中，并译介国外。部分诗作在国家、省级报刊多次获奖。这位永远以年轻的心态拥抱生命和时代的歌者，依旧没有停止真诚的吟唱。

四、贾平凹：《浮躁》获美孚飞马文学奖

1988年，贾平凹的长篇小说《浮躁》荣获美孚飞马文学奖，这是陕西作家在改革开放后第一次荣获国际文学奖，也是陕西文学和陕西知青文学的重大收获。

美孚飞马文学奖致力于推广世界各国优秀文学作品的翻译，加强各国间的文化交流。此奖创立于1977年，在国际上享有盛誉。贾平凹的获奖作品《浮躁》载《收获》1987年第1期，是贾平凹“商州系列”的第一部，奠定了贾平凹在文坛的实力派地位。

《浮躁》描写了中国农民进入新的历史时期以来为摆脱贫困、封建残余势力和旧意识的束缚所经历的经济、政治、文化、道德、心理的复杂曲折斗争。小说里的主人公金狗，历经了务农、参军、复员回乡、州报记者、辞职跑河上运输几个人生的大起落，商州的芸芸具象便随着他的生活际遇而渐次展开。

那是20世纪最后十多年间一幅真实的社会画卷。当时“改革”作为一个关键词，无时不在牵动着中国政治高层和普通百姓的思维与心态。各种探索正处在起步期，各种机遇正在给人们带来希望。如同大河响起了冰凌碎裂的声音，人们感到新生活的浪潮已扑面而来。从金狗最初出发的那个小村仙游川，到两岔乡，到白石寨县乃至整个商州，出现了前所未有的打破封闭后的亢奋与躁动。

评论家认为，作家借对商州农民在改革的大潮中一种浮躁心态的描写，反映了一个时代、一个民族的“心”史。深刻地反映了广大农民要求变革的自觉意识，揭示了在商品经济中出现的新的问题及矛盾。作品在现实主义的基调上表现了一些哲理品格和人生意味。

贾平凹在《浮躁》的两篇序言中，对这部长篇小说做了这样的解读：

这仍然是一本关于商州的书，但是，我要特别声明：在这里所写到的商州，

它已经不是地图上所标志的那一块行政区域划分的商州了，它是我虚构的商州，是我作为一个载体的商州，是我心中的商州。而我之所以还要沿用这两个字，那是我太爱我的故乡的缘故罢了……（序言一）

老实说，这部作品我写了好长时间，先作废过十五万字，后又翻来覆去过三四遍，它让我吃了许多苦，倾注了我许多心血，我曾写到中卷的时候不止一次地窃笑：写《浮躁》，作者亦浮躁呀！但也就在写作的过程中，我由朦朦胧胧而渐渐清晰地悟到这一部作品将是我三十四岁之前的最大一部也是最后一部作品了，我再也不可能还要以这种框架来构写我的作品了。换句话说，这种流行的似乎严格的写实方法对我来讲将有些不那么适宜，甚至大有了那么一种束缚。（序言二）

回顾20世纪80年代，贾平凹在小说和散文创作两大领域两翼齐飞，不断探索，尽管个别作品曾一度引起过争议，但整体上看，贾平凹的创作在20世纪80年代取得了巨大的成就。

在短篇小说《满月儿》获得首届全国短篇小说奖之后，一直到1982年，贾平凹以一个山地青年天真的眼睛发现了爱和美，宛如林中月下吹奏着一支清新动人的柳笛，因而引起评论界的注意。王愚、肖云儒在《生活美的追求——贾平凹创作漫评》（载《文艺报》1981年第12期）评论文章中，明确地指出贾平凹的特色在于“着重表现生活美和普通人的心灵美，提炼诗的意境”，肯定作家在极左论调盛行时能逆风而行，开了一个好的头。此外，胡采、阎纲、费秉勋等人也纷纷著文，对贾平凹的才华与成绩给予了肯定的评价。

评论家李星曾撰文指出：

1982年是贾平凹一个重要的界碑，这一年贾平凹经历了出道四年以来最集中、最尖锐也最严重的批评。因为《二月杏》《鬼城》《生活》《年关夜景》《好了歌》等中短篇小说对生活的消极表现，陕西乃至全国就出现了一股否定贾平凹创作的声音：先是地质战线发表了批评《二月杏》“丑化地质队员”的声音；再是从贾平凹故乡地区的官员那里出现了“贾平凹丑化商洛，丑化商洛人民”的言论；再就是陕西省作协机关有人写了批评贾平凹“歪曲现实生活本质”“背离了文学引导人们正确认识生活、指引生活的神圣职责”的文章……这一切，都给贾平凹一种“山雨欲来”的感觉。

1982年2月，这个敏感的早春时节，由省作协牵头、省作协主席兼党组书记参加的贾平凹创作研讨会召开了。正是在这次后来证明是一次真正的“学术研讨会”的会后，早有准备的贾平凹提出了自己对创作分“三个阶段”或“三种境界”的追求。第一境界，是“单纯入世”；第二境界是“复杂处世”，就是表现出复杂性；第三境界是“单纯出世”，意即随着对复杂现实认识能力的提高，达到一种“会当凌绝顶，一览众山小”的超迈高蹈哲学境界。并表示那些受批评的小说属于由第一境界向第二境界转变期的作品，它们并不是他的最高理想。此时的他远比外界估计的更为成熟，更有文学的整体感和长远的使命感。

1982年到1984年，以开始发表时被称为散文，后来又被许多研究者称为中篇小说的《商州初录》和《腊月·正月》《小月前本》《鸡窝洼的人家》等为代表。这一时期可被称为贾平凹的回归商州、回归正在变迁的社会生活现实的现实主义文学阶段。从1982年到1983年，他开始了从事创作以来的第一次自觉的深入生活阶段。这两年中他走遍了陕西关中和陕南陕北的许多地方，尤其是在故乡商州，他待的时间最长，访问、调查也更加广泛深入，到过该地区的每一个县，有些村镇还去过三四次以上。也正因此，他才可以说了解了商州，才获得了新的创作自由，并极大地影响了他此后的创作。他的《腊月·正月》等作品，以20世纪80年代的中国农村改革为背景，描写了商州在改革开放以后所经历的社会历史的大变迁，人与人的关系、社会价值观念、人们情感心理的巨大变化，它们理所当然地被中国主流文学所承认。

1985年到1987年，以《古堡》《龙卷风》《天狗》《黑氏》《人极》《远山野情》《冰炭》等一批中篇小说为代表，可以称之为对其第三阶段现实主义创作模式的超越阶段，或自然主义阶段。在《黑氏》《人极》等中篇中，仍然以商州的生活和现实为背景，但已没有了《腊月·正月》那些小说明显的改革模式，而是集中于写大历史下的人及人的命运，商州儿女的命运，尤其是他们的情感和爱情生活；写人性，宽厚忠实的男人和柔情似水与刚烈似火互为表里的女人。说它们是自然主义的，是因为其结构框架与故事发展完全顺从生活的自然逻辑，以人的命运心理为主，以社会背景为背景，看不出丝毫雕琢的痕迹，给人一种大巧若拙、大雅若俗的感觉。因其几乎原生态的生活面貌和古朴自然的人性风貌，这些作品又被季红真等批评家纳入当时主导性的寻根文学系列。

在20世纪80年代前期和中期，贾平凹的散文创作风头更盛，深受广大读者的喜爱。1982年和1984年，百花文艺出版社、上海文艺出版社分别出版了《月迹》《爱的踪迹》两本散文集，使读者能比较集中地阅读他的散文。费秉勋教授指出："与写小说相比，写散文似乎更能见出贾平凹的才情和艺术素质。他的散文确实写出了特色，写出了个性，在全国能自成一家。"

1988年，贾平凹的散文集《爱的踪迹》获中国作家协会新时期（1976—1988）全国优秀散文（集）奖。

五、芦　苇：中国第一电影编剧的电影剧本创作

在陕西知青作家中，有一位卓有建树的中国著名电影剧作家，他就是西部电影集团原编剧、导演，中国影协理事，国家一级编剧，中国著名电影剧作家芦苇。1968年到农村下乡，种过地，当过民工。1971年进工厂当工人。一年后离开工厂在家待业，开始学习画画。1976年入西安电影制片厂先当了两年炊事员，后改做绘景、美工。

1987年，一个意外的机会，芦苇改编电影剧本《最后的疯狂》获得成功。此后，陆续创作了《星塘阿芝——齐白石的故事》《疯狂的代价》《灯影春秋》《九夏》《黄河谣》《黑风景》《血筑》《桃花满天红》《红樱桃》《西夏路迢迢》等电影剧本。

此外，他还编导了电视专题片《无笔画家吴金狮》和《关中皮影》，将《永失我爱》《一地鸡毛》《霸王别姬》及《活着》改编成电影剧本。1995年，他执导了影片《西夏路迢迢》。

提起中国第五代导演以及他们最具影响力的代表作，人们会想到陈凯歌的《霸王别姬》、张艺谋的《活着》、周晓文的《秦颂》、何平的《双旗镇刀客》以及叶大鹰的《红樱桃》等，而这些电影的剧本初稿（或梗概）全出自芦苇之手，他从而被誉为中国第一电影编剧。

芦苇编剧的电影《疯狂的代价》获夏威夷电影节优秀作品奖；《黄河谣》获蒙特利尔国际电影节最佳导演奖；《霸王别姬》获戛纳电影节最佳影片“金棕榈奖”、国际贡比西影评人奖、奥斯卡最佳外语片提名奖；《活着》获戛纳电影节评委会大奖、纽约及洛杉矶影评人最佳外语片奖；《秦颂》获圣塞巴斯蒂安电影节评委团特别奖；《红樱桃》获金鸡奖最佳故事片奖。

芦苇导演的电影《西夏路迢迢》获金鸡奖导演处女作奖、瑞士洛加诺国际电影节青年评委奖、美国圣巴巴拉国际电影节评委会奖、土耳其国际历史电影节最佳影片大奖。其电影剧本《星塘的阿芝》获第一届夏衍电影文学剧本奖二等奖。他完成而未投拍的剧本还包括香港导演陈可辛约写的《等待》、吴宇森约写的《赤壁》等。

由他策划、编剧，由第六代导演王全安执导的《图雅的婚事》，荣获了柏林电影节最佳影片金熊奖；他根据中国畅销书《狼图腾》改编的同名电影剧本，由法国导演让·雅克·阿诺执导拍摄，于2014年在全球公映……

在当代华语电影界，甚至在世界电影领域内，也难以找到第二个像芦苇这样的电影编剧，曾创作过这么多不同题材、不同类型的电影剧作，而且还曾荣获如此多的国际大奖。

2013年，芦苇和王天兵所著的《电影编剧的秘密》一书出版，在影视界具有广泛影响。

六、陈忠实：长篇小说《白鹿原》获第四届茅盾文学奖

长篇小说《白鹿原》是陈忠实的代表作。小说长达近五十万字，是陈忠实历时六年艰辛创作完成的。小说以陕西关中平原上素有仁义村之称的白鹿村为背景，细腻地反映出白姓和鹿姓两大家族祖孙三代的恩怨纷争。主人公六娶六丧，神秘的序曲预示着不祥。一个家族两代子孙，为争夺对白鹿原的统治代代争斗不已，上演了一幕幕惊心动魄的活剧：巧取风水地，恶施美人

计，孝子为匪，亲翁杀媳，兄弟相煎，情人反目；大革命、日寇入侵、三年内战，白鹿原翻云覆雨，王旗变幻，家仇国恨交错缠结，冤冤相报代代不已；古老的土地在新生的阵痛中战栗。厚重深邃的思想内容，复杂多变的人物性格，跌宕曲折的故事情节，绚丽多彩的风土人情，形成作品鲜明的艺术特色和令人震撼的真实感。

全书浓缩着深沉的民族历史内涵，有令人震撼的真实感和厚重的史诗风格。小说被誉为一部渭河平原五十年变迁的雄奇史诗，一轴中国农村斑斓多彩、触目惊心的长幅画卷。

《白鹿原》1993年6月出版后，其畅销和广受海内外读者赞赏欢迎的程度在中国当代文学作品中实属罕见。1997年，获得中国长篇小说最高荣誉——第四届茅盾文学奖。已被改编成同名电影、话剧、电视剧、舞剧、秦腔等多种艺术形式。

白鹿原是一部现实主义巨著，但在具体的创作中，陈忠实大量借鉴了潜意识、非理性、魔幻、死亡意识、性本能等现代主义手法，从而使情节愈显曲折，突出了人物命运的不可臆测。尤其是魔幻手法，在中国传统农村的直观思维中也可以找到根源，农村中那种融主观和客观、生与死于一体的原始宗教的二元论世界观，恰恰是魔幻思想的温床。陈忠实正是通过这种魔幻描写，模糊了生者与死者、人间与冥界的界壁，在人与鬼的冲突中来展示人性深处的东西，揭示人性的悲剧、人生的苦难。同时，这种手法还给所叙述的历史带来一种不可预知的神秘性，给读者以心灵上的震撼：仿佛冥冥中有一只巨大的手掌握着人物的命运和历史的发展。

但是，《白鹿原》的现实主义又不同于曾流行一时的新写实主义。新写实主义强调零度写作，纯粹客观地对生活本态进行还原，展现现实的原生态，将原色原汁原味和盘托出，达到了毛茸茸的程度。《白鹿原》虽然没去图解历史，注重原生态的生活和细节真实，但它并不是纯粹客观地还原生活，而是力图通过各种势力在原上的冲突和发展，揭示出传统文化的命运走向。陈忠实也并没有坚持零度情感，而是以悲天悯人的情怀，对中国传统文化的出路做了深刻的思考。

从1985年动念构思《白鹿原》，到1988年清明前后动笔，再到1991年冬写完最后一句话，白鹿原边上走出的陈忠实，用文字虚构了白鹿原，再现了那块土地上作家不曾经历的历史和传奇、不曾谋面的祖先。

1985年夏天以前，陈忠实把长篇小说的创作还看作非常遥远的事情，因为在他的写作意识里，写长篇有些令人畏怯，至少要写过十个中篇小说，写作的基本功才能有点眉目。

1985 年，陈忠实参加了一次陕西长篇小说创作促进会，会上的作协领导感叹陕西的新老作家已经有很久时间没有拿出一部长篇小说了。在那次会后，路遥留在了延安开始起草《平凡的世界》。当时，陈忠实也依然没有很强的念头要去写一部长篇，但在会后开始写酝酿已久的《蓝袍先生》这部中篇时，那些不属于蓝袍先生的故事出来了，陈忠实的长篇小说的欲念在此时确立。对陈忠实来说，八万字中篇小说《蓝袍先生》的创作是作家一次用心得意的写作探索，同时引发出长篇小说《白鹿原》的创作欲念。

陈忠实说，为了创作这部作品，他用了两年时间准备，用了四年时间写作。这就是说，陈忠实是在其四十四岁时开始准备，至五十岁时才完成。该作篇末注明：1988 年 4 月至 1989 年 1 月草拟，1989 年 4 月至 1992 年 3 月成稿（修订本篇末加注：1997 年 11 月修订于长安）。据陈忠实说，他写这部作品，共写了两稿，第一稿拉出一个大架子，写出主要情节走向和人物设置，第二稿是细致地写，是完成稿，精心塑造人物和结构情节，语言上仔细推敲。这个说法与他篇末标明的写作时间是吻合的。

《白鹿原》初刊于人民文学出版社主办的《当代》杂志，1992 年第 6 期和 1993 年第 1 期分两期刊载。1993 年 6 月，人民文学出版社出版了《白鹿原》单行本。

《白鹿原》问鼎茅盾文学奖时，茅盾文学奖评委会曾建议陈忠实对这部作品中的有些地方进行修改。陈忠实说自该作问世后，也有意对其中个别地方进行修改，于是就有了一个修改本的《白鹿原》。

人民文学出版社陆续出版了七种版本的《白鹿原》，累计印数已超过一百二十万册（人民文学出版社 2007 年 1 月 5 日统计数据）。加上其他出版社的版本，《白鹿原》印数已超过一百三十万册。

太白文艺出版社和广州出版社的《陈忠实文集》，华夏出版社和长江文艺出版社的《陈忠实小说自选集》都收有《白鹿原》，再加上香港和台湾的繁体字本以及外文译本，截至 2010 年，《白鹿原》的版本有十五种之多。

2010 年年初，《钟山》杂志组织北京大学、复旦大学、暨南大学等高校的十二名文学评论家进行投票，盘点三十年来中国的长篇小说，陈忠实的《白鹿原》以七票位居榜首。据介绍，本次评选不以销量、知名度及社会影响力为标准，而完全以文学性为标准，每位评委的投票、评语都要对外公示。在十二位评委的投票中，暨南大学中文系教师洪治纲把票投给了《白鹿原》。他认为，《白鹿原》有着丰富的文学性与内涵，“从复杂的党派政治斗争到民生经济的冲突，从剧烈的民族矛盾到宗法背景下的家族纷争，从乡村文化伦理的纠葛到人性欲望的争斗，描述了风云变幻的历史”。

七、贾平凹：长篇小说《废都》获法国费米娜文学奖

《废都》是贾平凹最著名的、在社会上引起广泛争议的长篇小说，曾在国内遭禁十六年之久，却在国外赢得声誉。1997 年，贾平凹《废都》获得法国著名的费米娜文学奖。

《废都》以历史文化悠久的古都西安当代生活为背景，记叙闲散文人作家庄之蝶、书法家龚靖元、画家汪希眠及艺术家阮知非“四大名人”的起居生活，展现了浓缩的西京城形形色色“废都”景观。

作者以庄之蝶与几位女性情感的纠葛为主线，以阮知非等诸名士穿插叙述为辅线，笔墨浓淡相宜。在诸多女性中，唐宛儿、柳月、牛月清为他塑造最为成功也最倾心的鲜明人物。在这些充满灵性、情感丰富、聪慧而富有古典悲剧色彩的人物身上，体现出作者至高的美学理想。

《废都》是一部深刻反映社会现实，揭露社会问题，因而毁誉参半并引发巨大争议的奇书。在《废都》中，贾平凹写出了一部社会风俗史，以主人公庄之蝶为中心巧妙地组织人物关系。围绕着庄之蝶的四位女性——牛月清、唐宛儿、柳月、阿灿是小说着墨最多的。她们是有着不同经历、身处不同层次的女性，每个人的际遇、心理都展示着社会文化的一个侧面。

1993 年，贾平凹的《废都》发表在《十月》杂志第 4 期，后由北京出版社出版。这部描写当代知识分子生活的艳情小说，由于其独特而大胆的态度以及赤裸裸的性描写，引起社会各界激烈争议，贾平凹甚至被冠以“流氓作家”的称

号，随后小说遭禁。

1993 年，宣布查禁《废都》的是北京出版社的主管部门北京新闻出版局。北京新闻出版局的殷爱萍处长曾公开宣布："1993 年，我们根据国家新闻出版署的指示，以‘格调低下，夹杂色情描写’的名义查禁《废都》，并对出版部门做了处罚。"但是，现在图书审批权已经归到新闻出版总署，审批部门的变化、审批人士的变化，也为《废都》的重新出版提供了契机。

遭禁后，小说盗版却疯狂大卖。据贾平凹回忆，1993 年上半年，《废都》一出来，好多人开着车，带着押车的，用现钱去买。北京出版社一时印不出那么多，就卖版型，一下子卖给了六七家。当年这些厂家差不多都是以十万册为起印数的。据了解这一行的人估计，从 1993 年下半年起，正版、盗版加起来约有一千二百万册。贾平凹手头就收集了六十余个版本。

被禁十六年之后，《废都》2009 年再度出版，再版的《废都》赫然印着季羡林先生曾经的预言："二十年后，《废都》会大放光芒。"看来，季先生还是低估了社会的宽容度。贾平凹对再版此书也踌躇满志，他说："《废都》当年的出版是一个突破禁忌的新事物，人们怀着一种猎奇心理来看《废都》，从而忽视了它本身的文学价值。人们过去用性描写来考量《废都》，这是一种误读，现在作家出版社让它再版，这是一种正读的结果，过去一误，现在一正，这就是《废都》再版的意义所在。"颇有冤案昭雪的意味了。当然，也有人认为《废都》是贾平凹创作生涯中的一大败笔，根本不具备什么文学价值与艺术价值。无论读者如何评价，贾平凹自己一直认定，《废都》是唯一能安妥他灵魂的书。

八、莫　伸：《中国第一路》和《大京九纪实》被誉为最具影响的铁路建设纪实文学

莫伸是全国重要的报告文学作家，20 世纪 90 年代，他的长篇纪实文学《中国第一路》《大京九纪实》，就曾产生广泛影响，这两部长篇纪实文学被誉为是

新中国成立以来描写铁路建设的纪实文学中最具影响的作品。

《中国第一路》是一部全面记述大秦铁路建设的长篇报告文学。全书气势恢宏，在改革开放的历史背景中，展示了大秦铁路建设的重大意义，记述了建筑的艰辛历程，出版后在铁路职工中引起了强烈反响。1993 年在北京铁道部召开的研讨会上，除过阎纲、周明、何西来、雷抒雁、白烨、李炳银等专业文学评论家外，原国家计委副主任郭洪涛、原铁道部长陈璞如、铁道部副部长李轩等都亲自前来参加，并给这部长篇纪实作品以高度评价。最令人动容的一幕是原国家经委副主任岳志坚，由于患青光眼做手术，无法看书，于是请他的秘书每天为他阅读，直至全部读完。闻知召开讨论会，岳志坚让他人搀扶着自己坚持来参加会议，并用“事实清楚，观点正确，文笔生动”这十二个字高度评价了这部作品。

《大京九纪实》则是莫伸撰写的又一部记录铁路建设的长篇报告文学，评论家薛迪之评价这部作品道：“大气的题材，大气的作家，大气的文学功力，这就构成了大气磅礴的《大京九纪实》。”

京九铁路是中国20 世纪结束之前耗资最大的一项工程。中国政府下决心修建它时，正是中国改革最关键、通货膨胀也非常严重的时期，这个时期内任何一点决策的失误，都可能引发出不可收拾的后果。京九铁路又是彼时中国一项最大的工程，修建它可谓历尽艰险。为什么要下大的决心修建这条铁路，这条铁路是怎样修成的，它遇到了哪些难以想象的困难和问题，对广大群众来说，这确实是一个充满了神奇色彩的话题。

莫伸撰写的《大京九纪实》通过采访，以翔实的材料，描述了中国政府决策修建京九铁路前后的背景以及铁路建设者们所经历和遭遇的一切，它不仅从宏观上有助于我们了解修建大京九的意义，而且对于我们认识当前中国在世界经济格局中所处的位置，理解改革开放进程中中国建设的步伐和思路都是有价值的。

《大京九纪实》写的是重大题材，但作者却并没有将笔墨完全集注于此，而是将目光更多地投注于普通建设者的工作和生活，他以深入的采访，精辟的洞察，传神的笔触，将我们带进了一幕幕生动有趣而又感人至深的场面。全书文笔朴素，结构严谨，写人写得传神达意，入木三分；写事写得客观公正，深入透彻。许多读过这部书稿的人一致评价，这不仅是新中国成立以来，而且是中国自建造铁路以来所写的铁路纪实性作品中一部艺术感染力最强的力作！一些评论家评价说：“《大京九纪实》可称一部难得的‘三气’作品。它思想上大气磅礴，格调上正气浩荡，艺术上灵气透彻。”有人在评论中指出：

《大京九纪实》作为文献，洋洋洒洒六十万字，可以说已经圆满地完成了记录的任务。然而，如果仅仅从文献价值上来看待它，则评价就不十分准确了，它的价值恰恰在于对文献意义的超越。在这部书里，蕴含着令人怦然心动的人文精神，闪烁着发人深思的时代智慧的光彩。

全书充满激情和哲理。作者在许多地方都写了人物的流泪哭泣，但流的不是弱者的眼泪，而是强者的大恸大哀、大悲大喜。每当写到哭，大都是最动人的地方，是情感高潮之处，也是作者倾注情感最激越之处。然而，作者却很少用廉价的感叹语言来表达自己的激情。每当他不能不激情满怀时，便笔锋一转，去展开抒情性评论，而这些抒情性评论又是作品精华之所在。它不仅充满哲理，而且常常同现实生活中的国民劣根性、难返的积习和人性的弱点相对照，从而使作品的现实感十分鲜明。

商子秦在1998年撰写的《莫伸和〈大京九纪实〉》一文中记述了莫伸撰写这部长篇报告文学的相关实况：

我知道莫伸创作这部作品的艰辛，1993年至1995年的两年多时间，他曾长期奔波于大京九铁路工地，当长达两千多公里的铁路沿线尚是一片荒野之时，他就一次次走进一个个临时工棚，一个个隧道工地，穿越华北大平原，深入鲁西豫东，远赴大别山、井冈山老区，南下深圳，不顾颠簸疲劳，真实采访大京九建设者的创业史……

在京九工地，莫伸用自己的行动赢得了大京九建设者的信任。一次他去一个项目部采访，办公室人员说领导不在，由一位普通干事接待了他。莫伸丝毫没有意识到这些，整整一上午，除过认真查阅资料，再就是不断向这位陪同他的干事提出各种问题。没想到下午项目部的领导竟主动来找他了，说你这个记者是真心来采访的。我注意了一个上午，你一直在记在写。原来这位领导压根儿没有出门，只是以为又来了一个蜻蜓点水式的角色，因此采取了回避态度。当亲眼看到莫伸的工作态度后，他立即放下手边的事情，与莫伸谈了整整一天，还专门陪他到现场参观，使他得到大量第一手素材。

类似的事还有许多，莫伸第一次去一家国家级的勘探设计院采访时，由于相互间缺乏了解，采访非常困难。但莫伸毫无怨言，不讲条件，不计待遇，只是埋头采访，细心发掘。当《大京九纪实》出版后，几乎是瞬间便在这家设计院引起轰动。书中精彩的描写，把枯燥的技术数据变成形象的文学语言的功夫，折服了那些大名鼎鼎的院士和专家。此后莫伸凡来到设计院，上上下下，到处受到热情的接待和欢迎。

最初《大京九纪实》准备写三十万字，但是面对大量生动的素材，莫伸笔下泉涌，竟一气在电脑上打出六十六万字。

京九铁路是彼时中国铁路史上规模最大的一项工程，写这样的大工程，需要与之相匹配的大手笔，需要有纵览历史和时代风云的大视野。而莫伸的胸襟和才智，正是在这部大作品中得以最好的体现。他把大京九置于中国铁路史的大背景之下来评述，第一章“历史的回顾”，以精练的文笔，浓缩了近一个世纪以来，从孙中山先生到毛泽东，再到邓小平改革开放的历史风云，纵横捭阖，气势非凡。

像这样一部气势宏大、内涵深刻、生动传神的文学作品，自然会得到各方的关注和好评。作品尚未付梓，《光明日报》就用一个整版的篇幅，发表了书中“九江长江大桥”的章节。紧接着，《工人日报》同样以整版篇幅发表了“碾子沟隧道”一节。两家国家级报纸大版面集中选载一部作品，十分罕见。

九、沈　奇：致力于台湾现代诗研究

20世纪90年代，陕西诗歌评论家沈奇致力于台湾现代诗研究，曾先后在海峡两岸出版诗学文集《台湾诗人散论》《台湾诗论精华》等专著，提出了中国新诗的“三大板块说”，专文论及洛夫、郑愁予、痖弦、罗门、张默、大荒、管管、蓉子、碧果、向明、辛郁、杨平、陈义芝、朵思、席慕蓉、詹澈、隐地、夏菁等诸多诗人，几乎形成一部台湾现代诗史，被认为是台湾现代诗的全面审视者与重要评估者。

沈奇对台湾现代诗共同特征总结为："得西方现代诗质之神而扩展东方现代诗美之器宇，获古典诗质之魂而丰润现代诗美之风韵，为中国新诗的成熟与发展，提供了更多有益于诗体建设的元素和特质，使之具有更明晰的指纹和更丰盈的肌理。"就文本价值特征即主体精神之特征而言，沈奇在整体评价"创世纪"诗人之诗歌精神时，指出以下三点：其一，现代版的传统文人精神；其二，优雅自在的纯诗精神；其三，多元开放的探索精神。

十、秦巴子：新诗创作的三个阶段

秦巴子，本名何战平，系西安下乡知青，1985 年开始发表作品。这位典型的感悟型诗人，始终保持着写作主体的独立性；诗作冷峻、深沉、凝重，弥漫着浓厚的哲学意识、独有的诡奇意境、别样的诗学理念和深邃的人文精神。

上世纪 80 年代中期至 90 年代中期，是其诗歌创作的第一个兴盛阶段；2000 年至今，又掀起诗歌创作的第二个高潮。

回望秦巴子的创作流程，大体可分为三个阶段：1990 年之前，是随着诗歌的文化寻根的路子在走，当时写了一些具有文化寻根意味的，可以归于西部诗大范畴里的作品。这一阶段，诗人的作品遍及国内几十家刊物，其代表作有系列组诗《向往家园》《黄土·源》《黄河与人》等，引起国内诗坛的广泛关注。在一片掌声中，诗人背转身去，向着新的探索之路迈进。秦巴子认为："这一阶段的写作，还不能称为真正的自觉。"

上世纪 90 年代，诗人对西方意象诗与中国古典诗歌进行了具有开拓性的融合、对接、贯通和改良，在自觉的对现代意象诗的探索和实践中，跨入写作的第二个阶段。在此期间，秦巴子的创作气势如虹，锐不可当，推出了数量惊人的可以归为意象诗一脉的诗作，譬如《夜弧》系列的几百首作品，《图像与心迹》系列作品，《物质的深度》系列作品，不仅对意象与词语的运用在写作上进行探索，在形式上也做了一些尝试。代表作有《中药房》《雕塑家》《刀》《空衣服》《麦地上的风筝》《星空》《黑夜之黑》等。

徐江指出："以秦巴子《中药房》和《在鞋城》为例，《中药房》的主旨在于揭露传统的文明与人性特质，《在鞋城》的主旨则是抒写中年的复杂滋味，与生命的恍惚感伴随而来的、挣脱禁锢的意愿。秦氏诗歌表现出很强的语言融合能力，这在以自我、技术性封闭而著称的意象诗作者中，显然算得上是异类了。"

唐欣认为："秦巴子所创造的诗境有着鲜明个人特征，有时候甚至是险峻的意象，令人难忘。他营造的独有的、特别的、充满生命体悟的意境在中国诗歌版图上占据着重要的位置。"

伊沙谈道："秦巴子属于功夫型高手，面对复杂结构与繁复意象，他进得去，关键是出得来。《星空》纯正地营建意象，而不是小聪明似的玩弄修辞；富含理趣的《雕塑家》让我感到它多出了什么而造就了本质上的背离……"

可以说，上世纪90年代的诗歌早已不可能制造出社会轰动效应，诗歌几乎只成为诗人圈子的事情。秦巴子摆脱了功利，淡定自若地在诗歌语言上进行不懈的调整和突破，力图在现代意象诗的表述上找寻到最佳样态。他认为："现在社会生活和文学以及诗歌的处境都进入了日常状态，常态是对一个诗人写作持续性、耐力与创造性的考验，或许80年代更多需要的是勇气，而现在，需要的是诗人自己的内生性的力量。"

当诗人进入不惑之年后，许多观念性的问题在逐步转化为实践问题。伴随着新世纪的钟声，秦巴子向着更加成熟的新诗创作的第三个阶段挺进。他认为："现在看来，在更本质上却是诗歌与现实的关联方式和诗歌的接受性如何更好地得到实现的问题，它关乎诗歌的生命力与新鲜度，或者说关乎诗歌的原创性与本土性。"秦氏力图尝试将口语与意象打通，让现实生活直接进入诗歌。

秦巴子强调："晦涩的意象写作，是诗人自己虚弱与空洞的表现，它的欺骗性遮蔽了写作者自身的混乱，同时也伤害着诗歌本身。"诗人在进一步探索中，做出富于创建性的选择：要在意象与口语之间达成一种融合并完成清晰的诗意。

毫无疑问，诗人的努力是颇有成效的。当众多诗人陷进说不清道不明病态臆想的怪圈中，复制千篇一律的分行呓语时，秦巴子毅然以另一种姿态，将诗的触角伸向现实，伸向民间，伸向大众的心坎。

黄海指出："秦巴子的诗歌创作又进入了一个新的高潮期，作品数量和品质都广受同行和读者称赞，从《朗诵者》《小春天》《飞机场》《马赛克》《特护病房实录》《极度失眠》等代表作中，可以看出其创作经历了一次蜕变，除了风格有所变化，也更显得从容了。"

唐欣谈道："近年来，秦巴子的诗歌发生了明显的变化。《难兄难弟》《冷场》《极度失眠》《焦虑症》《颈椎哀歌》《特护病房实录》，这是带有体温和气息的诗歌，也是充满奥秘和滋味的诗歌，有重量和力量的诗歌。"

早有诗家指出，白而不白是诗歌的最高境界。当今诗坛许许多多的诗人在写作中，将诗的表现形态放在首位，而丢掉了诗最本质的内核。试想，诗一旦失去了灵魂，还有存在价值吗？秦巴子诗歌《此世此刻》中，二十多个扑面而来的"悼念"，道出了世纪之殇、民族之痛，道出了社会之症结、国人之忧愤！诗的结尾，更是机智玄妙，别具匠心，颇具画龙点睛之功效，"落入下水道的硬币"埋下的隐喻，内涵深刻，耐人寻味。

2011 年 4 月 6 日，日本东北部大地震之后，诗人奉献出的诗作《小春天》，则以另一种娓娓道来的方式，谱写人文关怀的心曲。雕虫小技丈夫不为，时代在呼唤一种大气的写作。《小春天》不小，以跨越国度的人性良知，发出永恒的歌唱！

在新诗之路上走过三十个年头，秦巴子影响广泛，收获颇丰。著有诗集《立体交叉》《纪念》《理智之年》《极度失眠》《在长安》等，上世纪曾获三十多次诗歌奖；新世纪以来，先后获得《手稿》现代汉诗新世纪十年成就大奖、第二届新世纪诗典年度大奖金诗奖、第六届珠江诗歌节陕西杰出诗人奖、2013 年度御鼎诗歌奖等。

第六章 陕西知青作家新世纪创作纪要

概 述

跨入新世纪十多个年头以来，陕西的知青作家大都进入知天命之年，就连其中最年轻的60后作家也年逾不惑，其文学创作都进入了成熟期。这一时期，陕西知青文学的创作总体呈现出多元化趋势：题材更加广泛，形式更加多样，手法更加新颖，创作成果也更加显著，依旧保持在全国领先地位。

2008年，贾平凹长篇小说《秦腔》获第七届茅盾文学奖，冯积岐、秦巴子等人的长篇小说入围茅盾文学奖评选。2010年，吴克敬长篇小说《手铐上的兰花花》获第五届鲁迅文学奖。莫伸电影剧本获夏衍电影剧本奖，还有不少作家的作品获冰心散文奖等多种奖项。

陕西知青作家还不断推出引人注目的重量级新作。莫伸为电视连续剧《郭秀明》创作剧本，王宜振的儿童诗获第五届全国优秀儿童文学奖，王真的话剧《郭双印连他的乡党》入选国家艺术精品工程等。

这一时期，陕西知青作家创作势头不减，出版作品数量众多，其中仅长篇小说就多达数十部。许多作家进入个人创作的又一个高峰期，精品迭出，形成引人注目的井喷期。

在传统媒体之外，许多作家开始关注新媒体，在以打造文学为特色的网络、微信平台，发表文学新作，也赢得了广泛的读者关注。

同时，陕西知青作家队伍不断壮大，许多知青出身的行政领导或企业界成功人士，纷纷加入文学创作的行列，且起点高，出手不凡，在长篇小说、电视剧、散文创作领域取得可喜的成就，如樟叶的长篇小说《五福》《晚秋》等。

这一时期，陕西知青作家所从事的文学创作体裁更加丰富，形式更加多样，除过原来的小说、散文、报告文学、诗歌、影视和理论之外，他们还在电视连续剧、戏剧、歌词、古体诗词文赋等方面开辟出文学创作新领域。以王蓬为代表的作家还从事文化写作，呈现出作家学者化的趋向。这些，都极大地丰富了陕西知青作家的创作。

随着陕西知青作家的创作活动增多，各种形式和主题的文学大赛、征文、采风、编辑书刊、拍摄电视片等活动不断举办，更多的知青文学爱好者在退休之后重整旗鼓，开始以撰写回忆录等形式进入文学创作领域，特别是众多知青网络平台的兴起，形成了新的群体性知青文学创作热。

一、贾平凹：长篇小说《秦腔》获茅盾文学奖

2008年，在中国作家协会第七届茅盾文学奖评选中，贾平凹的长篇小说《秦腔》获奖。

长篇小说《秦腔》以作者故乡棣花街为原型，通过一个叫清风街的地方近二十年来的演变和街上芸芸众生的生老病死、悲欢离合，生动地表现了中国社会的历史转型给农村带来的震荡和变化。小说采取疯子引生的视角，叙述清风街两家大户白家和夏家的故事，讲述了农民与土地的关系、农民的生存状态，书写了对农民沉重的负担、农村耕地的丧失以及农村文化的失落所寄予的深刻忧虑与同情。

作者以凝重的笔触，解读中国农村二十年的历史，集中表现了乡村价值观念、人际关系和传统格局巨大而深刻的变化，是一部中国当代乡村的史诗，是贾平凹在创作上达到的又一高峰。

茅盾文学奖给《秦腔》的获奖理由是：

《秦腔》是贾平凹的第十二部长篇小说，也是他近十年来最重要的一部作品。在这部被绝大部分评论家称为是一部书写当代中国农村具有史诗性意义的重要作品中，贾平凹在创作上达到了又一高峰。《秦腔》所受到的一片赞誉，以及被整个文坛的充分肯定，其一，是敏感先锋地捕捉到了转型期农村巨变过程中的某种时代情绪。其二，是对正在消逝的农耕乡村的一曲挽歌。其三，他为“三农”问题专家提供了许多社会学意义上的经验和材料。其四，它反映了当下中国农村这一重要时期的面貌和变迁。

另外，在其学术表现手法上，《秦腔》用瓷实精到的描写重塑了一个鲜活真实的世界。贾平凹以对农村农民过着的“一堆鸡零狗碎的泼烦日子”的痛切感受，从细枝末节、鸡毛蒜皮的日常事入手的描写，细流蔓延，汇流成海，浑然天成，直达本质的真实。从某种角度而言，也是对近年来许多临空高蹈、不无夸饰的宏大叙事的一种“拨乱反正”。

《秦腔》看似日常、琐碎，实则坚韧、淡定。它显示出了贾平凹在叙事上一次冒险的“野心”，一次白描炫技的成功。或许贾平凹比任何人都看清了在现代化、城市化浪潮的冲击下，新一代农村正不可避免地面临着古老的农村文化势不可挡地解体的洪流。因此，他借用中国最古老的剧种之一的秦腔，赋予它成为小说中一种民间文化载体的意义，同时利用这一传统文化的表征，讲述农村宿命般走向衰败萧瑟的必然，讲述他对故乡这块碑的挚诚。

《秦腔》所表现的情感冲突，绝非剑拔弩张，而是一种渗透在农民骨子里、浸透在日常生活的嬗变中的一种无奈；一种所有人都被裹挟到浪潮中的身不由己。热爱土地而又无法守住土地、一步步从土地出走的农民带给作家的道义和矛盾、忧患与焦灼、迷惘和悲凉，使贾平凹付出挽歌的情感，写下了中国农村正发生着的千年未有的巨大变化；写下了原来乡村生活及其文化形态的分崩离析，写下了“中国一等伤心人”的心酸之情。

有史诗般庞大的规模和厚重的质地，决心以这本书为故乡树起一块碑子，贾平凹用文字还原和营造了一个活生生的世界，是对将要成为绝唱的农村生活做的挽歌；是对传统乡土的一种“回归与告别的双重姿态”。

《秦腔》于2003年开始创作，历时一年零九个月，2005年在《收获》杂志上首发，当年即由作家出版社出版。2006年7月，获得香港第一届世界华文长篇小说奖“红楼梦奖”首奖。

获奖之后，贾平凹在接受记者采访时表示：“《秦腔》是我的心血之作，当我得知获奖的消息，我只能用一个词来形容此刻的心情，那就是‘天空晴朗’。《秦腔》的得奖，既是对自己的安慰，也是对故乡的慰藉。我与农村的感情是切不断的，我要感谢时代、感谢故乡、感谢生活。”

二、吴克敬：中篇小说《手铐上的兰花花》荣获鲁迅文学奖

2010年，第五届鲁迅文学奖揭晓，陕西知青作家吴克敬中篇小说《手铐上的兰花花》荣获本届鲁迅文学奖。

《手铐上的兰花花》通过追叙和顺叙两条线索交互迭进的艺术形式，描写了女主人公阎小样被判为死缓罪犯的缘由和被押往西安省城监狱途中展现出的人性之大德大愿、大善大美；用多层铺垫手法扩大了悲剧的题材范围和内含底蕴，凸显了人物性格的悲中之美和美中之悲，形成一种独特的悲柔之美的美学风格，丰富了悲剧美学的审美视域，使悲剧在人性美中得以深化与升华。

这部作品是作家在《西安晚报》工作时，采访了一名女犯人，根据她的故事写成的，写了女犯人在被押解的途中，受到的人性化对待以及和公安民警之间发生的故事。作家谈道：“人的生命是有尊严的，也许天性使然，我作品中的女子都很有诗情，很美好，而且我的作品不会将残忍、丑恶、肮脏写得那么强悍、那么紧，我希望所有人都能生活在阳光下。”

评委朱向前给这部作品的获奖理由为：“文学的良心存在，文学的情感存在。”

著名作家彭学明评价道：“《手铐上的兰花花》是唱给当今社会的一曲幽怨、

凄美而又动听的信天游。在社会的污泥浊水冲刷下，陕北黄土地上一个女子兰花花一样风吹雨打的命运，和人性弱不禁风的朴素、坚韧与高洁，寄托了作者对普通百姓的深切同情和悲悯。”

三、秦巴子：长篇小说《身体课》入围第八届茅盾文学奖

2011 年，在中国作家协会第八届茅盾文学奖评选中，陕西知青作家的长篇小说曾经入围第二轮前四十二名名单，这就是秦巴子的《身体课》。

这部长篇小说讲述了少女康美丽与雕塑家陶纯在一个特殊的环境里猝然相遇的故事。朦胧的梦中，两人的情感和身体经历了一次奇妙的碰撞，康美丽由此获得了一生中唯一的一次身体高潮。三十多年后，随着一尊女性裸体塑像的神秘出现，康美丽封存许久的青春记忆被唤醒，她陷入难以自拔的精神危机，丈夫和女儿也被拖进莫名的紧张之中，原本平静的家庭笼罩在一片阴云下。

情感、性、身体，这些最平常最切身又最微妙的元素，将如何左右他们的生活？女性裸体塑像从何而来，又将如何还原到往事的沟壑中？《身体课》这本书是关于我们身体、情感、记忆的追溯。身体作为自我、个体欲望的居所，它所呈现的存在，如生命的迷惘、青春期的焦虑、家庭生活的机械化是这部书的重心。诗人秦巴子从都市生活、家庭生活的夹缝里往时间的深处追溯，为我们呈现了主人公内心所守护的秘密。

四、樟　叶：长篇小说《五福》和《晚春》被誉为陕西近代史文学创作开山之作

《五福》一书以辛亥革命陕西起义前夕之历史事件为写作素材，气魄宏大，立意高远，探微钩沉，再现了那风云变幻、豪杰四起的复杂历史局面。用大量笔墨描写普通人在特定历史条件下的思想感情和知行实践，还原了“革命”二字的应有之义，展现了农工兵学商灵魂深处的革新情结。

武昌起义后西安这座西部城市率先响应。而其行动之迅速，计划之周密，斗争之英勇惨烈令人敬仰。陕西革命之成功，不仅于民国创建厥功甚伟，对后来的新民主主义革命，也有着示范借鉴意义。作者力求从历史文化的角度阐述这场革命的意义，使人耳目一新。小说后改编为电视连续剧《关中枪声》，在央视 8 套黄金档播出。

长篇小说《晚春》是《五福》的姊妹篇，它描写了 1926 年的“西安围城”之役。1926 年 4 月，北洋军阀刘镇华率领十万镇嵩军，从河南进入关中，围困西安 8 个月之久。国民军将领杨虎城、李虎臣带领近一万军队和全城民众拼死坚守西安。后冯玉祥率领大军入陕，西安得以解围。时称“二虎守长安”。

《晚春》采用百姓视角，塑造了一个英雄群体：刘玉山、周其峰、钱白氏等主要人物写得侠肝义胆、荡气回肠；像孝子老四等着墨不多的小人物也表现得大义凛然，给人留下极深的印象。

作家樟叶表示：“人们一说起西安首先会想到汉唐盛世，由于诸多原因，我们对西安的近现代历史却很忽视。辛亥革命西安打响了全国的第二枪，当时差点打响全国的第一枪，因为被发现而推迟了一些时间，这体现了敢为天下先的精神。而西安围城之战、西安事变表现了西安人的革命精神。那种前赴后继的壮举，忍辱负重的坚毅，坚忍不拔的气概，诙谐自然的生活态度，值得后人学习敬仰。”

《晚春》这部二十万字的长篇历史小说，樟叶创作了一年零四个月，他呕心沥血，查阅了大量的历史资料，走访了很多的相关人士。评论者秋实认为，樟叶是陕西近代史文学创作的开山之人，《五福》《晚春》也是两部开山之作。

五、景　斌：长篇小说《鬼神劫》《寂寞如潮》《马兰花儿开》对小说艺术进行全新探索

长篇小说《鬼神劫》由太白文艺出版社出版，属《西风烈》丛书，是一部具有高度艺术性和思想深度的作品。主人公谷子形象鲜明，其形象的塑造具有一定的艺术特色。王家堡村民主动造“神”以镇“邪”，致使村子“一下变得平静，变得温和，变得路不拾遗”。这是处于畸形社会的农民与恶势力进行斗争时高智慧的表现，也是特定历史条件下一种斗争策略的创造，它与后来的“历史人物纪念馆”有着不可分割的内在精神联系。

西北大学文学院中文系主任、文艺评论家段建军评价：

《鬼神劫》是一部悲怆的乡村断代史。它不是以复兴神正论来炫耀封建迷信在僻野乡间的神圣操控力，而是用以神治鬼的策略，暴露了那个特殊年代民间强权独霸带来的人格扭曲和人性失范。故事以民间的视角，精细的笔触，描绘出“文革”时乡村的世俗真相，投射出光怪陆离的事件背后各色人等的精神象征和岌岌可危的生存现状。

太白文艺出版社编审、总编辑韩霁虹评价：

深层剖析荒唐岁月一段灵魂扭曲、人妖难分的可悲历史，呼唤重建失落的理想与信仰，在物欲横流、人格精神裂变的时下颇具启示意义：人生将怎样通过超越生命的暂时性而达到不朽？精神将怎样通过超越生存的动物性而亲临神性？《鬼神劫》无论在艺术结构还是在思想抒写上都代表了陕西长篇小说的全新飞跃，是当代陕西文坛令人惊喜的重要收获。

长篇小说《寂寞如潮》由太白文艺出版社出版。是作家创作时间较长、耗

费心力最多的一部小说，作者说这是一部“含辛茹苦，用了十二分的时间和精神创作的小说”。这部小说的出版，是景斌对小说艺术进行新探索的结晶。同时，这部小说的面世，也暂时了却了作家本人长期以来的夙愿——对机关生活的艺术思考。这部四十二万字的小说以党政机关生活为题材，为我们打开了当代中国社会生活中一个神秘而敏感的视阈，描绘了生存其间的机关干部的生活景象和他们的精神、情感和命运轨迹，作品彰显出的思想张力体现出作家的艺术胆识和追求，是其艺术创作道路上的又一次精神历险。《寂寞如潮》犹如一股清风拂面，使我们感受到小说的精神思想。

《马兰花儿开》是一部描写农村姑娘向往城市，在城市这个复杂的精神和物质世界里拼搏挣扎的悲剧故事。小说生动地记述了一个像马兰花一样清纯、美丽、善良的少女，因迷恋城市、盲目追求欲望世界，最终在扑朔迷离的当下生活中，在一个个美梦破裂的客观事实面前，不得不将伦理道德的防线一次次向着迷茫和毁灭的残酷现实移动的过程，从而昭示了精神的枯萎和灵魂的缺失带给人们的悲惨命运。故事同时全方位地描写了先后闯入兰草生活中的三个男人，以及与她患难与共的朋友青叶和山果的生存状态，入木三分地揭示了现实社会中人与人之间的利益关系和曲折委婉、跌宕起伏的情感纠葛……

宝鸡文理学院中文系主任、文艺评论家赵德利在《文艺报》撰文评论《马兰花儿开》：

作家运用心理现实主义的写作方法，融合现实主义典型化和现代主义写心理意识的特点，立足现实生活中的人的欲望与痛苦，以道德评判为底蕴，对市场经济社会中人们的欲和爱，沉沦与不甘沉沦的心理煎熬和斗争，进行透视与批判，对生命存在状态进行观照与反思。娴熟的叙事技法，环环相扣的矛盾冲突，生动可感的人物形象，积极的社会认识和思想教育意义，给人以深刻的启示和美的回味。主人公兰草的城市生涯具有典型性，它反映了中国社会在市场化历程中人们身上欲与爱的纠缠，社会对亲情、友情、爱情的珍视和对善良德行的呼唤。小说从中反映了现实生活中人的欲望与痛苦，展示了灵与肉的矛盾纠缠，从而达到了鞭挞丑恶、颂扬高尚的目的。用作者自己的话说，是“达到了揭开最深的创伤，给人看那裹着纱布的溃疡”的真实效果。

心理是现实的反映，是主人公思想感情的写照。作者一方面继承了现实主义文学以道德评价为底蕴，理性思考社会人生的传统；一方面又借鉴了现实主义对意识剖析的优长，以一种感性的方式感悟内心、思考自我，注重挖掘人物的生命底蕴。在描写社会的矛盾冲突的时候，借助第一人称去表现主人公的情绪、感觉和生存状态。在创作手法上，也不局限于现实主义的典型化方法，而是融入了现代主义的象征、隐喻、意识流等方法，运用暗示、烘托、对比等手法来展示人物的内心活动，使作品对人物的描写和刻画上升到内心审美层次。

人的心灵世界复杂、丰富而灵动，对内心世界的描写实则是一项富于挑战性的工作。景斌在《马兰花儿开》中，将心理与现实、理性与感性很好地结合起来，把主人公兰草的复杂矛盾的心理描写得惟妙惟肖，发人深省，体现出作者积极的入世态度与对社会生活细致的观察和深刻的体验，值得称道。

六、林明远：长篇小说《东坑》留给后人一部西安备忘录

长篇小说《东坑》由太白文艺出版社出版。小说用白描手法，生动鲜活地再现了新中国成立第一年西安市民生活风情图和城市发展生机图。小说语言生动传神，大量运用市民语言、民间俚语。描写当时的民情风俗出神入化，人物形象栩栩如生、风趣幽默，让人忍俊不禁。场景真实可信，地理描绘珍贵生动，是一部文学的清明上河图，是一幅昨日西安的浮世绘。小说除了文学成就外，作品内容具有历史文献性的价值，艺术性与史料性达到和谐的统一。

评论家认为："《东坑》是写西安城市记忆的作品。这种记忆是西安的一段地域史，一个地方特有的民情、风俗。这本书就是一部民间记忆，作者林明远用几十年时间收集整理西安东关一带的市民生活故事，关注被西安人称为'东坑'的小东门外大垃圾坑的历史演变，为西安人的历史记忆奉献了珍贵的素材，留给后人一部西安备忘录。"

七、袁　林：长篇小说《春发生传奇》被誉为饮食文化扛鼎之作

2009年春天，袁林开始动笔创作自己的首部长篇小说《春发生传奇》，历时三年，2012年4月，由陕西人民出版社出版。

“好雨知时节，当春乃发生”。作为一部以文学形式打造、提升老字号饮食文化品牌的长篇小说《春发生传奇》，以闻名遐迩的中华老字号饭店“春发生”为主线，从20世纪20年代，一直写到50年代中期，将西安这座城市的兴衰变迁，治乱更迭，波澜起伏展现于读者面前。全书采用章回形式，共五十章节三十二万字。书中在描写西安这座城市重大历史事件和历史人物的同时，还全景式地描绘了老西安的城市风貌和民情风俗。小说语言既有古典小说的韵致又不拘泥于传统，叙事张弛有度。

“这是一部关于西安文化，尤其是西安老字号文化，饮食文化的扛鼎之作”，李星、杨乐生等多位文学评论家均对《春发生传奇》的文化价值和艺术成就给予了高度评价。

在《春发生传奇》出版座谈会上，著名作家陈忠实感慨：

早在上个世纪80年代初，袁林就开始创作短篇小说，当时我就感到这是一个很有前途的作者，后来他一直从事新闻工作，现在又出长篇小说，值得庆贺。

陕西省杂文学会会长、著名文化学者商子雍评价道：

长篇小说《春发生传奇》一是从文化建设方面，是有“核心价值观”的，这本小说展示的文化是一种存在于民间、发展于民间的文化；二是这本小说从认识价值方面，让我们看到了中国人的那种正直和勤劳致富的品质；三是这本小说也为我们了解旧社会经济提供了一个很好的载体。总体来讲，

我觉得这本小说就是面向社会大众的，它把西安这座古城20世纪上半个世纪的历史，通过一个家庭这样一个比较小的窗口，紧密地把西安这座古城发生的历史大事件都讲得栩栩如生，这本书也为提升西安历史文化影响力开了一个很好的头。

著名评论家李星认为：

《春发生传奇》这本小说的价值在于它是为长期当大厨、搞地方小吃的商人立的传记。明代大儒王阳明曾说过："虽终日做买卖，不害其为圣贤。"本书主人公和秉义，虽未必成圣，但很讲诚意，老实做人，也很了不起。该书"有事、有人、有道"，使人读完后感到很温暖、很受用。同时，我感到西安饮食近年来不断挖掘企业文化，尤其是对这些百年老字号的企业文化、历史文化的挖掘整理很有必要，很有文化眼光。另外，小说人文内涵丰富，细节饱满，很能打动人心。书中的人物、事件与西安这座古城的历史相互融合得非常自然、巧妙，是一部西安的商业史、饮食史，也是一部长达百年的西安近代史。

八、安力达：长篇小说《东望》讲述民族凄苦

长篇小说《东望》通过一支东北军的没落之路和一个家族的沉浮，如泣如诉地讲述了一个民族近半世纪的凄苦。小说书名取自张学良创办的东望小学校名和《东望》杂志刊名。小说通过查柳儿母女两代人的不幸遭遇，叙述了辽河一个家族的命运浮沉，充满了强烈的爱国主义情怀，有着缠绵悱恻的情感传奇，是一个金戈铁马与悲欢离合交织的故事。

作者以九一八事变为整部小说的背景与开端，展开关若云及其家族的苦难史。《东望》开篇从关家大院遭胡子洗劫写起，杀机四伏，气氛紧张。之后的故

事情节曲折起伏，人物关系错综复杂，如关若云的母亲查柳儿、继父卢招子、儿子泉水以及张学良、唐峻耀、日酋长濑武平、风尘女子雪里花、共产党人张寒晖，等等。都写得有声有色，形象生动。《东望》讲的是历史故事，作者安力达正是在民族、国家、社会的宏大叙事下打捞历史，以个人的体验与书写将历史以个体言说的方式呈现出来。

陕西省社科院文学博士魏策策评价道：

《东望》的精彩之处不仅在于故事的跌宕与耐读，更在于安力达故事技法的匠心独具。作者很善于运用各种意象，爷爷的鹿角号吹出幽咽的思乡曲，激昂的战斗强音，呜呜的死亡之音。在主人遭受歧视、忍辱苟且时，号角也不再发声，而在羌寨这个精神乌托邦里，号声也流淌出欢乐的生命。就连东北小曲“心尖尖，乖宝宝”也从祖辈的嘴里吟诵到后代，传递着流散的东北人对家乡的依恋。安力达让一个道具在不同场景下反复亮相，正是这样的手法，使得再长的小说到了他手中，都有一以贯之的草蛇灰线。

九、 王宜振：《笛王的故事》获第五届全国优秀儿童文学奖

2002年，陕西知青诗人王宜振的儿童诗集《笛王的故事》获中国作家协会第五届全国优秀儿童文学奖。该奖项同茅盾文学奖、鲁迅文学奖、全国少数民族文学骏马奖统称中国作协四大奖，系我国最高荣誉的文学奖项。

王宜振是我国当代著名的儿童诗诗人，从1975年开始发表作品。主要创作儿童诗歌，也写童话和儿童故事等。近三十年来，他为广大少年儿童创作了许多优美的诗作，被誉为是继柯岩、金波等诗人之后中国当代儿童诗的第三座艺术高峰，被儿童文学评论界誉为“西北的笛王”。

王宜振的儿童诗创作大体分为三个时期：第一个时期是创作初始期，即上世纪

70 年代；第二个时期是上世纪 80 年代，这是他的儿童诗取得重要成绩的时期，代表作是诗集《秋风娃娃》；第三个时期是从上世纪 90 年代至今，这一时期其儿童诗创作走向成熟，代表性诗集是《笛王的故事》《21 世纪校园朗诵诗》《21 世纪校园抒情诗》等。

在长期的创作实践中，王宜振对儿童诗的创作、发展和儿童诗的本质等进行了多维的思考，在实现儿童诗由传统到现代的艺术转变过程中，迈开了坚实的一步。他力图用自己的诗歌架设一座跨越儿童和成人的美学桥梁，用不乏现代意味和时代气息的意象、手法来营造一种全新的汉语儿童诗。同时，他的儿童诗力图与成人世界对话，与世界各民族的孩子对话，尽量打破儿童诗与成人诗的壁垒，让自己的儿童诗给儿童和成人一个共同的审美空间，不仅有亲和力，还给儿童以思想的启迪、智慧的提升。

王宜振先后获中国图书奖、宋庆龄儿童文学奖、文化部蒲公英奖、共青团“五个一工程”奖、全国优秀少儿图书一等奖、冰心图书奖、陕西省“五个一工程”奖等十余项文学和图书大奖。《21 世纪校园朗诵诗》入选中宣部、中央文明办、教育部、文化部、国家广电总局、国家新闻出版总署、共青团中央联合向社会推荐的百部爱国主义教育图书。四十多篇作品入选教育部审定通过的中小学语文新课程标准正式教材。

十、商子秦：力推朗诵诗参演和创作

从上个世纪 90 年代开始，依托电视晚会和大型文艺演出，陕西朗诵诗写作和演出逐步兴起，并成为电视荧屏和文艺舞台上的重要节目构成核心，这一时期陕西知青诗人商子秦起到了重要作用。

多年来，商子秦参与大型活动和文艺演出的策划、撰稿及节目创作，力推朗诵诗参演并从事朗诵诗创作。

近十几年来，其个人创作了近百首朗诵诗作，并由全国和陕西的朗诵艺术家张家声、乔榛、丁建华、童自荣、瞿弦和、徐涛、方明、刘广英、雅坤、张克谣、朱琳、廖京生、宋春丽、凯丽、林凯、海茵、包志坚、陈洁、王英、董少敏、蒋瑞征、翟卫国、晓河、凌江等朗诵演出，几乎包揽了近十多年来陕西的大型节庆演出、电视文艺晚会、大型运动会等，部分作品还先后拍成诗歌音乐电视片，编排为诗歌舞蹈、音诗画等多种艺术形式走向观众。多首百余行的朗诵诗发表于报刊，其中有的还被《陕西日报》加了编者按发表。作品曾由著名小提琴演奏家盛中国和他的夫人联袂伴奏呈现给观众。

朗诵诗是由诗人和朗诵艺术家共同完成的作品，现在陕西已形成了朗诵诗表演团队。在陕西纪念上山下乡四十周年晚会上，商子秦撰稿，陕西知青朗诵艺术家、原全国电视主持人协会副会长海茵，北京知青朗诵艺术家、陕西省人民艺术剧院国家一级演员蒋瑞征联袂主持朗诵，产生巨大轰动。目前，以海茵为会长的陕西朗诵艺术家学会即将成立，陕西朗诵诗的创作和朗诵一定会更上一层楼。

十一、沈　奇：致力于诗歌理论研究与新诗探索的诗评家

沈奇1974年开始现代诗创作和文学活动，1978年考入大学，1986年后致力于现代诗学及文艺评论，已出版诗与诗学著作六种，编选六种，系中国当代文学研究会会员，中国新文学学会会员。

著名诗歌理论家谢冕对沈奇的诗歌理论专著评价道：

沈奇是当代中国诗评界相当活跃的一位诗评家。他的诗评有着鲜明的特色，他密切关注诗歌发展的现实，他时刻关心诗歌潮流的涌动，他能够敏锐地把握诗歌发展的脉络，并及时予以总结和归纳。很难说他的每一个归纳都是准确的，在他的批评中有时也存在着对诗歌发展景观缺乏全面审视的缺憾。但是，他的敬业

精神，他对诗歌批评热情的投入，以及期望通过自己的工作促进诗歌发展的强烈愿望，无疑都是非常感人的。

作为中国举足轻重的诗歌评论家，沈奇的意义在于，他的评论使当代诗歌评论的天平得到某种重要的平衡。相对当代文化的话语权力中心而言，我特别强调沈奇的外省身份，这种身份使他超然于话语权力游戏之外，坚持着诗歌批评的良知、公正性以及有效的专业精神。沈奇评论的魅力在于他总是保持着敏锐的感觉和朴素的价值观，具有独创风格的鲜活语言和一语中的的精彩阐释。沈奇的声音非常原始，他坚决拒绝因为对诗歌毫无感觉又要吃这碗饭还要混到底，只剩下狡猾世故的修辞技术的学院式批评。他敢于直言不讳，在基本的美学判断上，他决不模棱两可，决不模糊他对诗歌质量的是非好恶。他心直口快，有感而发，并不因此缺乏深度，而是比那些故作高深的时文更有力量和阅读快感。因此我们发现，在当代诗歌批评由于长期以来的鹦鹉学舌、味同嚼蜡，已经完全不知所云，几乎被遗忘、付诸阙如的时代，沈奇的诗歌评论一直是诗坛上一个不可忽视的亮点。

台湾著名诗人洛夫一直认为，在当代中国诗坛，沈奇的诗歌评论可谓当行出色，其立论之精准、推理之周延、措辞之典雅，均属少见；尤其面对诗歌现实和诗歌文本时，从宏观到微观、从理论耙梳到个案评析，都能有效把握、精彩表述。所成文章，立论鲜明，态度诚恳，有担当，有情怀，言必中理，且不乏文采，好读有味。

作为诗歌评论家的沈奇，也是一位颇具影响力的诗人。2012 年 10 月，其新诗集《天生丽质》由文化艺术出版社出版，立即引起诗坛广泛关注。海内外诸多诗人、诗评家如杨匡汉、洛夫、陈思和、陈仲义、唐晓渡、吴思敬、陈超等人纷纷予以高度评价。

沈奇在自序中谈道：“我断断续续三十多年的诗歌写作，较少有确切方向和目的性。直到《天生丽质》的不期而遇，才真正找到了一点实现自我，也不乏诗学探求的感觉。”

十二、王　蓬：由文学转型文史创作的作家

进入新世纪以来，作家王蓬陆续推出了数量惊人的文化专著《丝路访古》《草原之旅》《中国蜀道》《唐蕃古道》《秦蜀古道》《从长安到罗马——汉唐丝绸之路全程探行纪实（上、下）》《从长安到拉萨——唐蕃古道全程探行纪实（上、下）》。一时间，引起文坛极大关注。

从1992年始至今，王蓬创作由文学转型文史，出身知识家庭的文化优长开始展示出来。诚如王蓬所言："受喜爱文史的父亲影响，从小对历史的兴趣不在文学之下。"王蓬母亲家族亦有多位长辈进入方志。这就足以诠释他何以有信心历时十年踏访七条蜀道，创作出皇皇专著《山河岁月》《中国蜀道》。陕西省作协曾专题研讨，认为作品"史料翔实，内涵宏富，观点有卓识"。《中国蜀道》获第二届柳青文学奖。

之后，作者又二十次西行，全程探访丝绸之路与唐蕃古道。以史学的视角看古道，以文学的笔法写历史。多角度、多层次揭示古道起始，穿插进重大历史事件与人物，并对古道沿途地理风貌、风俗民情做了精彩描述。创作出七十万字的《从长安到罗马——汉唐丝绸之路全程探行纪实（上、下）》、六十万字的《从长安到拉萨——唐蕃古道全程探行纪实（上、下）》，文史兼备，引人入胜，深得专家好评与读者喜爱。

《从长安到罗马》被列为国家"十二五"出版规划重点图书；入选2011年经典中国国际出版工程，译为英文在海外出版；并获2011中国北方十三省优秀图书奖、全国第四届优秀图书提名奖。

《从长安到拉萨》主要叙述对象唐蕃古道，是一千三百年前因文成公主远嫁吐蕃王子松赞干布而开启的一条汉藏交好的和平友谊之路，千百年来，不仅驰驿奔诏，和亲纳贡，积淀了深厚的历史文化，还沟通着雪域高原那片除了月亮之外最神秘的地方。同时，西藏地处边陲，由于地域、民族、宗教等原因，又是当今世界最敏感的地方之一，需要下功夫去认识，更需要有勇气去真诚面对。作者多次深入藏区，以唐蕃古道为主，兼及青藏、川藏、滇藏等路线，多角度、多侧面揭示青藏高原的形成，藏族的起源，藏羌走廊的母系遗风，活佛转世的起始由

来，并穿插进历史事件与人物，地理现象和美景，宗教建筑及民俗。文史兼备，图文并茂，描写生动，引人入胜，给读者展开一幅关于青藏高原百科全书式的人文景观画卷。

王蓬多年前就开始关注古栈道。1985 年即写出“古栈道风情”系列散文（一组八篇）在《汉中日报》发表。嗣后又有《古栈道风情》上、中、下三篇散文发表于《人民日报》海外版。后《褒斜谷记》《褒水逶迤》等多篇关于古栈道的作品陆续面世。同时，国内十余家报刊竞相刊载他的这类文字。作家以不同的视角，多种手法进行描绘。古栈道的自然风光，人文景观，民情风俗，举凡婚丧，嫁娶，服饰，饮食，精神生活，审美趣味，古道人物，奇闻轶事等无所不包，可以说是一幅浓墨重彩的古栈道风情画。

在《中国蜀道》一书中，王蓬用生动的语言、鲜活的文字、精美的图片把蜀道的千年沧桑和万里坎坷展现在我们眼前，包含了古代蜀道数千年极其丰富深厚的历史文化信息。阅读他的《中国蜀道》，感觉到他不仅是一位作家，还是一位术业有专攻的地方文史专家，他对古蜀道历史、地理的熟悉程度超过了一般专业学者。在他的这本书中，许多文章不仅是意味隽永的优美散文和山水游记，同时又是学术价值极高的地方文史论文。

著名评论家阎纲说：“陕西出了个徐霞客。王蓬二十次沿丝绸之路西行喀什，出访巴基斯坦，周游欧洲各国，到达丝路终点罗马。从长安到罗马，多么逶迤，多么神奇。我在季成家主编的《丝绸之路》上读到他大量的西域行记，为他的毅力和才情叹服。”

湖南作协副主席、著名作家聂鑫森说：“王蓬的文史行走作品不是一般意义上的散文或随笔，而是表现出王蓬在学养上的扎实功力，融实地勘察、史乘考证、文字叙述于一体，浪漫的抒情与严谨的辨析，久远的历史与亲近的现实息息相关，文境、史境互为叠合，摇曳多姿。”

宁夏文联副主席、著名回族作家查舜说：“王蓬作品给我们的启示是对于想成就一番事业的人来说，要有宽阔的胸怀，才能对各地各民族的人和事毫无偏见，诚心相待。书中那些素材的获得，遗址的寻找，不知跑了多少路、翻了多少书，这是那些患得患失的人根本不可能去做的事。”

江苏省作协副主席，著名作家赵本夫说：“在王蓬的作品中，我感到一种可贵的东西，就是敬畏，对历史、山川、百姓，对一切应当敬畏的事物。一个有着敬畏之心，平静而憨拙的人，才真正是聪明而有力量的。我深信，王蓬会走得更远。”

四川作协副主席、著名作家邓贤说：“王蓬笔下千年历史与万里河山交融纵横，丰富的知识与优美的文笔融为一体。他属于那种终生孜孜不倦地热爱和写作的学者型作家，让人敬重。”

西藏自治区社科院副院长、著名藏学家何宗英说：“西藏是中国不可分割的领土，藏族是祖国五十六个民族大家庭中重要的成员，王蓬这部《从长安到拉萨》对于维护祖国版图的完整和统一，对于提高我们民族凝聚力有十分重要的历史意义和现实意义，其价值是不可估量的。”

文学评论家、教授杨建民著专文评论：“在我的阅读视野中，还没有见到有哪位作家能像王蓬那样，敢于涉足蜀道、丝绸之路、唐蕃古道这样广阔的领域。”

十三、莫　伸：电视连续剧《郭秀明》好评如潮

电视连续剧《郭秀明》由《人民日报》、陕西省委宣传部、中国飞天集团和西安电影制片厂根据优秀农村党支部书记郭秀明的事迹联合策划、摄制，由《人民日报》陕西站站长孟西安与陕西省作协副主席莫伸合作编剧，莫伸同时出任导演。

《郭秀明》是根据陕西省铜川市惠家沟村优秀党支部书记郭秀明的真实事迹创作的。作品在中央电视台一套黄金时段播出后，好评如潮，被誉为“多年来难得的一部政治性和艺术性俱佳的农村现实题材的主旋律作品”。全剧播出结束的第二天，《北京日报》便以半版的篇幅发表文章《真情到时泪自流》，盛赞这部电视剧。紧接着，《人民日报》《光明日报》《求是》杂志、《文艺报》等，都刊登了大量的读者评论。中央电视台在一套黄金时段播出后不到一周，便应广大观众要求，中断了八套黄金时段正在播出的电视连续

剧《大唐歌飞》，再次播出《郭秀明》，这种异乎寻常的举措，被业内人士称为史无前例。这部电视剧先后获得第十届全国精神文明建设“五个一工程”入选作品奖、首届陕西文艺大奖、中组部第七届党员教育电视片观摩评比红星一等奖、陕西省2002年优秀电视剧奖、第九届全国神农杯奖等诸多奖项。

十四、李　君：电视连续剧《情暖万家》《雪浴昆仑》追寻英雄身影

由公安部政治部、辽宁省公安厅、本溪市公安局和中国电影家协会联合摄制，陕西知青作家李君编剧的二十三集公安题材电视连续剧《情暖万家》，以辽宁省本溪市公安机关“千名民警进万家”活动中涌现出的大量真实鲜活的事例为素材，聚焦社会热点话题，生动讲述了公安机关创新工作理念，坚持公正文明执法，热心服务群众的感人故事；着力塑造了以曲二群为代表的基层派出所民警积极化解社会矛盾、理顺群众情绪，想方设法为人民服务的良好形象，彰显了新时期人民警察的公仆情怀和崇高精神，讴歌了警民鱼水深情。

该剧主题鲜明、故事生动、人物丰满、风格朴实，富有鲜明的时代特色和浓厚的生活气息，是一部弘扬时代主旋律、唱响人间正气歌的艺术精品。该剧主创者曾深入基层进行了为期八个月的创作采访，剧中大部分故事都有原型，是一部真正来源于生活的影视作品。该剧2011年3月在央视一频道黄金时段首播。

李君在创作《雪浴昆仑》剧本之前，对阿里、昆仑山和先遣连知之不多。但从2009年5月至当年11月底，他花了半年时间对与阿里相关的近百人进行了扎实采访。进藏英雄先遣连同阿里人民血与火的革命实践和对解放西藏所做的贡献、新疆人民的勤劳质朴、昆仑山的磅礴，以及当地淳厚的民俗风情深深感染了他，让他激情澎湃地投入了创作。

在剧本创作之初，李君和李德华等主创人员首先锁定了先遣连这个特殊群

体，紧接着又面临一个实际问题，那就是如何在浩如烟海的历史资料中，梳理出最能反映整个事件过程与本质的典型人物和故事。为此，他深入到西北五省和山西、湖北、江苏等地，采访仍健在的先遣连成员、历任阿里军分区领导、老藏民，包括曾在阿里当过兵的知名作家毕淑敏等数百人，在历史和现实之间追寻英雄的身影。五易其稿，终成佳作。

十五、王　真：话剧《郭双印连他乡党》入选国家艺术精品工程

进入新世纪，陕西知青作家王真创作的话剧《郭双印连他乡党》获得了文新剧目、2006—2007年度国家舞台艺术精品工程的“十大精品剧目”、第十届中国戏剧节优秀剧目奖、首届中国戏剧奖曹禺剧本奖、全国第十届精神文明建设“五个一工程”奖。

《郭双印连他乡党》的编剧王真以深刻的“农民情结”酣畅淋漓地描绘了关中贫苦山村的真实面貌。他以陕西省优秀党支部书记郭秀明的真实事迹为原型进行了大胆的艺术夸张。当医生的郭双印和他的乡党们祖祖辈辈生活在碾子沟这个贫穷落后的地方，他们是社会最底层的农民，“穷怕了、穷疯了”是他们的主要生活内容，他们艰难而痛苦地在黄土高原这块贫瘠的土地上与命运抗争着。“村官”换了一任又一任，碾子沟却越来越穷了，偌大的一个村子，账上只有七毛六分钱。谁也不愿意在这个村当干部。郭双印怀着对这块土地和乡党们的深情，自告奋勇当上村支书。他关闭了自家的诊所，断了自己的后路。他下定决心要改变碾子沟乡党们的命运。他无私无畏，为了碾子沟脱贫致富，鞠躬尽瘁，死而后已。评论家对该剧的评语是“全剧结构紧凑，人物形象丰满，剧情起伏跌宕，扣人心弦”。

王真20世纪90年代编剧的电视剧《大秦腔》，是一部富有浓郁西京文化色彩和古城秦韵的长篇电视连续剧，曾产生广泛影响。

十六、霍秉全：话剧《又一个黎明》呼唤公民道德重建

陕西知青作家霍秉全编剧的话剧《又一个黎明》讲述了这样一个故事：因为见义勇为而受伤的青年英雄何亮和十八年前因救人而落得终身残疾的老工人关云年先后住进同一个病房，当何亮觉察到关云年致残是自己孩提时代的一场恶作剧造成的时，他感到彷徨不安。面对关云年破碎的家庭、不幸的女儿和离异的妻子，面对种种荣誉和即将得到的地位，何亮的心灵和人格受到拷问。话剧围绕与何亮和关云年相关的人物和事件展开，展示了忠诚与虚伪、良心与谎言、宽容与怨恨的较量，引人入胜，发人深思，是一部呼唤公民道德重建的优秀作品。而这个故事主人公的原型，就是武汉的方俊明。

2002 年，陕西人艺演出了这部话剧，赢得了广泛好评。2003 年，该剧荣获第十七届田汉戏剧文学奖一等奖；2004 年，荣获曹禺戏剧奖。

2013 年 4 月，该剧改名为《明天》，由曲江艺术剧院西安话剧院排演，并受邀在北京国家大剧院演出，随后开始全国巡演。6 月，剧组到了武汉，三场演出非常轰动，观众都是流着眼泪鼓掌的，听说主角原型就是武汉人，大家更是被震动了。《明天》感动了武汉，10 月 31 日，方俊明被授予武汉市见义勇为先进分子荣誉称号。这时距离他跳水救人已经过去了二十八年。2014 年，方俊明被评为感动中国人物，走上央视荧屏。

陕西知青作家简介

（按出生年月排列）

陈忠实

陈忠实（1942—2016），男，陕西西安市灞桥区霸陵乡西蒋村人，汉族，中共党员，一级作家。1962 年毕业于西安市第三十四中学，为西安灞桥区返乡知青。后历任毛西公社“革委会”副主任及党委副书记，西安市郊区文化馆副馆长、西安市灞桥区文化局副局长，陕西省作家协会副主席、主席，中国作家协会副主席。他是西北五省自新中国成立以来除柯仲平外，第二位担任中国作家协会副主席这一重要职务的作家。

陈忠实于 1965 年初发表散文处女作，创作生涯近五十年。自 1979 年加入中国作家协会以来，发表中篇小说九部，短篇小说八十余篇，报告文学散文以及创作漫谈五十余篇。已出版短篇小说集《乡村》《到老白杨树背后去》，以及文论集《创作感受谈》，中篇小说集《初夏》《四妹子》《陈忠实小说自选集》（三卷）、《陈忠实文集》（五卷）、散文集《生命之雨》《告别白鸽》《家之脉》《原下的日子》等。

截至 2009 年，陈忠实及其作品共荣获文学奖二十一项，其中三部（篇）作品获得全国大奖。荣获省级以上文学奖十七项。2007 年陈忠实荣获由中共陕西省委、陕西省人民政府颁发的首届陕西文艺大奖艺术成就奖。有多部（篇）作品被翻译成英、俄、日、韩、越、蒙古等语种文字出版。

文学档案：

1．短篇小说

短篇小说集有《乡村》《到老白杨树背后去》等。

《信任》获1979年全国优秀短篇小说奖。

《立身篇》获1980年飞天文学奖。

《李十三推磨》获2007年茅台杯人民文学奖、《小说选刊》2008年首届中国小说双年奖短篇小说奖、《小说月报》2009年第13届百花奖。

短篇小说《日子》获2007年首届蒲松龄小说奖。

2．中篇小说

中篇小说集有《初夏》《四妹子》《陈忠实小说自选集》《陈忠实文集》等。

《康家小院》获1983年上海首届《小说界》文学奖。

《初夏》获1984年当代文学奖。

《十八岁的哥哥》获1985年长城文学奖。

3．长篇小说

《白鹿原》连载于1992年《当代》第6期和1993年《当代》第1期，1993年6月由人民文学出版社出版单行本。《白鹿原》获1993年陕西双五文学奖、1996年人民文学出版社炎黄杯文学奖、第四届茅盾文学奖。被教育部列入“大学生必读”系列，被评为百年百种优秀中国文学图书（1900—1999），被中国出版集团列入“中国文库”系列，2008年11月入选深圳读书月组委会、深圳商报联合组织的“改革开放三十年影响中国人的三十本书”，2009年全文收入《中国新文学大系》出版。《白鹿原》是“三十年三十本书”唯一入选的中国当代长篇小说，也是《中国新文学大系》百年百卷中唯一全文入选的陕西作家的长篇小说。

《白鹿原》已被改编成秦腔、话剧、舞剧、连环画、雕塑、电影等多种艺术形式。据统计，《白鹿原》发行量超过二百万册，在国内外读者中反响强烈，在文学界评价很高。电影版《白鹿原》根据陈忠实的同名小说改编，由王全安执导，张丰毅、张雨绮、段奕宏等主演，于2012年2月15日全球首映。该片于2012年9月15日在内地公映。

4．散文

散文集《生命之雨》《告别白鸽》《家之脉》《原下的日子》等。

《原下的日子》获2004年《人民文学》优秀作品。

《青海高原一株柳》被改写选录于苏教版国标本第十一册语文书中的第十五课。

5. 报告文学

报告文学《渭北高原，关于一个人的记忆》获全国1990—1991年报告文学奖。

王　芃

王芃（1944—　），男，出身于西安一个文化世家。父亲王子云教授是中国近现代著名的画家、雕塑家、中国美术考古事业的创始人。1964年，王芃从西安市第二十中高中毕业赴陕西省周至县楼观公社插队。1978年始离开生产队参加教育工作。先后在周至县就峪中学、楼观中学、哑柏中学任教，执教中学语文和历史。1984年考入陕西师大大专起线的汉语言文学专业学习，获得大学本科文凭。毕业后长期在周至二中担任高中历史老师。所带班级学生历史高考成绩连续九年居全县第一，创造了周至县教育史上的奇迹。并有《历史问题的结构和结构教育法》《世界近代史三段四线教学法》等教学论文在报纸杂志上发表，受到社会的广泛关注。

1995年，王芃撰写《关于建设楼观台老子文化城的基本构思》一文后到楼观台风景名胜区管理委员会任理论教研室主任。主笔编写了《楼观台——太白山风景名胜区资源调查评价报告》《关于中国诗歌的对话》《周至旅游》《楼观棋王》《王子云教授团考察敦煌》《西北艺术文物考察团史略钩沉》等著作。2003年以多年工作积累为基础写成的《楼观台诗传》一书，是道教圣地楼观台的历史、文化、景观、胜迹、故事的一部诗史，发行后反响强烈，好评如潮。2006年，三秦出版社将他知青时代的诗作编成《春水呜咽如诉》一书。2006年，他的自由体诗作《火的骊山、火的临潼》荣获陕西省文联主办的瑞林杯中国骊山女娲诗词邀请赛唯一的一个一等奖。此外他在楹联、绘画、书法等领域也有一定的造诣。

周建顺

周建顺（1944— ），男，西安 1964 年知青，于陇县李家河镇三成村下乡，曾任陇县文化馆文学创作干部，在陇县生活达十八年之久。西安市未央区文化馆干部。戏剧、小品作家。代表剧作有《命断赣江》《风雨彩虹》《地火》《关陇风情》，小品有《父亲》《山里山外》，小说集《关陇记事》等。

此外，著有小话剧《两兄弟》《相约 1997》《将军渡》等二十余部；小型戏曲《闷二哥醉酒》《九九卖猪》等三十余部；广播剧四十余部，戏剧小品等近二百部（在中央、陕西、山东、江西等电视台播出）。

由西安电影制片厂拍摄的电视《生死大营救》，已在中央电视台六套播出。

李元冲

李元冲（1946— ），男，西安市人。1946 年 9 月 5 日生。西安市五中 1966 年入学高中学生，1968 年上山下乡。大学本科学历，高级教师。陕西华联书画研究院研究员，陕西省社会科学院文学研究所特邀研究员，陕西省语言学会会员。在古典文学研究领域有一定建树，长期从事书法及书画评论。著有《〈资治通鉴〉中的谋略》《书谱阐释》等。

雷焕性

雷焕性（1946— ），男，汉族，生于西安市灞桥区，西安灞桥区1966年毕业高中返乡知青。1968年返乡参加农业生产劳动，当过乡村的赤脚医生，办过乡镇企业，1977年考入西安交通大学电子系，成为一名大学生。毕业后先后在灞桥区水务局、乡镇企业局供职。后根据自己九年的知青生活积累，创作长篇小说《川子沟》，历时六载，三易其稿，2013年2月由太白文艺出版社出版。被评论界称为“一幅厚重灵动的中国当代史的缩略图；一部荡气回肠的‘老三届’知青血泪砺炼史；一部现实与神幻交融的奇书”。全书近五十万字。

赵宇共

赵宇共（1947— ），男，陕西西安人，汉族。1986年毕业于鲁迅文学院，1988年又毕业于北京大学作家班。1968年赴乾县乡村插队务农，后历任乡县新闻干事，铁路员工，剧团编剧，陕西省艺研所副所长，西安市社会科学院民俗文化研究所所长、副研究员，旅游策划专家工作室主任。1979年开始发表作品。1985年加入中国作家协会。

著有长篇小说《太阳之恋》《炎黄》，美学文集《陶瓷的文化品鉴》，民俗及考古论文《岸底丧葬习俗与周礼的比较》《关中婚俗中的母系情结》等十余篇，另有《盛唐婚礼》《迎美国克林顿仿古入城式》等中国古代宾礼、吉礼、嘉礼、军礼、凶礼等旅游类表演活动文本。

长篇小说《太阳之恋》1988年由漓江出版社出版。小说以西安古城为背景，描写了一批知识分子在人生的旅途上追求、奋斗的故事，勾画出在商品经济大潮的冲击下，知识分子矢志不移地追求高尚的精神生活的动人画面。

边东子

边东子（1947— ），男，浙江省诸暨人，汉族，曾在北京上学，陕北下乡插队，当过中学教师。曾任中国少年儿童出版社文学编辑室副主任、音像编辑室负责人。曾参与发起和策划《希望工程书库》等重点出版物的出版。后主要从事创作，其创作跨度大、涉猎广，有小说、传记、诗歌、相声、童话、广播剧等作品多种，近百万字，多部作品被制成音像出版物。长期为中央电视台、中央人民广播电台和一些地方电台、电视台撰稿。主要作品有长篇纪实传记文学《北京饭店传奇》《国宝同仁堂——同仁堂三百四十年》《神厨传奇》《风干的记忆——中关村“特楼”内的故事》《山魂》《五十年前的潜伏》等。十集科普卡通广播剧《五福猫和小红袄》获北京市科委专项资金支持，由中央人民广播电台播出。另有多部人物传记、小说、散文、童话发表于各类报刊。

赵发元

赵发元（1947—2001），男，陕西华阴人，汉族，中共党员。1966 年作为华阴返乡知青赴乡村插队务农，1978 年开始发表作品，1982 年毕业于西北大学中文系，1999 年加入中国作家协会。后历任省报记者，大学教师，《西安晚报》文艺副刊负责人、主任编辑。

文学档案：

1. 散文与散文集

1996年，散文随笔集《曲江雨》由太白文艺出版社出版。获陕西省作家协会第七届505文学奖。

散文《我的农民父亲》《鲁迅故居怀古》，均获陕西省报纸副刊优秀作品二等奖。散文《我说西安人》获中国第八届报纸副刊优秀作品一等奖，散文《女人的故事》获陕西省第三届报纸副刊优秀作品一等奖。

2. 杂文与杂文集

1993年，杂文集《微言集》由西北大学出版社出版，获西安市第六届文学奖。

1999年，散文杂文集《逝者如斯》由陕西人民教育出版社出版。

杂文《文坛让人荒诞了一回》获中国第七届报纸副刊优秀作品一等奖。

田长山

田长山（1947—2003），男，汉族，陕西省泾阳县人，中共党员。泾阳返乡知青，1968年参加工作，1980年开始发表作品。1982年毕业于北京大学中文系。1992年加入中国作家协会。历任泾阳县税务局、计委干部，陕西日报社文艺部主任，高级编辑。陕西省作家协会第四届常务理事，陕西省文联第四届委员，陕西报纸副刊研究会会长。代表作品有报告文学《渭北高原，关于一个人的记忆》（与陈忠实合作），散文评论集《故土絮语》《随缘集》等。

1991年，《幽默与情趣》由延边大学出版社出版。1992年，报告文学《渭北高原，关于一个人的记忆》，载《陕西日报》，获全国1990—1991年优秀报告文学奖。另有十多篇报告文学、散文获陕西省及全国报纸副刊好作品一、二、三等奖。1992年，散文集《市居乡情》由陕西人民出版社出版。1992年，散文集《市民乡情》由陕西人民出版社出版。1993年，散文评论集《故土絮语》由陕西人民教育出版社出版。此外还有散文评论集《随缘集》。2003 年，与连曾秀等合著的《方言误读》，由陕西人民出版社出版。

刘　路

刘路（1947—　），男，陕西省长安区人，作家、文学评论家，文艺学、新闻学硕士研究生导师、教授，曾任陕西师范大学新闻与传播学院首任院长，陕西省写作学会会长，陕西省大众文化传播工作者协会副主席。

曾发表中、短篇小说计五十余万字，文学评论、文学论文计四千余万字，出版《写作艺术大辞典》一部。主要生平事迹已收入《中国当代写作理论家》《全国一百所大学中青年教授名览》。

现任西安财经学院行知学院人文社科系主任，国务院学位委员会新闻传播学科评议组成员，陕西省写作学会会长，西安市政协委员。多年来从事文艺学、新闻学教学与研究。出版专著及各类书籍约三十部，论文百篇。其中《新闻标题论》《写作艺术大辞典》分获陕西省政府社会科学优秀成果一、三等奖。

姚泽芊

姚泽芊（1947—　），男，陕西省西安市人，汉族，中共党员，毕业于西北大学作家班。1968 年 10 月上山下乡赴海南岛琼中县乌石军垦农场，后改建制为广州军区生产建设兵团六师十团。1972 年入伍，退伍后回西安市工作。历任兵团六师十团宣传队队长、政治处干事，陆军第十九军文艺宣传队演员、编导、创作员，西安市总工会《工人文艺》杂志副主编，陕西省艺术研究所《喜剧世界》《艺术界》杂志编辑，省委老干局《金秋》杂志总编辑，陕西中洲知青帮助基金会《长青》电子期刊总编辑，国务院新闻办五洲传播中心中国文化交流网副主编等。1986 年，因创作成绩突出，获得西安市委宣传部、西安市文化局、西安市文联、西安市总工会的联合表彰。

文学档案：

1．短篇小说

《呵！我们的一线天》1984 年 5 月于《延河》杂志刊载，7 月《小说月报》《小说选刊》转载，获陕西省首届文艺创作开拓奖文学类二等奖。短篇小说《乱纷纷的夏天》1986 年 7 月于《延河》刊载，获当年西安市作协冲浪文学奖。小说《石头上的花》1989 年台湾《中国时报》刊载，收入文学合集，广播播讲，并获当年大地副刊奖。

2．纪实文学

《冷暖优伶》1996 年于《西安晚报》刊载，获当年晚报周末版年度奖。《马良骥——一个中国阿訇的传奇经历》，1999 年于人民文学出版社《人物》杂志刊载。

3．其他

小说散文自选集《乱纷纷的夏天》和影视文学自选集《找感觉》于 2012 年由中国文联出版社出版。

周大鹏

周大鹏（1947—　），男，祖籍河南省郑州市，生于陕西省富平县庄里村。汉族，中共党员，二级编剧。现任西安市文联党组书记、副主席，中国剧协会员，陕西省作协会员，陕西省书协会员，陕西省文艺评论家协会理事。

1968 年年底下乡插队，1971 年返回西安工作。1985 年任中共西安市委宣传部干事，后任文艺处处长。1994 年任西安市文联副主席、党组成员。1998 年任市文联党组书记、副主席。西安联合大学兼职教授、市政协委员、陕西省作家协会会员、陕西省文艺评论家协会理事、陕西省戏剧家协会常务理事、陕西省书法家协会会员。

发表各类文学艺术作品百万余字，评剧《人生》获陕西省首届文艺开拓奖二等奖；文论作品《社会主义初级阶段的群众文化是基础文化》被《新华文摘》摘录，同时被中国人民大学《报刊复印资料》全文转载；《市场文化和文化市场》获文化部、光明日报联合征文二等奖；《文化艺术超前发展论纲》获省文联优秀论文奖，出版专著《社会主义文化经济学》（与人合著）。书法作品赴日本、韩国、新加坡、巴西、台湾、澳门等地参展，获中国特奥会书画展金质奖章。事迹和传略被收入国内多部辞书。

丁　晨

丁晨（1947—　），男，笔名奕言，河北省任县人。“老三届”知青，高级编辑。少年长身体时代，卖过大碗茶、饿过肚子；青年长知识时代，经历“文革”、插队务农、进工厂做工十五年；最需父爱、母爱的成长年代，父母先后离世。历任《陕西交通报》副总编辑，陕西省交通作协主席，交通作协公路分会顾问，陕西省作协理事、报告文学（影视）专业委员会会员，陕西省散文学会常务理事。

1982 年开始在《西安工人文艺》发表短篇小说至今，在全国各类报刊发表短篇小说、散文、史话、报告文学和新闻作品上百万字。主编和参与编著的散文集、报告文学集、新闻作品集、交通史志等近三十部已出版。系列报道《秦岭深处鏖战急》《铁军朝夕战天障》《冲刺中国第一隧》《通车进入倒计时》《梦圆中国第一隧——获国家科技进步一等奖的秦岭终南山公路隧道建设纪实》《伟乎壮哉，秦岭终南山公路隧道》《一隧穿秦岭——终南山公路隧道建设纪实》《秦岭山腹中的丰碑——秦岭终南山公路隧道通风竖井工程建设纪实》《世界级工程世界级管理——来自秦岭终南山公路隧道养护管理的报告》等。散文集《秋叶》《迟到的欣慰》《幽复含光门》，《幽复含光门》系列篇被收入“十二五”国家重点图书规划项目、国家出版基金项目——大型历史文化图书《西安城墙·文化卷》。还承担了项目中《风流朱雀门》《风烟匆幕门》《城墙上的防空洞》《西安都城隍庙》《唐皇城墙含光门遗址博物馆》《八路军西安办事处》和城墙的四关《东关》《南关》《西关》《北关》等十篇文章的撰写任务。组织并主编出版了陕西交通文学丛书共二十多册。与商子秦合著的报告文学《梦圆中国第一隧——获国家科技进步一等奖的秦岭终南山公路隧道建设纪实》获 2011 年省作协主办的陕西首届“长河杯”报告文学征文大赛最佳文学作品奖。

潘星胜

潘星胜（1947— ），男，陕西省西安市人，汉族，西安“老三届”知青，陕西赋学学会会员。西安市第五中学 1966 年毕业高中学生，1968 年下乡至兴平，1970 年参加工作。曾长期从事写作和编辑工作，先后在省市报刊发表散文作品。近年来集中精力于西安古城老街巷和西安风土民俗方面的散文写作，在网络上受到广泛关注。部分作品收入大型历史文化图书《西安城墙·文化卷》等著作，著有散文集《旧梦新拾》，收入散文数十篇。

韩　莹

韩莹（1947—　），女，中学就读北京清华附中。1968 年下乡至山西后转点到辽宁。1978 年考入辽宁工程技术大学。历任《阜新日报》副刊部主任，《辽宁工程技术大学校报》主编。1990 年调任西安科技大学，任《科技人才市场》期刊主编，《技术与创新》期刊主编。曾任辽宁省高校校报研究会副理事长，中国煤炭记协高校分会主席。在大学讲授大学语文、科技论文写作、现代汉语、编辑学等课程。陕西“老三届”上山下乡运动四十周年纪念活动组委会秘书长。《中国煤炭报》和《人物》期刊签约作家。

出版五卷本的散文集《韩莹文集》。其余发表的诗歌散文等作品近一百万字。文风质朴，耐人寻味。曾获“全国优秀期刊优秀主编”称号。

杨　惕

杨惕（1948—　），又名杨小重，男，汉族，省作家协会会员。祖籍陕西长安西四府村，西安五中 1967 年入学高中学生，“老三届”知青，1968 年上山下乡，上世纪 70 年代初招工至西安某工厂工作。1980 年开始文学创作，连续在《延河》发表短篇小说，受到陕西省作家协会的重视和扶持。1982 年加入陕西省作家协会，有中短篇小说发表于国内多种文学刊物。2011 年太白文艺出版社出版了他的短篇小说集《小说四坨》。从 20 世纪 90 年代开始从事陕北汉画像石研究，著有《杨惕藏陕北东汉画珍品》。

陶　正

陶正（1948—　），男，汉族，浙江省绍兴市人，中共党员，一级编剧。1975 年毕业于北京大学中文系文学专业。北京知青，1968 年赴陕北延川县关庄乡鸭巷村插队务农，1971 年 10 月借调县委通讯组和谷溪、白军民等一起编辑诗集《延安山花》。1977 年后历任北京歌舞团艺术创作室主任，北京文学艺术家联合会理事。1984 年加入中国作家协会。

1979 年开始发表作品。著有长篇小说《旋转的舞台》《魂兮归来》《月光织成的网》《重叠的印象》《第三种死亡》；中短篇小说集《女子们》《婆姨们》《天女》等；报告文学《愿有英俊出于中华》；散文《我本随和》；歌词《北京大学百年校庆组歌》；歌舞剧剧本《盛世行》；电影文学剧本《京城缉捕队》等。

短篇小说《逍遥之乐》获 1983 年全国优秀短篇小说奖；宗清乐舞《盛世行》获 1990 年文华新剧目创作奖；歌词《日月同光彩》获 1995 年全国歌词创作一等奖。

诗歌《理想之歌》为陶正、高红十等合著，创作时间是 1974 年。20 世纪 70 年代，正是在知识青年响应党和毛主席的号召上山下乡，到农村去、到边疆去，接受贫下中农再教育的背景下，北京大学中文系 1972 年入学创作班的工农兵学员集体创作了这部诗集。尽管《理想之歌》的语调有口号式味道，但与同时期的作品相比较，仍算得上是上乘之作。

梅绍静

梅绍静（1948—　），女，四川省广安县人，笔名少敬、小婷。中共党员。1961 年至 1969 年先后在北京女十一中学及北京大学附中学习。1988 年毕业于北京大学中文系。1969 年赴延安地区宜川壶口公社插队务农，后为延安无线电厂工人，陕西师范大学中文系学员，延安地区文艺创作室专业作家，延安地区作家协会副主席、《延安文学》副主编。鲁迅文学院学员，秦皇岛石油公司宣传科科员，廊坊《中国石油画报》编辑，《诗刊》编辑、副编审，文学创作二级职称。1972 年开始发表作品，并担任延安地区文联编辑、作协副主席，后调秦皇岛、廊坊工作。1982 年至 1986 年在北京鲁迅文学院学习，后转入北京大学作家班。1985 年加入中国作家协会。1990 年调任《诗刊》编辑。

《三片叶子》是诗人梅绍静的代表作品，梅绍静长期生活在延安，其作品风格深受陕北民歌信天游的影响。她还著有诗集《兰珍子》《唢呐声声》《女娲的天空》《莫望落叶风天》，散文集《月露之台》《根》《内心的丘陵》等。《她就是那个梅》获全国第三届优秀新诗集奖；《唢呐声声》获 1984 年陕西省文联开拓奖，1988 年获首届庄重文文学奖。

林明远

林明远（1948—2009），男，西安“老三届”知青，曾于西北航空公司政治部工作。祖籍河南省扶沟县。1971 年入伍，1994 年转业到东航西北分公司，曾任公司宣传部副部长。陕西省作家协会会员。

作品《活雷锋故事集》《谋略词典》《延安精神概论》《奉献者的足迹》《错金麻将》等被馆藏、获奖。以各种文体在《延河》《读者》《海外文摘》等报刊发表作品数十篇，其中尤以新笔记体小说见长，《大秦腔三题》至今还在网上广为流传。六十万字的小说《东坑》由太白文艺出版社出版。该小说运用白描手法，生动鲜活地再现了新中国成立第一年西安市民生活风情图和城市发展生机图。

王式俭

王式俭（1948—2009），男，生于西安，2009 年 3 月 16 日因病去世。中国作家协会会员，1968 年赴陕西乾县杨汉公社插队，1971 年参加襄渝铁路建设，曾任文艺宣传队创作员和地区团报编辑。1975 年开始从事中学语文教学工作，铁三中教师，长期从事新诗创作、研究和评论。

1978 年开始发表诗歌和评论，诗文散见《诗刊》《中国作家》《星星》《诗选刊》《上海文学》《福井新闻》（日本）等五十余种报刊。代表作《诗的自述》1980 年在《中国青年报》发表后，同年《诗刊》予以转载，并收入诗论集《关于诗的诗》。

著有诗集《第一次的丁香》（1990）、诗文集《重放的紫丁香》（1995）、中英对照《王式俭短诗选》（2003）；曾主编《陕西诗人四十家作品选》（1992）、《七月文粹》（2004）、《中国新诗英华》（2004），论著《略论 21 世纪诗歌的民族性和时代特征》《选诗的标准》等。

先后获《新国风》诗评一等奖等十余项奖励。

东　川

东川（1948—　），男，中共党员，陕西省澄城县人。出生于西安市，1966 年毕业于陕西师大二附中高中，1968 年到宝鸡县硖石公社三星大队上山下乡。1971 年招工至宝鸡火车站，曾当过工人、教师、干部。东川是西安市作家协会会员，担任陕西赋学学会秘书长，陕西诗词学会、散曲学会常务理事，陕西电力诗词学会副秘书长，《陕西诗词》编辑，《陕西电力诗词》副主编。2008 年从西安供电局党委组织部退休。在西安供电局工作期间，曾担任《西安供电》杂志编辑，写有《把平凡的事干精彩》《韩森寨变电站的故事》等有关电力工人的通讯报道，刊登于《西北电业》《陕西电力报》等企业媒体上，有词赋作品《浐灞赋》《蓝田赋》等。东川长于散文、诗歌写作，著有《随波逐流》诗文集。

徐耿华

徐耿华（1948— ），男，曾赴周至插队，毕业于西北大学历史系。1988 年获助理研究员职称，后转为国家公务员。当代诗词家、散曲家、诗词活动家。现为中华诗词学会理事，中国散曲研究会常务理事，《陕西诗词》主编，陕西省文史研究馆特聘研究员，陕西省作家协会会员。曾任陕西省文史研究馆文史研究处处长，《三秦文史》杂志副主编。2010 年当选为陕西诗词学会常务副会长兼秘书长。2013 年 12 月当选陕西省散曲学会会长。

徐耿华一直从事中国文化史、陕西地方史的研究，著有诗歌集《终南拾翠》，出版史学专著《文史拾零》，发表过《中国亲属称谓概论》《“酷吏”张汤》《伪书与伪书考辨》《社祭与社日活动》《家讳与国讳》《试谈“于书蒋母王采玉事略”的资料价值》《西王母之谜》《史书为何不载始皇后》等论文和《日军战俘在宝鸡》等调查报告四十余万字。主编出版了《陕西历史名人传》《史海搜奇丛书》。参与编写《陕西省志·人物志》《新编文史笔记丛书》《揭开历史的面纱》等书。参与选编出版了大型学术丛书《崇文丛书》。其中专著《陕西历史名人传》，在陕西省第三次社会科学优秀成果评奖中获历史学会奖。入编过《中国社会团体大全》，作品《陕西历史名人传》入编《新编工具书七十种》。

樟 叶

樟叶（1948— ），男，本名张伟，陕西西安人，汉族，中共党员。1968年赴陕西大荔县插队。1974年2月加入中国共产党。1982年毕业于陕西师范大学，哲学学士。1969年后当过解放军战士，在西安市第八中学当过教师，曾任职于陕西省商业厅、省财贸办公室、省计委、商洛地区行署，任商洛地委副厅长、副主任、专员、书记。1998年至2008年任陕西省人民政府副省长。2004年加入中国作家协会。

著有长篇小说《五福》《晚秋》《石语》，出版有散文集《晨练恋曲》《城墙的故事》和《五色水》，另发表《沙柳·男人·土》《旱莲·女人·水》《公家猫》《沙柳》《酒香三味》《车过一工区》等散文若干篇。其中《五福》改编为三十二集电视剧《关中枪声》，于2009年6月18日在央视电视剧频道首播。

王 蓬

王蓬（1948— ），男，陕西西安人，汉族，大学学历，无党派，国家一级作家。汉中“老三届”返乡知青。历任陕西省作家协会副主席，汉中市文联主席，汉中市作协主席。因其父错案迁陕南农村，曾务农十八年。因创作成绩破格调汉中市群艺馆，曾在鲁迅文学院、北大首届作家班学习四年。1984年加入中国作家协会。1993年至2013年先后任陕西省作协副主席，汉中市文联主席，作协主席，曾四次当选全国作代会代表。1993年起享受国务院特殊津贴。

1973年开始发表作品。其成名作短篇小说《银秀嫂》在《延河》发表后，被《小说选刊》杂志转载，获全国优秀短篇小说奖。著有长篇小说《山祭》

《水葬》，中短篇小说集《油菜花开的夜晚》《隐秘》《黑牡丹和她的丈夫》，散文集《乡思绵绵》《京华笔记录》《汉中女子》，传记文学《流浪者的足迹》《中国的西北角——多位学人生涯的探寻与展示》，以及历时十年创作的上下两卷六十万字的蜀道历史文化散文及人物传记《山河岁月》《从长安到罗马——汉唐丝绸之路全程探行纪实》《从长安到拉萨——唐蕃古道全程探行纪实》等。

文学档案：

1. 短篇小说集：

《油菜花开的夜晚》，陕西人民出版社 1983 年 9 月出版。

2. 中篇小说集：

《黑牡丹和她的丈夫》，漓江出版社 1991 年 9 月出版。

《隐秘》，中国文联出版社 1989 年 10 月出版。

3. 长篇小说：

《山祭》，漓江出版社 1987 年 9 月出版。

《水葬》，中国文联出版社 1991 年 10 月出版。

4. 散文：

《乡思绵绵》，陕西人民教育出版社 1991 年 2 月出版。

《京华笔记录》，陕西人民教育出版社 1994 年 1 月出版。

《流浪者的足迹》，中国文联出版社 1991 年 11 月出版。

《汉中女子》，太白文艺出版社 1998 年 8 月出版。

《山河岁月》，太白文艺出版社 1999 年 12 月出版。

《丝路访古》，福建人民出版社 2003 年 9 月出版。

《草原之旅》，福建人民出版社 2003 年 9 月出版。

《品读汉中》，陕西旅游出版社 2004 年 10 月出版。

《江南走笔》，北京华文出版社 2005 年 9 月出版。

《青木川传奇》，北京华文出版社 2005 年 9 月出版。

《陕西汉中》，中国旅游出版社 2007 年 1 月出版。

《中国蜀道》，中国旅游出版社 2008 年 9 月出版。

《唐蕃古道》，三秦出版社 2009 年 5 月出版。

《秦蜀古道》，三秦出版社 2009 年 5 月出版。

《中国的西北角——多位学人生涯的探寻与展示》，西安出版社 2011 年 1 月出版。

《从长安到罗马——汉唐丝绸之路全程探行纪实》，太白文艺出版社 2011 年 1 月出版。

《从长安到拉萨——唐蕃古道全程探行纪实》，西安出版社 2012 年 4 月出版。

5. 获奖情况：

短篇小说《银秀嫂》获《延河》首届优秀小说奖。

游记《探访黄河源》获全国首届徐霞客游记优秀奖。

长篇小说《水葬》获陕西“双五”文学奖。

报告文学《巴山茶痴》获《人民日报》报告文学一等奖。

文化专著《中国蜀道》获第二届柳青文学奖。

传记文学《中国的西北角——多位学人生涯的探寻与展示》获第二十五届全国城市出版社优秀图书一等奖。

叶延滨

叶延滨（1948— ），男，生于哈尔滨，在成都读小学，在凉山西昌读中学，在延安李渠插队，在富县总后军马场当牧工、仓库保管员，后陆续当工人、工厂团委书记、文工团创作员及新闻报道干事等。1978 年考入大学，在校期间获全国诗歌奖并加入中国作家协会。1982 年分配到四川作家协会《星星》诗刊任编辑、副主编、主编共十二年。1994 年调北京广播学院文艺系任系主任、教授。1995 年调中国作家协会任《诗刊》副主编、常务副主编、主编及编审，中国作家协会全国委员会委员，享受国务院政府津贴专家。

著有诗集《不悔》（1983）、《二重奏》（1985）、《乳泉》（1986）、《心的沉吟》（1986）、《囚徒与白鸽》（1988）、《叶延滨诗选》（1988）、《在天堂与地狱之间》（1989）、《蜜月箴言》（1989）、《都市罗曼史》（1989）、《血液的歌声》（1991）、《禁果的诱惑》（1992）、《现代九歌》（1992）、《与你同行》（1993）、《玫瑰火焰》（1994）、《二十一世纪印象》（1997）。文集有《生活启示录》（1988）、《秋天的伤感》（1993）、《二十二条诗规》（1993）、《听风数雁》（1996）、《白日画梦》（1998）等以及文集四十四部。其余作品自1980年以来被收入了国内外四百五十余种选集以及大学、中学课本。作品曾获中国作家协会（1979—1980）优秀中青年诗歌奖、第三届中国新诗集奖（1985—1986）、十月文学奖、四川文学奖、北京文学奖、郭沫若文学奖等四十余种全国及省以上的文学艺术奖。部分作品翻译为英、法、德、意、马其顿、波兰等国文字。《叶延滨文集》2004年出版。

李昶怡

李昶怡（1948—1997），男，河北盐山人，中共党员，中国作家协会会员。西安市第二十中学1968年毕业高中学生，知青，毕业于西北大学中文系作家班。1968年上山下乡至宝鸡县颜家河公社，20世纪70年代初招工至宝鸡市油脂厂工作，80年代初调入宝鸡市文艺创作研究室工作，先后任《宝鸡文学》编辑、《西秦文学》编辑部主任、《秦岭文学》主编、宝鸡市作家协会副主席。20世纪70年代开始文学创作，80年代初在《延河》发表短篇小说，被《青年文摘》转载。之后从事小说和散文创作，在全国部分文学刊物发表中短篇小说数十篇。20世纪90年代中期，中篇小说《魂归》在《当代作家》发表，并被《中国文学》转载。著有长篇小说《龙案》，中篇小说《天劫》等。出版有散文集《魂归》。曾长期从事编辑工作，扶持培养了大量文学新人。

张文彦

张文彦（1948— ），男，陕西省旬邑县人，西安市第二十中学“老三届”返乡知青，当过教师、电影放映员、文化馆创作员、县委新闻干事。任《中国青年报》记者、记者站站长长达二十多年。有三千余篇（部）各类文字作品见诸报刊，出版有《绿梦》《都市观潮》等作品集，获首届陕西省政府炎黄文学奖（1949—1999）优秀编辑记者奖。

张文彦曾任西安市文联副主席、西安市书法家协会副主席、西安书学院副院长等职。他书画兼工，绘画花鸟山水均有所长，书法擅长行隶。有数百幅书画作品在报刊发表，入选四十多种作品集、挂历、台历。数十次参加国内外展事，并多次获奖。其剪纸作品在20世纪90年代初已在国外展出，并被外国机构及友好人士收藏。另有二百八十余幅漫画作品在报刊发表。

秦天行

秦天行（1948— ），男，作家，文艺评论家。汉族，中共党员，陕西省蒲城县人，西安“老三届”知青，西北大学中文系毕业。1968年12月参加工作，历任中共陕西省委宣传部文艺处副处长、处长，陕西省歌舞剧院党委书记，陕西省戏曲研究院院长，中共陕西省委宣传部副部长，陕西省文化厅党组书记、厅长，陕西省人大教科文卫委员会主任委员，省人大常委会委员，陕西省决策咨询委文化组组长等职务。上世纪70年代开始文学创作，在《延河》等报刊发表散文作品。20世纪80年代加入陕西省作家协会，先后出版《俄罗斯纪游》《大洋听涛》《走笔欧洲》《水滴集》等多部文集，并在中央和省级媒体发表过多篇美术评论文章。

王子冀

王子冀（1949—　），男，北京知青，于宜川新市河公社太吉村插队。其父是新中国成立初期毛主席的专职保健医生，核工业部卫生局原局长王鹤滨。原《人民文学》主任编辑，任散文集《守望记忆》《回首黄土地》《中国知青民间备忘文本：守望记忆》等反映北京知青陕北插队经历丛书的主编。

《回首黄土地》改编为二十集同名电视连续剧于2002年播出，2003年被改编为话剧上演。

商子秦

商子秦（1949—　），男，河北省广平县人，中共党员，西安市五中高中1968年毕业二班学生，毕业于西北大学作家班。1968年赴宝鸡县固川公社四家坪大队五小队插队务农。1971年招工至宝鸡市京剧团，后在宝鸡市市文化局艺术科、宝鸡市文艺创作研究室工作，历任宝鸡市文联副秘书长、办公室主任，《秦岭文学》主编，西安市文联组联部副主任、办公室主任，《西安文艺界》主编、副秘书长、副巡视员，陕西省作家协会理事等职务，1991年加入中国作家协会。现任陕西省诗词学会副会长，陕西赋学学会常务副会长，西安市作家协会副主席。

出版作品集主要有：

《这一代》，袖珍诗集，陕西省作家协会1984年编辑出版。

《回声》，诗集，西北大学出版社1990年出版。

《思念北方》，诗集，陕西人民出版社1991年出版。

《夜行人》，诗集，太白文艺出版社 1996 年出版。

《商子秦诗选》（上下卷），诗集，西安出版社 2010 年出版。

《钉在文学十字架上的灵魂》，散文集，陕西旅游出版社 1995 年出版。

《传说》，散文集，三秦出版社 2009 年出版。

《城韵秦风》，电视文艺作品集，太白文艺出版社 2006 年出版。

文学档案

1. 诗歌创作：

20 世纪 70 年代初开始在《陕西文艺》《陕西日报》发表诗歌，并有诗作收入陕西人民出版社出版的诗集。

进入新时期，成为有全国影响力的青年诗人，先后在《诗刊》《人民文学》《当代》《中国文学》及香港、台湾、海外百余家报刊发表诗歌作品。部分诗作被《新华文摘》和台湾《创世纪》诗刊转载，被译为英、法、日文介绍至海外，并被收入在澳大利亚、日本等出版的诗集。代表作曾收入五十多部诗歌辞典、全国诗歌年选和各地诗选集。

2. 报告文学、散文创作：

20 世纪 90 年代开始从事报告文学、散文写作，发表作品数十万字。《传说》等作品被《作家文摘》《小小说选刊》转载，收入《岁月》散文集。报告文学《梦圆天下第一隧》等多篇获奖，并收入多种报告文学集。

3. 歌词创作：

自 20 世纪 70 年代开始歌词创作，部分歌词经谱曲发表于《陕西文艺》《群众艺术》等刊物。20 世纪 90 年代以来创作歌词经谱曲演唱，在央视和省市电视台公开播映或公开演出的有一百余首。

4. 电视文艺创作：

合作完成电视专题片撰稿有《三线学兵连》（九集）、《老三届故事》（七集）、《西安财政改革二十年》（三集）、《钟鼓奏鸣曲》（三集）等；独立完成的电视专题片撰稿有《西安五十年》（六集）、《我们的家园——陕西》（五集）、《走向新辉煌》（五集）等数十部。

5. 获奖和表彰：

多年来，创作的诗歌、歌词、报告文学、电视专题片、电视晚会和大型活动开幕式等曾分别获全国、省、市奖励。

霍秉全

霍秉全（1949— ），男，眉县返乡知青，毕业于西北大学中文系，宝鸡市文艺创作研究室作家，国家一级编剧。1993 年被中央电视台文艺部聘请为特邀编剧，为多个栏目及大型晚会创作节目，担任《综艺大观》《人间万象》《曲苑杂坛》《梦想剧场》等多个栏目编剧、撰稿、编导、艺术指导。曾创作过《一念之差》《去年的中秋节》《又一个黎明》《六斤革命》《老管新传》《歪打正着》《出国》《张三其人》《美容店里的故事》《情缘》《火种》《刮痧》《呼啸山乡》《声声入耳》等多部小品、戏曲、话剧、影视作品，还曾担任过十多部文艺专题与大型晚会总策划与总撰稿。曾获文化部优秀剧目奖、“五个一工程”奖、中国田汉戏剧文学奖、中国曹禺戏剧奖等国家级大奖和中央电视台春节晚会一等奖等奖项。

此外，创作剧本多部。2001 年，与王小平、薛家华、马克·白尔斯共同编剧的《刮痧》，由郑晓龙执导，梁家辉、蒋雯丽、朱旭主演。2003 年，剧本《又一个黎明》荣获第十七届田汉戏剧奖一等奖。2007 年，编剧的喜剧《阿斗》由熊源伟导演。2011 年，话剧《两万五》在陕西刘远话剧艺术中心演出，凭借此剧获得陕西省第六届艺术节优秀编剧奖。2012 年，编剧并与国家一级导演任鸣、著名音乐家赵季平共同执导联袂打造话剧《明天》，青年演员周一围和孙茜分别担当男女主角。

曹志前

曹志前（1949—1997），男，汉族，北京市人，中共党员，笔名士心、阿正。

原北京市第四十中学学生，1969 年赴陕西富县张家湾公社川庄大队插队务农，后历任《陕西汽车报》编辑，北京《中国汽车报》特刊部副主任、记者。1980 年开始发表作品。1989 年毕业于中共陕西省委党校政治经济理论专业。1994 年加入中国作家协会。代表作品有《石刚礁》《老三届的梦》等。

著有长篇故事诗《石刚礁》，长篇纪实文学《少女的弱点》《特区单身汉》《风流大都市》《走下圣坛走下海》《都市刀客》，纪实文学《最后的晚餐——离婚餐厅纪实》《老三届的梦》等。小说《耳子》获《西秦文学》二等奖；《门》获《工人日报》二等奖，散文《卡拉 OK 风流夜》获《陕西工人》一等奖，《丑历》获全国晚报副刊三等奖，纪实文学《快乐的吉他手》《中学生打工族》分别获《羊城晚报》二、三等奖等。

叶咏梅

叶咏梅（1949— ），女，祖籍浙江省宁波市，出生于上海市。毕业于北京第四女子学校，在陕北插队两年，当文艺兵六年，曾任中央人民广播电台文艺之声主任编辑，兼任中国广播电视学会《广播文艺·小说连播》研究委员会副会长。从事广播文学编导工作三十年，先后录制了一百三十余部长篇小说，编创导演了三十余部二百多集广播剧。

撰写人物专稿、业务论文百余篇计六十余万字。改编八集电视剧《圈套与花环》，担任撰稿并导演、制作四集电视专题片《飞翔的史诗——〈小说连播〉五十年》，均在中央电视台两度播出。著有二十万字报告文学《金色辉煌——中国民乐访欧纪行》、八十万字三卷本《天籁之梦》（上卷作品卷《天籁之魂》、中卷理论卷《天籁之思》、下卷散文卷《天籁深处》）、三十三万字报告文学《透视生命——黄家医圈沉思录》。

路 遥

路遥（1949—1992），男，原名王卫国，陕西省清涧县人，汉族，中共党员，大学毕业，一级作家。延川“老三届”返乡知青。他生于陕北清涧县一个世代农民家庭，七岁时因为家里困难被过继给延川县农村的伯父，曾在延川县立中学学习。十八岁那一年，成为陕西省延川县革委会副主任。1969 年回乡务农。1973 年进入延安大学中文系学习，其间开始文学创作。大学毕业后，任《陕西文艺》（现《延河》）编辑。1982 年加入中国作家协会。曾任陕西省作家协会副主席。

路遥主要创作为小说和散文。1980 年发表《惊心动魄的一幕》，获得第一届全国优秀中篇小说奖。1982 年发表的中篇小说《人生》描写了一个农村知识青年的人生追求和曲折经历，引起很大反响，获全国第二届优秀中篇小说奖。被改编成同名电影后，获第八届大众电影百花奖最佳故事片奖，轰动全国。《在困难的日子里》获 1982 年《当代》文学中长篇小说奖。1988 年完成百万字的长篇巨著《平凡的世界》，这是一部以恢宏的气势和史诗般的品格全景式地表现当代城乡社会生活的长篇小说。

文学档案：

1．诗歌：

1970 年，《车过南京桥》发表于延川县文化馆主办的油印小报《革命文化》，后由陕西省群众艺术馆主办的《群众艺术》转载。

1971 年，《我老汉走着就想跑》《塞上柳》发表于《延安通讯》，后收入陕西人民出版社 1972 年出版的诗集《延安山花》。

1972 年，《灯》（与曹谷溪合作）、《当年“八路”延安来》（与曹谷溪合作）、《走进刘家峡》《电焊工》收入陕西人民出版社 1972 年出版的诗集《延安山花》。

1972 年，叙事诗《桦树皮书包》发表于《山花》文艺小报。

1973 年，《歌儿伴着车轮飞》发表于《陕西文艺》1973 年 11 月第 3 期。

1974 年，《红卫兵之歌》（与金谷合作）发表于《陕西文艺》1974 年第 4

期；《老汉一辈子爱唱歌》发表于陕西人民出版社 1974 年出版的诗集《延安山花》增订版。

1979 年，《今日毛乌素》发表于《山花》。

2. 散文：

1974 年，《银花灿灿》发表于《陕西文艺》1974 年第 5 期。

1975 年，《灯光闪闪》发表于《陕西文艺》1975 年第 1 期；《不冻的土地》发表于《陕西文艺》1975 年第 5 期。

1976 年，《吴堡行》（与李知、董墨合作）发表于《陕西文艺》1976 年第 1 期。

1977 年，《难忘的 24 小时——追记周总理 1973 年在延安》（与谷溪合作）发表于《陕西文艺》1977 年第 1 期。

1980 年，《病危中的柳青》发表于《延河》1980 年第 6 期。

1983 年，《柳青的遗产》发表于《延河》1983 年第 6 期。

1985 年，《注重感情的积累》发表于《文学报》。

1991 年，《早晨从中午开始》发表于《女友》。

1991 年，在第三届茅盾文学奖颁奖大会的演讲《写作是心灵的需要》（讲话稿）发表于《女友》杂志“91 之夏文朋诗友创作笔会”。

1992 年，《杜鹏程：燃烧的烈火》发表于《延河》1992 年第 1 期；《少年之梦》，发表于《少年月刊》1992 年第 2 期。

3. 短篇小说：

1973 年，《优胜红旗》发表于《陕西文艺》1973 年 3 月创刊号。

1976 年，《父子俩》发表于《陕西文艺》1976 年第 2 期。

1978 年，《不会作诗的人》发表于《延河》1978 年第 1 期。

1979 年，《在新生活面前》发表于《甘肃文艺》1979 年第 1 期；《夏》发表于《延河》1979 年第 10 期。

1980 年，《匆匆过客》发表于《山花》1980 年第 4 期；《青松与小红花》发表于《雨花》1980 年第 7 期；《卖猪》发表于《鸭绿江》1980 年第 9 期。

1981 年，《姐姐》发表于《延河》1981 年第 1 期；《月下》发表于《上海文学》1981 年第 6 期；《风雪腊梅》发表于《鸭绿江》1981 年第 9 期。

1982 年，《痛苦》发表于《青海湖》1982 年第 7 期。

1984 年，《生活咏叹调》发表于《长安》1984 年第 7 期。

1985 年，《一生中最高兴的一天》发表于《西安晚报》。

4. 中篇小说：

1980 年，《惊心动魄的一幕》发表于《当代》1980 年第 3 期。

1982 年，《人生》发表于《收获》1982 年第 6 期；《在困难的日子里》发表于《当代》1982 年第 5 期；《人生》单行本中国青年出版社 1982 年 11 月出版。

1983 年，《黄叶在秋风中飘落》发表于《小说界》1983 年中篇专辑；《当代纪事》（中短篇小说集），重庆出版社 1983 年 3 月出版。

1984 年，《你怎么也想不到》发表于《文学家》1984 年第 1 期；《我和五叔的六次相遇》发表于《钟山》1984 年第 5 期。

5. 长篇小说：

1986 年，《平凡的世界》（第一部）发表于《花城》1986 年第 6 期。

1988 年，《平凡的世界》（第二部），中国文联出版公司 1988 年 4 月出版。

1988 年，《平凡的世界》（第三部）发表于《黄河》1988 年第 3 期。

1989 年，《平凡的世界》（第三部），中国文联出版公司 1989 年 10 月出版。

王　真

王真（1949—2008），男，西安“老三届”知青，在西安长大上学，中学毕业到宝鸡下乡，西安话剧院一级编剧。代表作品有电视连续剧《大秦腔》《号角》，话剧《郭双印连他乡党》等。

三十三集电视剧《大秦腔》于 1996 年播出。

2001 年，八集电视连续剧《号角》播出，反映了中央人民广播电台在延安创建成长的烽火历程。

2007 年，由王真编剧，王小琮导演的话剧《郭双印连他乡党》在西安话剧院作为大型原生态话剧演出。“郭双印连他乡党”意为郭双印和他的乡亲们。该剧以陕西农村优秀共产党员郭秀明的先进事迹为素材创作。剧中，郭双印并没有被塑造成一个顶天立地的英雄，而是将重点放在他带领群众脱贫致富上。话剧情节跌宕起伏，表演生动精彩。此话剧荣获第八届中国艺术节第十二届文华奖，入选 2006—2007 年度国家舞台艺术精品工程十大精品剧目，2007 年年底在第十届中国戏剧节上荣获优秀剧目奖，位居话剧类第一名。

杨　斌

杨斌（1949—　），男，毕业于中央党校，宝鸡市渭滨区人，1970 年参加工作，1974 年入党，在工厂里当过学徒、工人、工长、车间副主任、主任、书记等。后调入市级机关担任过主任科员、室主任、副局长等职，现在市人大常委会担任常委会专职委员、工作委员会主任。从小喜好文艺、文学创作，曾尝试写过多种体裁的作品，诗词是其中之一。1963 年在本市一次文化工作会议上发言并获奖。一些工作论文、言论等曾发表于中纪委、省纪委等刊物上，一篇论文获省毛泽东思想研究会二等奖，在外省市多种刊物上也曾多次获奖。曾在人民网、新华网、CCTV 网站论坛上发表文章、诗词三百多篇（首），少部分被选为精华。诗词作品主要在《陈仓诗草》《看今朝》发表，多数为自娱自乐之作。现为宝鸡市诗词学会（陈仓诗社）会（社）长，编著有《宝鸡山水名胜诗选》《宝鸡赋》等。

朱晓林

朱晓林（1949—　），男，陕西宝鸡市人，男，汉族，宝鸡诗词学会副会长，宝鸡市楹联学会副会长。宝鸡“老三届”知青，宝鸡中学高中1968年毕业学生，1968年返乡至宝鸡郊区，1971年招工至宝鸡市京剧团创作组工作，撰写剧本多部。后长期从事旧体诗词创作，多年来在《陕西诗词》《秦风》《宝鸡诗词》等省市诗词报刊上发表大量诗词作品。长期在宝鸡诗词学会从事组织和编辑工作，编著出版有诗集《情趣诗选》等。

赵　勃

赵勃（1949—　），男，在铜川下乡，陕西省作协会员、铜川作协理事，曾任铜川广播电台副台长、书记。著有散文集《神仙叶子》、评论集《原野集》。纪实文学《立地镇》以中国古陶瓷史及铜川市陈炉镇为叙述背景，前三章写陶正柏林家族，四、五、六章写立地镇的历史民俗，第七章是作品中“民”的个人经历自序，后记部分铺排了许多作者个人的经历感受。

孙国华

孙国华（1949—　），男，网名双宽阁主。1965年于西安市五中初中毕业，同年10月参加农建十四师到南泥湾兵团，之后曾在渭南地区沙苑农场、渭南农垦医院、宁夏煤炭总医院工作。长期从事文学创作。20世纪80年代开始，在陕西、宁夏和农垦系统报刊发表散文作品。现为网络作家，在各个文学和知青网站上有广泛影响。

芳　菊

芳菊（1949—　），女，本名王斌。1969年3月至1971年8月在铜川王家河公社杨树沟插队。2004年在鲁迅文学院进修。中国散文家协会会员，陕西省作家协会会员，陕西省社科院文学艺术研究所知青文艺工作室创作员。业余时间笔耕不辍，在国内各类报刊电台发表新闻作品四百多篇。创作百余万字的诗歌、散文、小说等文学作品，出版散文集《寂静的腊梅花》。曾为《西安晚报》“老三届”栏目征文，为《未名女作家》《女性专栏》撰稿。在国内数十家报刊、电台发表散文、随笔、小说、诗歌、特别报道等。

作品入选《中国散文大系》《经典音乐视听欣赏六周年》《陕西女作家丛书》《情结老三届》《蓝天情怀》《散文精品选》《鲁院学员集》《岁月》《一路悠长》《集邮年华》《法苑撷英》《中国地学诗歌选》等书籍及陕西新好散文联展。

获中国散文创作奖、中国当代最佳散文奖、第二届海内外华语文学创作优秀奖、中国散文新星奖、春华秋实网络文学征文大赛二等奖；小说《夺命蛋糕》获江西樟树司法征文大赛一等奖；为智障儿童创作的歌词《小星星长出了翅膀》获《西安晚报》少儿歌词大赛优秀奖。创作的《丰园之歌》歌词获2004年西安莲湖区文艺演出综合类一等奖。

王继轩

王继轩（1949—　），男，笔名宁雅轩，1965年于西安市第三十中学初中毕业，当年即赴南泥湾参加生产建设兵团农建十四师一四一团，先后任农工、汽车驾驶员。1977 年调陕西省物资局综合服务公司，后调西北航空公司工作。2010 年从东航西北分公司退休。

他对古诗文有浓厚兴趣，作品有《南泥湾记》《行路难》《木工班》《夜翻牛武山》等词赋。作品散见于知青网站、文集，《南泥湾记》曾被《秦风》杂志收录。

芦 苇

芦苇（1950— ），男，出生于北京，在西安长大。汉族，现任西部电影集团编剧、导演，中国影协理事，电影策划人，国家一级编剧。西安“老三届”知青，1968 年到宝鸡下乡，种过地，当过民工。1971 年进工厂当工人。一年后离开工厂在家待业，开始学习画画。1976 年入西安电影制片厂先当了两年炊事员，后改做绘景、美工。1987 年改编《最后的疯狂》，此后陆续创作了《星塘的阿芝——齐白石的故事》《疯狂的代价》《灯影春秋》《九夏》《黄河谣》《黑风景》《血筑》《桃花满天红》《红樱桃》《西夏路迢迢》等电影剧本。此外，还编导了电视专题片《无笔画家吴金狮》和《关中皮影》，将《永失我爱》《一地鸡毛》《霸王别姬》及《活着》改编成电影剧本。代表作品有电影《疯狂的代价》《黄河谣》《霸王别姬》《活着》《图雅的婚事》等。

1987 年，与周晓文导演共同编剧《疯狂的代价》《星塘的阿芝》。其中《疯狂的代价》获夏威夷电影节优秀作品奖，《星塘的阿芝》获第一届夏衍电影文学剧本奖二等奖。

1989 年，与朱晓平共同编剧《黄河谣》，1990 年获蒙特利尔国际电影节最佳导演奖。

1992 年，编剧《霸王别姬》（汤臣电影有限公司出品）获第四十六届法国戛纳电影节最佳影片“金棕榈奖”（1993 年），入选美国《时代》周刊评出的“全球史上百部最佳电影”（2005 年），入选“影响中国电影进程的二十二部电影”

(2005年)，入选英国权威电影杂志《帝国》评选出的“一百部最伟大的非英语片”(2010年)。

1993年，编剧《活着》（年代国际有限公司出品），获第四十七届法国戛纳国际电影节评委会大奖。

1994年，编剧《红樱桃》（上映的影片未完全采用芦苇原创剧本）、《桃花满天红》（西安电影制片厂），分别获第十六届金鸡奖最佳故事片奖（1996年）、第十九届百花奖最佳故事片奖。

1995年，编剧《秦颂》（西安电影制片厂出品），获圣塞巴斯蒂安电影节评委团特别奖。

1996年，编剧、导演《西夏路迢迢》（西安电影制片厂出品），获金鸡奖导演处女作奖。

2006年，编剧《图雅的婚事》（万裕文化产业有限公司、西安影视制片公司出品），获第五十七届柏林电影节最佳影片金熊奖。

2011年，编剧《狼图腾》（导演：让·雅克·阿诺）。

2014年，《白鹿原：芦苇电影剧本》出版。这是芦苇第一次公开发表的完整剧本。这部作品的问世历经曲折，中间上演了太多故事，历时五年，前前后后七易其稿，而最后并没有被搬上大银幕。

渭　水

渭水（1950—　），男，原名周抗美，汉族，陕西西安人。西安陕西师大二附中初中1967年毕业学生，1968年10月赴宝鸡县硖石公社姜王四队插队。历任宝鸡市测量队职工，宝鸡市科协《宝鸡科普文艺》杂志、《宝鸡科技报》编辑，宝鸡市艺术创作研究室专业作家。系中国作家协会会员、陕西省作协理事，宝鸡市作协副主席，宝鸡市第六届政协委员、民进成员，陕西电视台民生新闻《都市快报》栏目主笔、影视策划、撰稿、编导。1989年毕业于西北大学中文系作家班，获文学学士学位。

1976 年开始发表文学作品。1979 年在《星星》诗刊发表处女作组诗《挂甲屯的爱和恨》，获首届星星诗歌创作奖；1989 年获庄重文文学奖学金优秀奖；1989 年诗集《静夜写意》在陕地十年诗歌评奖中获诗集奖；诗作《关于焦裕禄》获 1991 年《陕西日报》纪念建党七十周年征文优秀作品奖；诗作《难忘岁月》获 1993 年陕西作家协会奖；1999 年诗集《渭水抒情诗选》获陕西作协第八届 505 文学优秀奖。

开始新诗创作至今已近四十年，其社会抒情长诗《1986：阿兹特克世界大战场》《大难之后：中国的沉思》《1988：奥运会启示录》《水的哭泣》等作品，于 20 世纪 80 年代文学新时期在国内诗坛产生广泛影响；其部分诗作及个人创作业绩被收入国内外近百种诗歌选集及名人传略辞书之中，并译介到国外。

同时，从事长篇纪实文学、专题电视片、散文、评论创作。撰写有《老三届故事》等二百余部（集）专题电视片解说词脚本，并参与省、市春节晚会撰稿、策划及编导。

文学档案：

1. 诗集

《诞生》，长安诗家编委会 1984 年 11 月出版。

《静夜写意》，新疆青年出版社 1985 年 10 月出版。

《渭水抒情诗选》，太白文艺出版社 1996 年 5 月出版。

《面世》，太白文艺出版社 2012 年 10 月出版。

2. 文集

《以文会友》，青海人民出版社 2015 年 12 月出版。

3. 长篇纪实文学集

《警惕啊，男人女人》（与李乐合著），光明日报出版社 1988 年 12 月出版。

《中国情人潮》（与沈奇合著），《新苑》1989 年第 2 期。

4. 电视片解说词集

二十集电视政论片解说词集《中国扶贫》，中国工人出版社 1999 年 4 月出版。

电视纪录片解说词集《都市记忆》，太白文艺出版社 2013 年 7 月出版。

5. 诗歌代表作

组诗《挂甲屯的爱和恨》，载于《星星》诗刊1979年12月号。

长诗《1986：阿兹特克世界大战场》，载于《诗刊》1986年9月号。

系列组诗《面世》，载于《诗神》1987年9月号。

长诗《安塞腰鼓》载于《星星》诗刊1987年10月号。

系列组诗《面世》载于《绿风》1988年第2期。

长诗《大难之后：中国的沉思》，载于《诗刊》1988年4月号。

长诗《1988：奥运会启示录》，载于《诗刊》1989年3月号。

诗歌《假如世界没有了音乐》，载于《诗刊》1990年7月号。

诗歌《关于焦裕禄》，载于《陕西日报》1991年5月13日。

长诗《水的哭泣》，载于《诗刊》1992年8月号。

长诗《人祸》，载于《延河》1998年7月号。

诗歌《中国，五月的泪水》，载于《星星》诗刊2008年8月号。

袁　林

袁林（1950—　），男，汉族，中共党员，大学本科学历。1969年1月到眉县营头公社梁家湾大队下乡，1972年12月到眉县陕西省果树研究所参加工作。1980年调回西安，至1984年在陕西省公路局机械化工程队工作。1984年春天考入西安晚报社，任编辑。1997年担任《周末》专刊部副主任、主任。1989年任《西安晚报》新闻周刊部主任。2000年至2007年任《西安晚报》专刊部主任。

1979年开始文学创作，同年在《延河》杂志发表短篇小说。1980年至1983年，先后在《北京文学》《人民文学》《小说月报》等发表短篇小说。1984年至1996年主要在报纸发表各种散文、杂文和报告文学等，共数十万字。1996年结集出版散文集《随风而逝》，1998年该散文集荣获西安文学奖。2012年出版三十二万字长篇小说《春发生传奇》。出版长篇小说《常宁寻梦》，约十八万字。两部小说均由陕西人民出版社出版。代表作是《春发生传奇》，描写了20世纪初至50年代西安老字号的创业史、老西安的民风民俗以及西安的历史变迁。

侯秀芬

侯秀芬（1950— ），女，笔名肖恒。山西省平遥县人。中共党员。毕业于中国人民大学新闻系，本科学历。1968年赴陕西黄陵县插队，1979年调回北京，任《北京晚报》记者。采访过叶剑英、刘伯承、聂荣臻、张爱萍等老一辈无产阶级革命家，所写的人物专访获北京市优秀新闻奖。1987年调至作家出版社，历任二编室副主任、总编室主任、副总编辑、总编辑，编审。1971年开始发表作品。2000年加入中国作家协会。2004年起担任作家出版社总编辑。

所编广播剧《晶莹的心》，由中央人民广播电台及全国的地方台播出，获全国优秀广播剧奖。2005年，策划过《精致女人》《精彩男人》两套丛书。《精致女人》已出版《林兰英院士》《凄美的欢颜——三毛》《一代才女林徽因》《一代画魂潘玉良》《一代名妓柳如是》等；《精彩男人》已出版《张恨水》《林语堂大传》《百年风流——艺术大师刘海粟的友情与爱情》等。2011年，著长篇传记《潘絜兹画传》，由作家出版社出版；著有纪实文学作品《神州奇人录》，由北方人民出版社出版；《女部长》（合著）由中国妇女出版社出版。曾编辑《林语堂文集》之《红牡丹》《生活的艺术》、徐迟著《江南小镇》、林杉著《一代才女林徽因》等。曾终审周梅森著《绝对权利》，获国家图书奖。此外，她还与中国大陆出版界同仁一起参加美国、德国、法国等国的书展及文学活动。

常　扬

常扬（1950—　），男，汉族，陕西省西安市人，文学创作二级，笔名纪森。西安“老三届”知青，1968年赴宝鸡周边乡村插队务农，后为宝鸡石油钢管厂职工，历任《当代青年》杂志编辑室主任，西安市文联创研室专业作家。1974年开始发表作品。1982年毕业于陕西宝鸡师范学院中文系，主攻报告文学。1992年加入中国作家协会。代表作品有报告文学集《夹缝时代》《黄金铸成的警示牌》《人的长城》，电视专题片撰稿集《蓝色奏鸣曲》，长篇报告文学《在离开父母的日子里——中国首家罪犯子女儿童村纪实》《让历史记住三线学兵》。

1989年，《共和国，缺血的母亲》载《西安税务》第2期，获中国税务题材作品一等奖。时任国家税务局局长的金鑫高度赞扬这篇文章是“新中国成立以来反映税收工作最全面、最深刻的作品”。同年《穷山匪患》获《蓝盾》杂志奖。1994年，《重塑黄土高原》作品讨论会在北京人民大会堂召开，引起强烈反响，获陕西省第五届双五文学奖。2000年，《在离开父母的日子里——中国首家罪犯子女儿童村纪实》由未来出版社出版，获中国首届亚泰杯报告文学大奖、陕西“五个一工程”奖。本书真实地记录了在陕西省三原县东周村开村的中国首家罪犯子女儿童村的故事，罪犯子女们在这里找到了他们温暖的家。

担任《让历史记住三线学兵》电视连续剧总导演、总撰稿人。该剧获中国电视金鹰入围奖、陕西金鹰奖二等奖。此外，还有《惊险的跳跃》获陕西省企业家征文奖，《新岸》获《中国妇女报》《萌芽》征文奖。

1990年，与曹钦白共同编剧的电影《蓝色奏鸣曲》在中央电视台播出。

2011年4月9日，导演的电视纪录片《帝都咸阳》首播于中央电视台军事农业频道。

弓保安

弓保安（1950 — ），男，自号部城子。陕西省武功县人。中共党员。“老三届”下乡知青，1968 年插队，1971 年进工厂，1982 年毕业于陕西师范大学中文系。大学毕业后先后在武功县和省新闻出版局工作。1994 年至今任陕西人民出版社副总编辑、编审。

系中华诗词学会理事，陕西诗词学会副会长，陕西省作协理事，陕西文学院签约作家，陕西省有突出贡献专家。

1965 年开始发表作品。2000 年加入中国作家协会。著有长篇小说《拳客五哥》，短篇小说集《灵魂的颤栗》，散文集《呼唤大自然》，旧体词集《柔肠词》《闲云词》，儿童文学读物《中国神话故事》《聊斋故事新编》（上下部），专著《创作论（上篇）》《静园词话》《静园文谈（第一卷）》《唐五代词三百首今译》《宋词三百首今译》《金元明词三百首今译》《清词三百首今译》《女词人佳作译解》《山水花鸟词译解》《古代词粹注译》等十八部。

主编出版《唐宋八大家散文精品丛书》。担任责编的图书《中国西部大开发战略研究》获 2001 年中宣部“五个一工程”奖。

方　兢

方兢（1950— ），男，籍贯浙江省衢州市，出生于北京市。在宜川县下乡，后毕业于西北大学，现为中国人民大学文学院教授，研究方向为文学基本理论、当代文学思潮、历史理论与制度。至今出版多部专著，近三十篇学术论文。

出版的专著有《中国古代的监察制度》《20 世纪百年学案 · 文学卷》《中国当代文学理论潮流三十年》《中国当代文学理论体系研究》，发表的论文有《对文学理论性质和特点的再认识》《当代短篇小说概览》《新时期的新英雄文学思潮》《关于文学理论建设的思考》。

史铁生

史铁生（1951—2010），男，原籍河北省涿县，汉族，中国电影编剧，著名小说家，文学家，一级作家。北京“老三届”知青。1958 年入北京东城区王大人胡同小学读书，1967 年毕业于清华大学附属中学，1969 年赴延安延川县一带插队。因双腿瘫痪于 1972 年回到北京。1974—1981 年在北京新桥街道工厂做工，后因病情加重回家养病。后来又患肾病并发展到尿毒症，靠着每周三次透析维持生命。曾自称“职业是生病，业余在写作”。1983 年加入中国作家协会。从 1986 年起，即为北京作家协会合同制作家，后为北京作家协会驻会作家。曾任中国作家协会全国委员会委员，北京作家协会副主席，中国残疾人协会评议委员会委员。2010 年 12 月 31 日凌晨 3 点 46 分因突发脑溢血逝世，享年五十九岁。根据其生前遗愿，他的脊椎、大脑将捐给医学研究；他的肝脏将捐给需要的患者。

文学档案：

1. 短篇小说

《法学教授及其夫人》发表于《当代》1979 年第 2 期。

《午餐半小时》发表于《花溪》1980 年第 9 期。

《我的遥远的清平湾》发表于《青年文学》1983 年第 1 期，获 1983 年全国优秀短篇小说奖。

《第一人称》发表于《钟山》1993 年第 1 期。

《奶奶的星星》发表于《作家》1984 年第 2 期，获 1984 年全国优秀短篇小说奖。

《命若琴弦》发表于《现代人》1985 年第 2 期。

《别人》发表于《花城》1994 年第 1 期。

《老屋小记》发表于《东海》1996 年第 4 期。1996 年，短篇小说《老屋小记》获首届鲁迅文学奖。

2．中篇小说

《关于詹牧师的报告文学》发表于《文学家》1984 年第 3 期。

《插队的故事》发表于《钟山》1986 年第 1 期。

《礼拜日》发表于《中外作家》1987 年第 5 期。

《原罪・宿命》发表于《钟山》1988 年第 1 期。

《一个谜语的几种简单的猜法》发表于《收获》1988 年第 6 期。

《小说三篇》发表于《东方纪事》1989 年第 2 期。

《中篇 1 或短篇 4》发表于《作家》1992 年第 4 期。

3．长篇小说

《务虚笔记》《我的丁一之旅》曾先后获全国优秀短篇小说奖、鲁迅文学奖，以及多种全国文学刊物奖。

《务虚笔记》发表于《收获》1997 年第 1、2 期，是轮椅上的史铁生的首部长篇小说，发表于 1997 年《收获》杂志上，同时也是他半自传式的作品。

长篇现代爱情小说《我的丁一之旅》2006 年由人民文学出版社出版。

4．散文

《好运设计》发表于《天涯》1990 年第 9 期。

《我与地坛》发表于《上海文学》1991 年第 1 期，是长篇哲思抒情散文，是史铁生文学作品中，充满哲思又极为人性化的代表作之一。

《散文三篇》发表于《芒种》1992 年第 10 期。

《足球内外》发表于《天涯》1996 年第 1 期。

《病隙碎笔 1》发表于《花城》1999 年第 4 期。《病隙碎笔 2》发表于《天涯》2000 年第 3 期。

2002 年，史铁生荣获华语文学传播大奖年度杰出成就奖；同年，《病隙碎笔 6》获首届老舍散文奖一等奖。

5．电影剧本

他还创作了电影剧本《多梦时节》《与人合作》《死神与少女》等。《死神与少女》属于一种新的电影类型——电影诗，这为电影类型的发展做出了新的贡献。由林洪洞执导，《多梦时节》以其新颖的视角获第九届金鸡奖最佳儿童片奖、广电部 1988 年优秀影片奖、第三届儿童电影童牛奖艺术追求特别奖。

短篇小说《务虚笔记》《秋天的怀念》被选入冀教版小学六年级课本和沪教

版中学七年级语文课本；《我的梦想》被选入义务教育人教版中学七年级语文课本。《我与地坛》被选入苏教版高中语文课本。

史铁生多年来与疾病顽强抗争，在病榻上创作出了大量优秀的、广为人知的文学作品。他的作品多次获得国内外重要文学奖项，多部作品被译为日、英、法、德等文字在海外出版。他为人低调，严于律己，品德高尚，是作家中的楷模。

莫　伸

莫伸（1951—　），男，原名孙树淦，祖籍江苏省无锡市，汉族，中共党员。一级作家。享受国务院政府特殊津贴。1968 年赴秦岭山区，在宝鸡陈仓区天王公社（现天王镇）十二盘大队插队落户。1972 年后招工到宝鸡车站货场当了七年装卸工。1979 年调入西安铁路局任《西安铁道报》记者。同年 3 月加入中国作协。1980 年毕业于中国文学讲习所。1984 年任西安铁路局文学艺术工作者协会专职副主席。1985 年调入西安电影制片厂任编剧。后任文学部主任、导演。1993 年当选陕西省作家协会副主席。2008 年任陕西省社会科学院文学艺术研究所所长。现任陕西省社会科学院文学艺术研究所名誉所长、陕西煤化集团职工作家协会名誉主席、西安交通大学特聘教授。

出版个人文学专著二十本。1977 年发表第一部文学作品，主要创作长篇小说、中短篇小说、报告文学、散文等，20 世纪 90 年代中后期涉猎影视创作，写出多部影视剧剧本，并集作家、编剧、导演于一身。

文学档案：

1. 短篇小说

创作的短篇小说计几十篇。其中《人民的歌手》于 1977 年发表后引起轰动，先后在北京人民广播电台、中央人民广播电台播出，并被翻译成英文教材。短篇小说《窗口》于 1978 年在《人民文学》发表后，获全国首届优秀短篇小说奖，并改编成电视剧在中央电视台播出，成为中国改革开放后的第一部电视剧。在全国第四届文代会上，当时的作家协会主席茅盾在工作报告中表扬了十余部小说，其中《人民的歌手》和《窗口》同时上榜。

短篇小说《月台静悄悄》获第二届全国铁路优秀作品奖。《榜前》获《南苑》1982 年优秀小说奖。

2．中篇小说

中篇小说有《山林雾茫茫》《宝物》《三岔镇风波》《家事》等十余部。其中《沉寂的五沟岔》获第三届上海《小说界》优秀中篇小说奖。《蜀道吟》获第三届全国铁路优秀作品奖。

3．长篇小说

1989 年，长篇小说《远山几道弯》由中国文联出版公司出版。1995 年中国文学出版社再版。2014 年武汉大学出版社又再版。

1994 年，长篇小说《尘缘》由群众出版社出版，获第二届啄木鸟优秀长篇小说二等奖。出版当年，即被中央人民广播电台在《长篇小说连播》节目中播出。后被北京电影制片厂和北京金驼影视文化公司改编成电视连续剧。

2003 年 4 月，《权力劫》由作家出版社出版，不到两个月，即被大众网列为读者喜爱的长篇小说之一（共评出十本，位列第五）。同时太原网将其列为 2003 年上半年图书市场上最引人注目的反腐题材小说之一。

4．散文

《绿叶》1991 年收入全国初中语文补充教材第二册。

《去中国打工》1993 年获全国第五届报纸副刊好作品评选一等奖。

《壶口，壶口》选入全国多家大学、中学语文课外阅读文及中考试题等。

5．报告文学

1992 年，《中国第一路》由中国工人出版社出版。获陕西省首届“双五”优秀报告文学奖。

1996 年，《大京九纪实》由太白文艺出版社出版，获陕西省第五届“五个一工程”奖。

1997 年，《东欧纪行》（《闯荡东欧》）由文化艺术出版社出版。

2012 年，《一号文件》由太白文艺出版社出版。

6．电视剧

1998年播出的二十集电视连续剧《东方潮》2000年6月获第十八届“中国电视金鹰奖”优秀电视剧提名奖，1999年12月获国家广电总局电视节目技术质量奖录制质量二等奖，2000年5月获“陕西电视金鹰奖”电视剧一等奖，获陕西省第七届“五个一工程”奖等。

2002年，十八集电视连续剧《郭秀明》由陕西省委、人民日报社、西安电影制片厂等联合摄制完成。2003年在中央电视台一套黄金时段播出后，引起强烈反响。该片获全国电视剧第二十四届飞天奖优秀长篇电视剧三等奖；第九届全国农业电影电视神农奖铜奖；中宣部第十届“五个一工程”奖入选作品奖；陕西省首届文艺创作大奖。

2004年，三十集电视连续剧《一起走过的日子》获陕西省第十届“五个一工程”奖优秀作品奖。

另有电视连续剧《天使在人间》《尘缘》及短篇电视剧《万立春》《远山》等多部投拍。创作完成《雁荡风云》《苹果红了》《风起毛乌素》等多部电视连续剧本。

7．电影

创作电影剧本十五部。除电影剧本《相逢在雨中》《家在远方》《声震长空》（与他人联合编剧）等相继投拍外，自编自导的电影有《支书和他的媳妇》《青春集合号》《城市中央》等。

其中获国家级奖项的电影和电影剧本有：

《列车从这里经过》（根据本人创作的中篇小说《蜀道吟》改编）1989年获新中国成立四十周年优秀电影剧本二等奖（一等奖空缺）。

1997年，《永恒》获第一届夏衍杯电影文学剧本奖鼓励奖。

1998年，《头版新闻》，获第二届夏衍电影文学剧本奖评委会奖、中宣部第八届“五个一工程”奖、第二届老舍文学奖优秀作品提名奖。

2001年，《声震长空》获第八届中国电影华表奖优秀故事片奖、上海影评人十佳故事片奖以及其他多种奖项。

2005年，《完美婚姻》获中国电影百年征集剧本三等奖（政府购买）。

2011年，《让那朝阳显出来》获夏衍杯剧本奖。

2015年，《古路坝灯火》获第二届巫山艺术电影周优秀故事片奖，编剧莫伸获优秀编剧奖。

何冀平

何冀平（1951— ），女，汉族，北京市人，原籍广西省，现居香港，中国剧作家。北京知青，在延川下过乡。1978 年考入中央戏剧学院戏剧文学系，1982 年毕业后分配到北京人民艺术剧院任编剧。1989 年移居香港，开始从事电影电视创作，笔名晓禾。1997 年至 2001 年，出任香港话剧团驻团编剧。何冀平曾先后获得中国首届“文华奖”、中央戏剧学院首届学院奖文学奖、北京市优秀剧作奖、中国戏剧曹禺奖、十月文学奖、中国政府“五个一工程”奖并两度获得中国电视剧飞天奖，曾荣获“北京市劳动模范”称号。作品收入《中国当代文学作品精选全集》。

文学档案：

1．话剧

1984 年 2 月，《好运大厦》在北京人民艺术剧院演出，夏淳导演。

1988 年 6 月，《天下第一楼》首演于北京人民艺术剧院。夏淳、顾威导演，谭宗尧、林连昆、任宝贤、韩善续、张瞳等主演。该剧使她获得 1988 年北京市编剧奖、1988—1989 年第五届全国优秀剧本创作奖、1991 年文化部颁发的文华大奖。

1998 年 11 月，《德龄与慈禧》由香港话剧团演出，杨世彭导演，龚小玲、雷思兰、冯蔚衡、秦可凡等主演。荣获 1999 年度香港舞台剧奖最佳剧本奖以及最受欢迎剧目奖等五个奖项。

1999 年 9 月，《开市大吉》由香港话剧团演出，何伟龙导演。

2001 年 3 月，《明月何曾是两乡》由香港话剧团演出，毛俊辉导演，叶进、秦可凡、龚小玲、王维、冯蔚衡、陈淑仪及潘灿良等主演。

2002 年 1 月，《还魂香》由香港话剧团演出，毛俊辉导演。

2012 年 9 月，《甲子园》演出，该剧是为了纪念北京人艺六十周年，由编剧何冀平创作，由任鸣、唐烨导演，由蓝天野、王姬、朱旭、郑榕、朱琳、濮存昕等主演的一部原创话剧。

2. 电视剧

1993 年,《新白娘子传奇》(与贡敏、赵文川、方桂兰共同编剧) 在 CCTV 首播，由夏祖辉、何麒导演，赵雅芝、叶童、陈美琪主演。该剧获日本第二十届美术国际金牌奖、1993 年中国年度收视冠军、2004 年 CCTV8 重播年度收视冠军、马来西亚百部华语经典剧之一、中国重播率最高影视剧之一。此外，她创作的长篇电视剧《牛郎织女》在全国播出。

3. 音乐剧

2004 年,《酸酸甜甜香港地》由毛俊辉导演，由香港著名作曲家顾嘉辉先生作曲，由香港著名词曲作者黄霑先生担纲作词，由香港话剧团、香港舞蹈团、香港中乐团联合公演，该剧为第七届中国艺术节特邀剧目。

4. 舞台剧

2000 年 11 月,《烟雨红船》由毛俊辉导演，英皇娱乐集团陈宝珠、梁家辉、刘嘉玲、廖启智等主演。

5. 电影

1992 年,《新龙门客栈》(与徐克、张炭共同编剧) 由李惠民导演，由张曼玉、林青霞、梁家辉、甄子丹主演。

1994 年,《西楚霸王》由冼杞然、卫翰韬导演，张艺谋监制。

1997 年,《豆丁奇遇记》由高志森导演。

此外还创作《黄飞鸿》《风生水起》《创业玩家》《香港故事》《帝女花传奇》《楚留香》等多部电影电视作品。还参与电影《投名状》《弹道》的创作。

沈　奇

沈奇(1951—　),男，陕西勉县人，为勉县“老三届”知青。1966 年初中毕业，之后下乡务农、进厂做工、中学教书，1975 年开始现代诗创作和文学活动，

1978 年考入大学，1981 年从陕西工商学院工业经济系毕业后留校任职，1986 年后着力于诗歌理论与批评。中国作家协会会员，中国当代文学研究会会员，中国新文学学会会员，陕西作家协会理事，陕西文艺评论家协会理事，西安财经学院文艺系教授，著名诗歌理论家。迄今已在香港中文大学《二十一世纪》、北京《文学评论》、沈阳《当代作家评论》等核心刊物及海内外重要学术报刊发表各类文学、艺术评论文章一百余篇。作品及论文入选海内外数十种选本，被翻译成英、日、德、瑞典、丹麦、拉脱维亚等多国文字。曾获《当代作家评论》1999 年度优秀论文奖、陕西高校人文社会科学研究优秀成果奖二等奖（2007）、陕西省首届文艺评论奖一等奖（2008）、第二届柳青文学奖（2010）等。先后应邀参加第八届至第十届亚洲诗人大会、加拿大温哥华首届漂木诗歌艺术节、第十二届拉脱维亚国际诗歌节、第十届亚洲环太平洋诗人大会、第十六届瑞典哥特兰国际诗歌节等。沈奇对于现代禅诗的关注和研究，始于对当代著名诗人洛夫先生作品的评介和探讨。近年，沈奇返回诗歌写作现场，试验性创作出大量糅合了古典精神、禅家意趣的短小诗歌作品，在国内诗坛引起反响，被视为一种新的诗歌探索方向。

文学档案：

1. 诗集

1986 年，《看山》，自印。

1992 年，《生命之旅》，由陕西人民教育出版社出版。

2001 年，《寻找那只奇异的鸟》，由台湾尔雅出版社出版。

2003 年，《淡季》，由香港高格出版社出版。

2010 年，《沈奇诗选》，由陕西师范大学出版社出版。

2012 年，《天生丽质》，由文化艺术出版社出版。

2. 诗评论集

1999 年，《拒绝与再造》，由西北大学出版社出版。

2005 年，《沈奇诗学论集》（共三册），由中国社会科学出版社出版。

2007 年，《文本与肉身》，由太白文艺出版社出版。

2009 年，《谁永远居住在诗歌的体内》，由台湾唐山出版社出版。

3. 编选

1991 年，《西方诗论精华》，由广东花城出版社出版。

1995 年，《台湾诗论精华》，由陕西人民教育出版社出版。

1998 年，《90 年代台湾诗选》，由春风文艺出版社出版。

2006 年，《现代小诗三百首》，由山东文艺出版社出版。

2009 年，《当代陕西先锋诗选》，由西北大学出版社出版。

陈行之

陈行之（1951— ），男，原名陈泽顺，2001 年更名为陈行之，1969 年从北京去陕北插队，在插队时就表现出很好的文学才能，1974 年进入延安大学中文系学习，比路遥低一个年级。上世纪 80 年代开始文学创作，先后发表中短篇小说及其他体裁的文学作品一百余万字。陈行之早年曾创作过《小路》《生者与死者》等在全国产生广泛影响的小说，陈行之担任编剧的电视剧《走出黄土地》获中宣部“五个一工程”奖。1992 年，时任陕西人民出版社编辑的陈泽顺是《路遥文集》的责任编辑。1993 年陈泽顺调回北京，先后担任中国残联下属的华夏出版社的副社长、副总编，现任中国残联研究室副主任。1993 年至 2003 年十年间，因忙于工作而搁笔。

新世纪以来，陈行之再度出山，写出了大量的思想随笔和长篇小说，先后出版了《危险的移动》《当青春成为往事》，散文集《重读路遥》。

罗点点

罗点点（1951— ），女，生于北京市，本名罗峪平，是开国大将原解放军总参谋长、军委秘书长罗瑞卿的女儿。罗点点是她的乳名及笔名。她于延安延长黑家堡公社插队。上海第二军医大学医疗系毕业，后在协和医院、解放军总参管理局卫生处门诊部从事多年临床和行政工作。转业后曾在投资管理公司和媒体公司工作。中国作家、医生，“尊严死”的提倡者。2006 年，罗点点和她的朋友成立了“选择与尊严”网站，并成立了不插管俱乐部，提倡“尊严死”，希望人们在意识清醒时在网上签署生前预嘱。著有《我的死亡谁做主》《永不放弃》《非凡的年代》等书籍。出版过小说、传记、随笔，为报刊撰写专栏并担任影视编剧、策划等。现任中国互动媒体集团创意总监。

高红十

高红十（1951— ），女，汉族，湖北省宜昌市人。笔名高原、秦风，中国作协会员，高级编辑。获第六届中国新闻工作者百佳奖。1969 年 1 月，赴陕西省延长县里家堡公社插队。1972 年，到北京大学中文系文学专业学习。1975 年，大学毕业赴延安市南泥湾公社插队。1979 年，任陕西人民出版社文艺编辑室编辑，编辑诗集及大型文学期刊《绿原》。1982 年，在中国作家协会文学讲习所（现改名鲁迅文学院）第七期编辑班学习。1985 年，调至北京《中国法制报》（后改名《法制日报》）任编辑、记者，后担任周末部主任，高级编辑。1986 年至 1988 年，在北京大学中文系首届作家班学习，获文学学士学位，获庄重文奖学金。1991 年，加入中国作家协会，任作家权益保障委员会委员，中直工委委员。同年，参加全国青年作家创作会。1996 年，参加第五届全国作家代表大会。2001 年，参加第六届全国作家代表大会。

1974 年开始发表作品，有多部散文、报告文学、小说、诗歌集出版。其中较有影响的是 20 世纪 70 年代与他人合作的长诗《理想之歌》，中篇小说集《哥哥你不成材》。散文集有《我的歌》《月亮走，我也走》《风景》《无话可说》《17 岁我去插队》《乡情，你是我永远的珍藏》《无缘浪漫》。报告文学作品有《只缘妖雾又重来——来自云南省禁毒一线的报告》《冷血》和《上海刑警记事》。

毕福兰

毕福兰（1951—　），女，汉族，祖籍山东省，生长于西安市。1968 年下乡，1971 年招工进入国防企业，1987 年调回西安海纳集团。先后毕业于河北当代文学院，西北大学文学院（函授）大专。中国散文家协会会员，西安作家协会会员。曾投稿报刊《中国青年报》《西安晚报》。有散文诗词刊发于《中国散文家》《华夏散文》《华文荟萃》《诗中国》《华文月刊》《阅读》《西安对外交流》以及文学网站论坛、知青网站等。

有中国文联出版社出版的十二万字的散文诗词文集《父亲的箫音》。

散文《父亲的箫音》获得《华文荟萃》鑫云杯第二届全国一等奖、《中国散文家》华夏散文全国二等奖。散文《祝福灵魂》获得《华文荟萃》鑫云杯第一届全国二等奖。散文《小年趣事》获得陕西知青网三等奖。散文《我的生命里有你》获得《中国散文家》论坛网站精华高评。散文《只有我们知青》获得《中国散文家》论坛精华高评。

贾平凹

贾平凹（1952—　），男，原名贾平娃，陕西省商洛市丹凤县棣花镇人，汉族，一级作家。丹凤县“老三届”返乡知青。1975 年毕业于西北大学中文系。曾任陕西人民出版社文艺编辑、《长安》文学月刊编辑。1982 年后就职西安市文联，从事专业创作。任中国作家协会理事、作协陕西分会副主席等职。现为中国作家协会主席团委员、陕西省作家协会主席、西安市文联主席、西安建筑科技大学文学院院长、《美文》杂志主编、中国海洋大学以及北京师范大学驻校作家。贾平凹是我国当代文坛屈指可数的文学大家和文学奇才，是一位当代中国最具叛逆性、最富创造精神和广泛影响的具有世界意义的作家，也是当代中国可以进入中国和世界文学史册的为数不多的著名文学家之一，被誉为“鬼才”。

贾平凹从1973年开始发表作品，1982年后从事专业创作，在小说和散文的创作上都成就非凡。目前已出版的作品版本达三百余种。著有长篇小说《商州》《妊娠》《浮躁》《废都》《白夜》《土门》《病相报告》《怀念狼》《秦腔》《高兴》等；中短篇小说集《山地笔记》《小月前本》《腊月·正月》《天狗》《黑氏》《美穴地》《饺子馆》《艺术家韩起祥》等；散文集《月迹》《心迹》《爱的踪迹》《走山东》《商州三录》《说话》《坐佛》等；诗集《空白》以及《平凹文论集》等。

贾平凹的作品被翻译成英语、法语、德语、俄语、越语、日语、韩语等多种语言在世界二十多个国家传播。

获奖情况：

1. 短篇小说

1978年，短篇小说《满月儿》获中国作家协会评选的首届全国优秀短篇小说奖。

1980年，短篇集《早晨的歌》获陕西省第一届优秀图书奖。

1981年，《爱和情》获《十月》文学奖。

1982年，短篇小说《山镇夜店》获南京《雨花》杂志社第一届雨花奖；《腊月·正月》获1982—1984《十月》文学奖。

1983年，短篇小说《清官》获《南苑》杂志社“南苑”佳作奖。

2005年，《饺子馆》获《北京文学》奖。《主任》《真品》获《小说月报》奖。

2007年，《饺子馆》获“淄矿杯”首届蒲松龄短篇小说奖。

2. 中篇小说

1984年，中篇小说《腊月·正月》获中国作家协会第三届全国优秀中篇小说奖，获陕西省文艺开拓奖一等奖。中篇小说《商州初录》获《钟山》杂志社首届钟山文学奖。

1985 年，《鸡窝洼人家》获西安首届“冲浪”文学奖。《腊月 · 正月》《鸡窝洼人家》获《十月》杂志社十月文学奖，获北京市新中国成立三十五周年文艺作品征集评奖一等奖。《黑氏》获《人民文学》评选 1985 年度读者最喜爱的作品奖。

1987 年，《天狗》获福建《中篇小说选刊》杂志社优秀作品奖。《古堡》获西安市作家协会评选的西安文学奖。

1988 年，《故里》获北京《十月》杂志社第三届《十月》文学奖。

1991 年，中篇小说《废都》获《人民文学》1991 年优秀作品奖。

3. 长篇小说

1988 年，《浮躁》获美国第八届美孚飞马文学奖；同年获西安市 1987 年 H. G 文学奖一等奖。

1997 年，《废都》获法国费米娜文学奖。

2006 年，《秦腔》获香港全球华人首届红楼梦文学奖。

2007 年，长篇小说《高兴》入选 2007 网络盛典年度畅销书。《秦腔》获首届陕西文艺大奖文学奖。

2008 年，长篇小说《秦腔》获第七届茅盾文学奖。

4. 散文

1983 年，《月迹》获《散文月刊》二等奖。

1984 年，《流逝的岁月》获《青年一代》杂志社佳作奖；《宿州故涉台龙拓树记》获《羊城晚报》优秀作品奖；散文《延川印象》获《延安报》佳作奖。

1986 年，《商州又录》获羊城晚报社优秀作品奖。

1987 年，《走三边》获《散文选刊》杂志社首届优秀作品奖；《弈人》获广东《随笔》1987 年度佳作奖。

1989 年，《爱的踪迹》获中国作家协会首届全国优秀散文（集）奖；《门》获《人民日报》燕舞散文征文奖；《人病》获上海《文汇报》社文汇报优秀作品奖；《我这样读体育报》获中国体育报“红光杯”第三届体育文学奖。

1991 年，《佛事》获“金陵明月杯”华人征文赛奖。

孟建国

孟建国（1952— ），男，陕西岐山下乡知青。毕业于西安交通大学电机制造专业。中国作家协会会员、中华诗词学会会员、陕西诗词学会会长。

著有《岐下集》《风雨尘声》《黄楼吟》《东篱诗探》等诗集。其文学创作除诗词曲赋外，兼及散文、戏剧研究等。对经济学也有造诣，出版有区域经济研究专著。

曾担任陕西经济学会副会长，赋学学会会长，陕西省政府副秘书长，省委宣传部副部长。现任陕西省人大常委会预算工作委员会主任。

王建勋

王建勋（1952—2016），男，汉族，编审，北京四中初中1968年毕业学生，北京“老三届”知青，1969年上山下乡至陕北延长县，20世纪70年代回到北京。曾任中国工人出版社编辑、编辑室主任，出版过《雾里乾坤——一个中国公民的经济观照》《茶经》等多种著作，组织编辑出版有陕北延安知青系列图书，在全国有广泛影响。

王晓玲

王晓玲（1952—　），女，国家一级编剧、陕西省戏剧家协会理事，陕西“老三届”知青，曾任蓝田县纪委书记，西安市作家协会副主席兼秘书长，西安市文联创作研究室主任，陕西省剧协《当代戏剧》杂志主编。著有大型戏曲《丁家院》《神龙树下》，秦腔电视剧《山里世界》等剧本。剧作演出后先后荣获省市艺术节多项奖励。在担任《当代戏剧》主编期间，为团结陕西戏剧作家队伍、繁荣陕西戏剧创作事业做了大量工作。

薄　厚

薄厚（1952—　），男，原名李博厚，陕西省扶风县人，汉族，中共党员，文学创作一级。扶风县“老三届”返乡知青。1982 年毕业于辽宁大学中文系，1990 年又毕业于西北大学中文系作家班。历任陕西省文联《作品选》《东方》《新大陆》杂志常务副主编、主编、副编审。省民间国际文学艺术促进会副主席兼秘书长，省民间艺术家协会副主席。享受国务院政府特殊津贴。20 世纪 80 年代开始发表作品。1998 年加入中国作家协会。

所编刊物、发表作品多次被国家级期刊《短篇小说选刊》《中华文学选刊》《中篇小说选刊》《散文选刊》等刊选载，有些还被改编成影视剧，在社会上引起反响。在文学创作上，先后发表作品三百余万字，主要作品有中篇小说《呼啸的野山》《弯弯的渭溪河》《大荒原》《白了的李子林》等；短篇小说《月夜》《暮春》《桃李杏花街》《兵的故事》等；散文《伯父》《摇椿树》《桃花妹》等；报告文学《腾飞的金驹》《这里有黄金》《远飞的大雁》等；影视剧本《酸辣情侣》《山地儿女》《歌起歌落》（合著）等。出版主要著作有散文集《蒙蒙的雪》、中篇小说集《血峦》、长篇小说《山啸》等。其中十二部作品获奖。多篇作品被收入各种文集，如《散文百家精华》《散文精品选》《童年纪事》等，有些作品还被介绍到国外。被聘为香港华夏文华出版社特邀撰稿作家，大学生文艺期刊《晨露》杂志名誉社长等，其主要创作成绩被《当代青年作家名典》《世界名人录》《中外名人辞典》《世界华人文学艺术界名人录》等二十多部辞书收入。

胡　宽

胡宽（1952—1995），男，西安“老三届”知青、诗人、七月派诗人胡征之子，生于西安，1979 年开始诗歌创作，1995 年因哮喘病去世。1996 年胡宽的朋友集资出版了《胡宽诗集》，厚达四百页。而此前此后，胡宽都是同样的寂寂无名，甚至于在诗歌圈中都少有人听说过胡宽，但所幸这并不是成为一流诗人的必要条件。胡宽的诗秉承惠特曼和马雅可夫斯基的开放诗风，相对于二十年来在中国诗坛盛行的矫揉造作的语言实验，胡宽的语言充满锐气、力量和勇气。胡宽的全部诗篇成功地勾画出一个心灵异化的现代人的形象。他也是一位描述梦魇的高手，这个梦魇如此形象、具体，甚至充满野兽的生气，令人不寒而栗。

朱晓平

朱晓平（1952—　），男，汉族，笔名朱小平，1952 年 8 月生于四川省泸州市，八岁时随父亲来到西安。1968 年 12 月不满十七岁的他到陕西麟游县插队。1969 年 11 月入伍当兵，六年的军营生活之后又当了三年钳工。1978 年考入中央戏剧学院戏剧文学系，选择了戏剧理论专业。1982 年毕业后留本院科研所工作。1985 年调中国作家协会工作。1986 年加入中国作家协会。1991 年又调北京电影制片厂文学部工作。1983 年开始小说创作，发表了《林游山道》等短篇。1985 年发表的中篇处女作《桑树坪纪事》引起人们的注意。至今有各类作品数百万字，出版有个人专著十余种及一批影视作品，并被翻译成英、法、日、西班牙等多种文字在海外发行。1991 年，朱晓平从中国作家协会调北京电影制片厂任职业编剧，这一时期创作的作品有电视剧本《三国演义》《大栅栏》《姊妹坡》《桐籽花开》，电影剧本《血腥山谷》。2001 年至 2005 年朱晓平还参与了中影公司策划部的工作，参与了多部影视作品的幕后策划。代表作品有《桑树坪纪事》《三国演义》《编辑部的故事》《黄河谣》等。

文学档案：

1．小说

1983 年，短篇小说《林游山道》发表。

1985 年，《桑树坪纪事》，中篇小说，载《钟山》第 3 期，获 1985—1986 年全国优秀中篇小说奖。话剧《桑树坪纪事》作者为陈子度、杨健、朱晓平，根据朱晓平系列小说《桑树坪纪事》《桑塬》《福林和他的婆姨》综合改编而成。1988 年由中央戏剧学院演出。剧本发表于《剧本》月刊 1988 年 4 月号，获文化部优秀剧目奖。

1987 年，《私刑》，中国文联出版公司出版。

1992 年，《说梦》，小说集，作家出版社出版。

1993 年，《石女》，中国社会科学出版社出版。

2001 年，《大栅栏》，中国青年出版社出版。

此外还有《西府山中》《陕甘大道》《好男好女》等小说。他还曾将《好男好女》改编成电视连续剧本，并拍摄完成，导演唐果，主演李保田和宋丹丹，但是因故未播。最近的作品是长篇小说三部曲《苍白》，已经完成和出版了第一部《粉川》（2010 年），第二部《黑滩》已经完稿，第三部《苍白》开始写作。

2．电影

1989 年，《黄河谣》编剧之一，导演腾文骥，主演葛优，引起轰动。该片获得 1990 年加拿大蒙特利尔电影节大奖。此外还创作了电影剧本《血腥山谷》。

3. 电视剧

1992年，与王朔、苏雷、魏人、葛小刚等共同策划《编辑部的故事》，由金炎、赵宝刚导演，葛优、吕丽萍、侯耀华等主演。该剧是我国第一部电视系列喜剧，开创了电视系列片之先河。同年获得第十届大众电视金鹰奖。

1994年，与杜家福等五人共同编剧《三国演义》，王扶林导演。该剧获1995年第十五届中国电视剧飞天奖长篇电视剧一等奖、优秀男主角奖（鲍国安）、优秀美工奖；1995年第十三届大众电视金鹰奖（中国电视金鹰奖）最佳长篇电视连续剧奖、最佳男主角奖（鲍国安）；1995年度第四届“五个一工程”获奖电视剧作品；2008年《国剧盛典·回响三十年》被评为最具影响力电视剧；《姐妹坡》获得解放军文艺大奖。

白　描

白描（1952—　），男，原名白志钢，汉族，1952年8月1日生于陕西省泾阳县。1968年初中毕业，上山下乡两年，为泾阳“老三届”返乡知青。1970年入高中读书，1972年高中毕业，同年10月任小学教师。1973年入陕西师范大学中文系读书，1976年毕业后留校任教。1977年至1979年，入陕西师大助教研究生班脱产学习两年，结业后教授中国当代文学。1982年调入陕西作家协会，任《延河》文学月刊社小说编辑，翌年担任小说组组长。1984年担任《延河》文学月刊社主编，1985年又任陕西作协书记处书记。1991年从陕西调入北京，任国家外国专家局主办的《国际人才交流》《专家工作通讯》两刊编辑部主任，1992年任两刊副总编辑，1993年任中国国际人才交流信息研究中心副主任兼两刊副总编辑。1999年7月调入中国作家协会，任鲁迅文学院副院长至今。著有长篇小说、中短篇小说、报告文学、文学评论以及散文随笔二百余万字，影视作品多部。中国作家协会会员，中国报告文学学会常务理事、副秘书长，中国国际人才交流与开发研究会理事，曾任中国国际人才交流信息研究中心副主任、《延河》主编，现任中国作家协会鲁迅文学院副院长。代表作品有《苍凉青春》《恩怨》《陕北：北京知青情爱录》《荒原情链》等；影视作品有电视专题片《中华魂》，电视连续剧《遭遇昨天》和《圣水观》等。

文学档案：

1. 文学评论

20世纪70年代末在陕西师大进修和教学期间，有《论〈诗经〉的成因——兼与刘念先教授商榷》《豪迈悲壮的英雄颂歌——论杜鹏程的小说创作》等研究论文问世，此后结合教学和编辑工作，陆续发表《论路遥的小说创作》《柳青的追求和创造》《我读〈延河〉新人新作》《还是要开放，还是要面向生活》《热闹与寂寞》等文学评论。

2. 文学作品

1988年，长篇小说《苍凉青春》由中国工人出版社出版，引起广泛关注和评论，北京、西安两地曾分别召开作品研讨会，给予该作品较高评价，被誉为“知青文学的又一次超越”（见《文学报》1989年4月21日）。

1991年，中短篇小说集《恩怨》出版。

1993年，长篇纪实文学《陕北：北京知青情爱录》出版。

1995年，报告文学集《荒原情链》列入《当代纪实名家精品文库》丛书，由四川人民出版社出版。

2000年，上下集大型图片文集《铁证——日本随军记者镜头里的侵华战争》由昆仑出版社出版。

此外，还有散文《写给远去的路遥》，被收入《20世纪末文学作品精选散文卷》；报告文学《一颗遗落在荒原的种子》获全国报告文学奖，被收入《新中国成立五十年百人百篇报告文学精选》；《婚链》《孽缘》《冤家》《弯弯井坡》被收入《中国知青情恋报告》；《作家路遥身后被遗忘的母亲》等文章被《读者》等文摘性刊物转载。

3. 影视作品

三十集电视连续剧《遭遇昨天》，担任编剧。

十集电视连续剧《圣水观》，担任编剧。

电视短片《咱老百姓·买砚》，担任编剧。

十集电视专题片《龙的飨宴》，担任总撰稿。

十集电视专题片《中华魂》，担任总撰稿。

二十集电视连续剧《特区女记者》，担任编剧。

4. 编辑

还主编或参与编辑一千余万字出版后具有较大影响和得到较高评价的图书，如《陕军东征小说佳作纵览》《面向21世纪》《21世纪文学之星》丛书等。

和　谷

和谷（1952—　），男，生于陕西省铜川市，原名和都蛮。1968年至1970年在陕西务农。1970年至1972年在陕西铜川水泥厂当工人。1972年至1975年在西北大学中文系读书。1975年至1980年任陕西省团委《陕西青年》杂志记者、编辑。1980年至1992年任西安市文联《长安》文学月刊编委、主编。1992年至2000年任海南省司法厅《特区法制》杂志总编辑。2000年后任陕西省文联报刊编辑部主编、陕西省文联副秘书长、副厅级巡视员。国家一级作家，中国作家协会会员，陕西省散文学会副会长，陕西省作家协会第六届主席团顾问，陕西省作家协会青工委副主任，海南省作家协会创委会主任，海南省、陕西省有突出贡献专家。

1972年开始发表作品，1987年加入中国作家协会。文学创作一级。著有散文集《无忧树》《原野集》《野生地》《独旅》《和谷游记选》《和谷散文选》《心智的艺术》《远行人独语》《巴黎望乡》《和谷散文精选》《和谷散文》《还乡札记》《文字生涯》《秦岭论语》等。著有报告文学《古都纪事》《中国百年油矿》《音乐家赵季平》《国风》《天地之语》等。著作《和谷文集》六卷、《音乐家赵季平》《国风》等。任舞剧《白鹿原》《长恨歌》《李白》、电视连续剧《铁市长》等编剧。著有诗集《和谷诗选》，作品入选《中国散文通史·当代卷》，散文作品被收入教材和北京高考试卷，翻译成英文、法文，有一定的影响力。

作品《无忧树》获中国作家协会新时期（1976年至1988年）全国优秀散文（集）奖；《市长张铁民》获1985—1986年中国作协第四届全国优秀报告文学奖；《铁市长》（编剧）获1992年全国“五个一工程”奖、飞天奖、中央电视台优秀剧目奖；《中国百年油矿》获第三届中华铁人文学奖；《我写“铁市长”》获人民日报“时代·文学·人民”大型征文活动原创征文奖；《汉江源记》获中国作协“长江颂”全国游记大赛一等奖；《渭河，你好吗》获中国自然学会天涯杂志自然写作奖；《还乡札记》获第二届柳青文学奖散文奖；散文集《秦岭论语》获第五届冰心散文奖。

江宛柳

江宛柳（1952— ），女，祖籍山东省，在北京市长大，中共党员，高级记者，著名报告文学家。江宛柳原是北京灯市口女中初中1967年毕业学生，在延安县甘谷驿公社罗家湾大队插队。1970年入伍，1975年入党，1984年毕业于北京高等教育自学大学。1970年后历任第二炮兵工程技术总队战士，文工团创作室创作员，解放军文艺出版社《解放军文艺》编辑，《昆仑》编辑，《军营文化天地》副主编。1973年开始发表作品。1991年加入中国作家协会。原解放军报驻海军记者站记者、总后勤部记者站站长，现为记者部机动组记者。荣立三等功两次，被总政治部评为全军优秀共产党员，2003年被中宣部和中国记协评为全国新闻界抗击非典新闻宣传优秀记者，2005年被中国记协授予全国优秀新闻工作者称号。2008年9月，获由中国记协主办的全国优秀新闻工作者最高奖——第九届长江韬奋奖。代表作品有报告文学《没有掌声的征途》《我在寻找那颗星》《蓝色太平洋》，小说《新任编辑》及大量散文等。

1990年，《我在寻找那颗星》载于《昆仑》，被《新华文摘》等全国许多媒体转载，中央人民广播电台在《长篇连播》节目中配乐播出，北京电视剧制作中心将其改编成三集电视剧。获得总政治部颁发的中国人民解放军文艺奖等奖项，获得全国妇联和《文艺报》联合举办的中国女兵征文奖。报告文学《蓝色太平洋》获中国作家协会颁发的全国优秀报告文学奖。1997 年，她在海军舰艇部队采访中，首先发现了上天能驾机、下海能操舰的新型指挥员柏耀平，采写了新闻特稿《飞行员舰长》。1998 年，报告文学《没有掌声的征途》获第一届鲁迅文学奖全国优秀报告文学奖。1999 年，相继发表长篇通讯《南岳，又一曲欧阳海之歌》、海工大育人启示录《把握高素质的真谛》。2002 年，通讯《再写神州万里春》获得第十一届全国政协好新闻奖。2003 年，非典疫情突发。她第一个进入 302 医院身患非典刚刚康复的姜素椿教授家里采访，写出了《特殊战场见英雄》的通讯；第一个进入收治重症非典患者的 309 医院非典病区，写出了《零感染是这样创造的》《攀登，未必都在山峰》《特殊战场上的高素质队伍》等一批鲜活而感人的"战地报道"。她在第一时间抓到了中央军委决定《全军紧急选调医务人员支援北京决战非典》的重大独家新闻。其中通讯《零感染是这样创造的》、通讯《特殊战场见英雄》，特写《小汤山医院记者守望札记》获得全国新闻界抗击非典新闻宣传优秀作品奖；消息《全军紧急选调医务人员支援北京决战非典》获得第十四届中国新闻奖二等奖。2004 年，写了《重要军事设施安全受到威胁问题亟待解决》的军报内参，新闻作品集《与兵车同行》由解放军出版社出版。2007 年，江宛柳在持续数年追踪军队干部生长模式变革后，写了长篇调查报告《艰难而自信的成长——首届清华大学国防生毕业三年的追踪与思考》，这篇文章当年被总政列入国防生工具书。2008 年年初，江宛柳深入西沙海岛采写的长篇通讯《一个博士政委的创新实践——海军西沙水警区政委陈俨改进思想政治工作的实践和启示》在军报推出，受到广泛好评。

梁亚明

梁亚明（1952— ），男，笔名晓月，北京市人。汉族，北京市作协会员。1968 年毕业于北京长辛店铁路中学。1969 年赴陕西延安插队，20 世纪 70 年代初招工到陕西缝纫机厂工作。后就读并毕业于西北大学作家班。20 世纪 90 年代调回北京丰台区文化局工作。20 世纪 70 年代开始文学创作，80 年代开始在报刊发表作品，1987 年加入西安市作家协会。著有长篇小说《小镇恩仇》《铁道人家》，长篇纪实文学《京畿旧事》等，其中部分长篇小说曾在《西安晚报》《西安日报》连载，产生广泛影响。2008 年，中国文联出版社出版他的长篇小说《黑白小镇》。

李正平

李正平（1952— ），男，汉族。西安“老三届”知青，原西安市第七十二中学初中 1968 年毕业学生，1969 年年初插队勉县元墩公社杨家坪。20 世纪 70 年代参加工作。1997 年，李正平创作长篇小说《阴历年》。作者用苍凉悲壮的笔调描写了插队巴山丛中的一群“老三届”知青的人生里程，描写了这一代共和国同龄人在共和国的各个重大历史时期所感受到的酸甜苦辣和所经历的悲欢离合。作者创作的歌词曾在一些大赛评奖中获奖。

宗振龙

宗振龙（1952— ），男，陕西省西安市人，大学本科学历。1968 年 6 月初中毕业回乡，在西安市北郊马旗寨公社井上村大队（现为大明宫办事处井上村）参加生产劳动。1969 年 8 月参加工作。在陕西省送变电工程公司，他积极参与企业的文化宣传工作，撰写新诗、快板，组织宣传队演出，打下了坚实的写作基础。

近十余年来，他潜心研究诗词曲赋写作，曾在《工人日报》《陕西日报》

《西北电业职工》《中华辞赋》《陕西诗词》等报纸杂志发表文论、散文、歌词、诗词曲赋作品。曾获全国诗词大赛二等奖、三等奖多次。就旧体诗写作而言，他以写曲见长，是国内有影响的曲作者之一。出版有个人专著《槐荫草堂散曲选》《槐荫草堂诗词选》《槐荫草堂自度曲选》。

现为中华诗词学会会员，陕西省诗词学会副会长，陕西省散曲学会副秘书长，《陕西诗词》副主编。

王晓建

王晓建（1952— ），男，著名军旅作家，原在陕西省延安地区宜川县插队。后应征入伍，曾任南疆军区十二医院政治处宣传干事、乌鲁木齐军区（后与兰州军区合并）政治部宣传部文化处副处长、总参谋部军训和兵种部秘书，大校军衔。主办的《西线》《西域》杂志，专设了“回忆录”栏目。1987 年，为原乌鲁木齐军区政委谭善和老将军的秘书，1989 年随时任中央顾问委员会委员的谭老将军调回北京。著有《在征程中——谭善和将军》《贺光华将军传》《李达军事文选》《怀念李达上将》《李达画传》《战争年代的回忆》《王兆相画传》等。主编二百多万字的《开国大将》《开国上将》，与人合编《大将风云录》《上将风云录》；撰写《说皇道帝》《世界军事名人邮票八百枚》《读书淘书藏书记》等书；编纂了《徐海东大将》《陈士榘上将》的画册，以及《宁都起义纪实》《中华军魂——解放军军事家、开国上将名诗名句选》《逛旧书店淘旧书》《游寓他乡记淘书》等书；为《中国人民解放军高级将传》撰写了聂鹤亭、王六生、韩怀智等将领的传记，参与了熊伯涛、杨永松、贺晋年等开国将军回忆录或传记的整理、撰写工作。21 世纪，王晓建参加了一些电视片的创作和拍摄工作。撰写了文献纪录片《宋任穷》《大将徐海东》《陕北名将王兆相》《独臂上将贺炳炎》《李井泉》《开国将军王尚荣》的脚本，担任了电视连续剧《神府红军游击队》、文献纪录片《回望硝烟》《决战淮海》《为了新中国》《辛亥革命》《不能忘却的伟大胜利》的历史顾问。

王克明

王克明（1952— ），男，北京知青，北京三中初中1968年毕业学生，1969年至1978年在陕北延安县河庄坪公社余家沟插队十年，曾任大队党支部书记。现任余家沟村建设顾问。利用业余时间，长期对陕北的方言、民俗文化进行收集、研究工作，著有《听见古代——陕北话里的文化遗产》《无声的群落》等。编撰《我们忏悔》，提出知青忏悔从来都不是一件容易的事。《中国知青诗抄》收入王克明《黄河问》《且寻仙》《七绝无题》《无题五首》等诗作。

安力达

安力达（1953— ），男，西安"老三届"知青，中国电力作协会员。自1980年在《延河》杂志3月号上发表中篇小说《蜡做的翅膀》之后，便不断在包括《长安》《女友》《工人文艺》《当代青年》《西安晚报》《法制与心理》《西北电力报》《省电力报》《西部电影》等报纸杂志上发表小说、散文、电视小品、通讯等文艺作品计四十余万字。处女作中篇小说《蜡做的翅膀》是在《延河》编辑部老一代编辑路遥、张昭清手把手地教导下写成的，特别是路遥，原本只是一个五千字的短篇，在他的指点下五易其稿，变成了两万字的中篇。长篇小说《东望》通过一支东北军的没落之路和一个家族的沉浮，如泣如诉地讲述了一个民族近半世纪的凄苦。

冯积岐

冯积岐（1953—　），男，生于陕西省岐山县，汉族。毕业于西北大学中文系。陕西省作家协会副主席，中国作家协会会员。历任岐山县北郭乡广播站通讯员、站长，《中外纪实文学》杂志编辑、编辑室主任，《延河》杂志小说编辑室主任。1983 年处女作短篇小说《续绳》发表在《延河》杂志上。1986 年发表成名短篇小说《舅舅外甥》。1994 年加入中国作家协会。至今已在《人民文学》《当代》《北京文学》等数十种文学杂志发表中短篇小说二百多篇，散文五百多篇；作品曾多次被《小说选刊》《小说月报》《中华文学选刊》《小说精选》等选载，多次获奖。

《沉默的粮食》获武汉市文联《芳草》小说奖。《逃》获青海省作协《青海湖》小说奖。长篇小说有《袒露的部分》《沉默的季节》《敲门》《大树底下》《村子》《沉默的年代》《遍地风流》《逃离》《两个冬天，两个女人》《大树底下》等。

景　斌

原名王景斌（1953—　），男，自从 1982 年发表处女作以来，至今已在《中国作家》《诗刊》《人民日报》海外版《中国文化报》《中国青年报》《青年作家》《鸭绿江》《星星》《诗神》《诗歌报》《绿风》《飞天》《中国西部文学》《滇池》《延河》等三百多家文学报刊发表小说、散文、诗歌、随笔等文学作品五百多篇（首），共计四百多万字（含出版社出版的作品）。

作品曾被选入《中国当代诗人座右铭汇赏》《寻根》等五种选本，其中两篇作品被前川幸雄收入选本在日本发行。并有部分作品在香港、台湾等地的刊物上发表。个人创作情况曾被《中国青年作家大辞典》《中国文艺家大辞典》等六部辞书介绍。

诗歌作品多次在《诗刊》《星星》诗刊以组诗的形式隆重推出，在全国引起了强烈的反响，周明、钟法、梅绍静、田奇、沈奇、渭水、秦巴子等著名评论家和诗家都写文章给予了高度评价。《星星》诗刊曾以西北实力派方阵的形式用大量的篇幅在刊物的头条重点推出和介绍。作品获得省级以上文学刊物奖八次。部分作品集被中国文学馆，沈阳、北大荒、陕西等地的图书馆、文学馆列为收藏书目。

出版的作品集有短篇小说集《雪路》，长篇小说《寂寞如潮》《马兰花儿开》《鬼神劫》，散文集《远远的山》《海角并非天涯》《一只蚂蚁在大树下生活》，诗歌集《心窗》《景斌抒情诗一百首》《灵魂河流》《呼吸之间》等十一部。

由于创作成绩突出，1991 年5 月，景斌曾与贾平凹、莫伸、杨争光、耿翔等作家、诗人代表陕西出席了全国青年作家代表大会，受到了表彰。1987 年以来，曾受到省市十八次创作方面的表彰奖励；2013 年，被宝鸡市委、市政府授予“宝鸡市有突出成绩的文学艺术家”称号。系中国作家协会会员，宝鸡市作家协会主席。

吴克敬

吴克敬（1954—　），陕西省扶风县人，毕业于西北大学中文系，获硕士学位。曾任《西安日报》党组成员、副主编，现任中国书画院副院长，中国书画院陕西分院院长，陕西体育新闻工作者协会主席，西北大学驻校作家，陕西省作家协会副主席，陕西省政协委员，西安市政府参事，西安市作家协会主席。曾获冰心散文奖、柳青文学奖等奖项。2010 年，中篇小说《手铐上的兰花花》获第五届鲁迅文学奖；2012 年，《你说我是谁》获第十四届中国人口文化奖（文学类）。《羞涩》《大丑》《拉手手》《马背上的电影》等四部作品改编拍摄成电影，其中《羞涩》获美国雪城电影节最佳摄影奖；长篇小说《初婚》由曲江丫丫影视改编成电视连续剧，并于 2016 年 9 月 26 日在韩城开机拍摄。

黄卫平

黄卫平（1954— ），男，江苏省海门市人，汉族，中共党员。江苏“老三届”知青。1969 年下乡插队，1984 年毕业于西北大学高等教育党政干部专科。1978 年开始发表作品。1979 年起任新闻干事、科长、宣传部副部长，1994 年后任《铜川日报》副总编辑、总编辑，高级记者。2001 年加入中国作家协会。陕西省作家协会理事、铜川市文联副主席、铜川市作家协会主席。获陕西省报业发展突出贡献奖。2010 年起任铜川市人大常委会党组成员、秘书长。

迄今出版作品有中短篇小说集《魔幻巷道》《北山经》，长篇小说《大顺花魂》，散文集《黄土风情录》（与王世雄合著）、《阳光之旅》《东方陶瓷古镇纪事》和文化专著《孟姜女》，其中《孟姜女》获陕西省首届山花奖著作类二等奖；另有历史专著《大顺史稿》《铜川史遗》等九种，并执笔完成了二十八集电视连续剧《陈炉古镇》剧本。作品被选入多种小说集、散文集，还被翻译成英文、日文，介绍到国外。

小小说《铁匠刘》获中国首届微型小说大奖；《用生命搏击贫困》获得了第十二届中国新闻奖一等奖；《矿妹子》（短篇小说）获中国作协、中国煤矿文联首届“乌金奖”三等奖；《魔幻巷道》（短篇小说）获中国作协、中国煤矿文联第二届“乌金奖”二等奖；《小黑屋》（短篇小说）获全国“在改革的大潮中”征文优秀奖；《王排》（散文）获全国煤炭系统“我心中的矿灯”征文一等奖；《涅槃》获中国煤矿题材影视剧“乌金奖”三等奖；《回归》获“乌金奖”；《孟姜女传说发祥在铜川》（论文）获陕西优秀民间文艺成果奖；《爷爷的画》（散文）获中国报纸副刊优秀作品三等奖；《一名真正的矿工》（散文）获中国作协中国煤矿文联第三届“乌金奖”二等奖；《方舟》（散文）获陕西新闻奖副刊类三等奖；《太阳石》（散文）获陕西“秦人风采”征文优秀作品奖；《家在西部》（散文）获陕西《钟情西部》征文优秀作品奖；《天祭》（散文）获中国作协中国煤矿文联第四届“乌金奖”二等奖；《面对遥远》（短篇小说）获中国作协中国煤矿文联第四届“乌金奖”二等奖；《面对遥远》（短篇小说）获首届铜川文学奖；《平凡的感动》（报告文学）获陕西新闻奖副刊类一等奖、中国煤矿文联等四部委优秀作品奖；《远去的楼台》（散文）获陕西新闻奖副刊类二等奖；《孟姜女》（学术著作）获陕西省首届山花奖学术著作类二等奖；《东方陶瓷古镇纪事》（散文集）获中国地市报新闻奖著作类一等奖；《天鹅湖赋》（散文）获陕西新闻奖副刊类二等奖；《祭窑》（短篇小说）获中国作协、中国煤矿文联第六届“乌金奖”。采写的通讯《矿山的脊梁》《穿越崎岖》等还九次获得陕西新闻一等奖、中国地市报新闻奖一等奖，获省级以上新闻奖在三十次以上，入《中国新闻年鉴》。

薛保勤

薛保勤（1955—　），男，1982 年毕业于西北大学中文系，编审、硕士研究生导师，插过队，当过兵，做过记者、编辑、主编、社长，从事过社会科学、新闻出版管理工作。中国作家协会会员、陕西省作家协会理事、陕西省记协主席。

著作：

《现实未来与人》，陕西人民教育出版社 1989 年出版。

《善》，陕西人民教育出版社 1990 年出版。

《从“红色革命”到“绿色革命”》，西北大学出版社 2000 年出版。

《我在悉尼当“部长”》，陕西人民出版社 2003 年出版。

诗集：

《青春的备忘》，太白文艺出版社 2008 年出版。

《送你一个长安》，人民文学出版社 2011 年出版。

《青春的备忘（修订版）》，人民文学出版社 2012 年出版。

《给灵魂一个天堂》，陕西师大出版社 2013 年出版。

《沙哑的短笛》，人民教育出版社 2014 年出版。

有两部作品获全国精神文明建设“五个一工程”入选作品奖，一部作品获柳青文学奖，一部作品入选“向全国青少年推荐百种优秀图书”。诗歌《送你一个长安》被选为 2011 西安世园会主题歌广为传唱。

薛保勤曾采写和发表过大量的新闻作品，也发表过三十多万字的论文、散文、随笔和报告文学，但其文学成果主要体现在诗歌创作上。薛保勤发表第一首诗是在上个世纪 80 年代初的大学时代。大学毕业后，从事新闻工作，诗歌创作中断。从本世纪初始，工作之余，关注人文，守望诗歌，边走边写，边写边发，先后在全国十多个省市的报刊上发表了六百多首。这些诗歌中有五十多首分别发表在《人民文学》《诗刊》《民族文学》《人民日报》《光明日报》《新华每日电讯》等国家级报刊上。获柳青文学奖的《青春的备忘》是一部具有史诗性质的长篇诗歌，由太白文艺出版社出版，先后印刷五次，发行量达三万一千册，修订版由人民文学出版社出版，先后两次印刷发行一万二千册，有着广泛的社会影响。他的诗作紧扣历史和当下，挖掘人性的火与光，梳理生命的光与芒，透析历史的得与失，吟咏大地的精气神，尽写人格的尊卑和人性的冷暖。诗中画，画中诗，诗画有哲思。关于他的诗歌创作，《人民日报》《光明日报》《中国青年报》《文汇报》《美文》《延河》诸多报刊均有专题评论。贾平凹先生说：“保勤的诗有着闻一多、徐志摩创作追求新韵律、新节奏、新格律的自觉。一经诵读，便回肠荡气。”著名文艺评论家雷达先生说：“从薛保勤的诗歌中，我欣喜地发现了新中国新诗十七年的继承与创新！”

文 海

文海（1956— ），男，原名史永海。1956 年 7 月出生，中共党员，本科学历，陕西省洛川县人，汉族。陕西省作协会员，供职于陕西省发改委统建办，处长，经济师。

1985 年从企业调入铜川市原计划委员会。为《铜川报》通讯员，常常在该报发表简讯、诗歌等“豆腐块”作品。1991 年 6 月在《陕西日报》秦岭副刊发表散文《向阳花》。1993 年 5 月为原铜川计委机关参加市直机关歌咏比赛作词作曲《黄土地一颗明珠》荣获自创一等奖，并发表在《铜川文艺》。

多年前，文海开始长篇小说写作。酝酿多年的战争题材《风卷长啸》2008 年冬天动笔后，修改了六次，2010 年 5 月在陕西太白文艺出版社出版。后改为四十五万字的电视剧本。

2011 年 10 月在陕西太白文艺出版社出版了反映 20 世纪 70 年代中期知青题材长篇小说《招工》。

文海写作风格朴实、明快，题材涉猎较广。先后发表大量学术论文，主要有《西北市政工程》2000 年第 2 期刊登他的《采用千斤顶施工安装承插管质量效果分析》和《中国地震研究》2001 年第 5 期刊登他的《F5F6 地裂缝发育对西安南郊体训基地建筑物安全影响》，并被应用到实践中。特别是 F5F6 地裂缝发育加快，终于引起几个单位领导重视，停采了地下水，确保了新建建筑物的安全。他还在直机关《机关党的工作》2000 年 12 期，省发改委《陕西综合经济》2004 年第 1 期和 2015 年第 1 期发表专题调研文章。

葛　玮

葛玮（1956—　），男，满族，陕西省第十一届政协委员，陕西广播电视台影视频道书记兼艺术总监、国家一级导演，执导过陕西省、陕西电视台多台大型文艺晚会、春节晚会、现场直播活动。作品十八次荣获中国电视文艺最高奖星光奖、金鹰奖。1997 年荣获“陕西省首届电视艺术家”称号；2007 年荣获“第五届全国德艺双馨电视艺术工作者”称号；2009 年荣获“陕西省民族团结进步模范”称号。

2010 年个人专著《荧屏走笔》由中国文联出版社出版。《荧屏走笔》分为“艺海随笔”“笔耕荧屏”“导演手记”“友情写真”四个部分，该书收入作者多年来撰写的散文、随笔、电视文艺理论、电视晚会总体设计及导演阐述等种类作品五十余篇，近二十万字，著名作家陈忠实、贾平凹分别为该书作序、题写书名。

现为中国电视文艺委员会理事、中国电视艺术家协会会员、陕西电视艺术家协会理事、陕西省作家协会会员。

李　君

李君（1956—　），男，原名李广汉，汉族，国家二级作家。20 世纪 70 年代知青，曾在宝鸡市凤县下乡，宝鸡市作家协会副主席。毕业于西北大学中文系戏剧文学专业。现在宝鸡市文联工作。

发表出版长、中、短篇小说《尘惑》《冥婚》《白鼻子》《三花脸》《慈母心》《纽约到洛杉矶的飞机》《凤州之战》等多篇部，曾获解放军文艺奖等多种奖项，个人曾获“陕西省文联德艺双馨优秀会员”称号。近年来从事影视剧创作，其编剧的电视电影《正月十五唱大戏》由中央电视台出品并播出，获第三届中国电视电影百合奖、第九届中国农业电影电视神农奖；其编剧的二十五集电视连续剧《绝胜天良》、二十集电视连续剧《西部热土》由中央电视台摄制、播出、发行。另有两部电视连续剧《风雪追踪》《朱老四和他的儿女们》已拍摄完成。

严建设

严建设（1956— ），男，西安市二十中下乡知青。现为人民网“图说中国”陕西版主、人民网陕西频道专栏作家、新浪精英博主、腾讯认证名博、华商网民生栏目主持人和论坛版主、陕西省蓝盾技术学院名誉院长。陕西省作协会员、陕西省人像摄影家协会常务理事、陕西省摄协会员、西安市硬笔书法协会会员、陕西省慈善文化交流会常务理事。曾出版三十万字自传体长篇小说《一二三，上南关》。自小酷爱旅游、文学、摄影、书法。从事摄影四十余年，拍摄老照片六万余幅。自 2007 年以来撰写原创博客，发布原创文章四千余篇近千万字，发布原创照片二十万张。在互联网上的个人网页数以亿计，影响极大，多次作为博客专家被省、市宣传部邀请参与推介旅游采风考察活动。曾多次参与公益事业。互联网上流传的文图引起社会极大关注，为中央电视台、凤凰卫视、北京广播电台、陕西广播电台、陕西电视台、西安电视台及国内外多家网站、各大报纸杂志多次介绍。被人民网、华商网等多家网站聘为版主、特约记者、民生栏目主持人。《城市印象西安三十年》有专题介绍，并入选新浪博客首页精英学者栏目索引。发布四百余篇原创博文和上万张原创照片，引起国内外强烈反响，仅新浪博客浏览量近五千万人次，被难以计数的网站转载。在国内国际摄影大赛中屡次获奖。目前其新浪博客每日平均访问量为十万人次。

获奖情况：

华商网 2008 年人气王。

陕西省慈善文化研究会 2006—2011 年度文化先进人物奖。

陕西省摄影家协会2008年优秀会员奖。
陕西省委宣传部2008年摄影作品优秀奖。
华商网2008年华商孺子牛奖。
西部网、陕视网2008年十大明星网友。
西安市委宣传部2008年摄影大赛优秀奖。
昆明市委宣传部2009年云瑞奖。
华商网2009年发现之旅全球摄影作品入选奖。
昆明市委宣传部2011年金碧奖。
西安市政府参事室五十五周年书法优秀奖。
西安日报《北城之春》摄影大赛优秀奖。
华商网2010年最佳版主奖。
《中华风采人物》2011年荣誉证书。
人民网第一届中国人游日本摄影大赛人气奖。
陕西省广电网络高清丽人2011年特别奖。
江西省旅游局2012博动江西风景独好荣誉奖。
陕西省慈善文化研究会2013年度爱心暖冬活动荣誉证书。

月　人

月人（1956—　），男，原名张君宽。1956年8月生，西安市东郊田家湾人。返乡知青，1982年1月大学毕业后参加工作。从1983年10月至今，长期负责陕西省广播电视大学报刊编辑、出版、发行工作。现任校报总编、学报主编、中华词学研究室主任。系中华诗词学会、陕西省作家协会会员。兼任中国电大编辑记者协会常务理事等。

1984年起开始发表作品。填词力主“合词谱、协音律、美声情、寓意境”，词学研究重在搜集、整理当代中华词学资料。略能绘画，兼及篆刻。出版专著《润金书斋词稿》《词学入门》《常用词谱一百调》《月人词集》。主编《圣代词库丛书》，已刊行二十五种。1998 年起主编《中华词学丛刊》，已刊行五种。

词作《满庭芳·兴游西安鲸鱼沟》获“长岭杯”中华诗词大奖赛二等奖；《临江仙·闻友复好文学》获首届“名星杯”全国文学大奖赛荣誉金奖。1998 年 6 月，被中国电大编辑记者协会评为全国电大系统优秀编辑；12 月，被吉林省跨世纪文化艺术研究院授予“当代跨世纪贡献突出艺术家”光荣称号；同月，陕西电视台采访制作并播出卫视专访片《“词痴”月人》。词学业绩详见《月人研究专集》《月人词鉴赏》《月人词作歌曲集》三书。传略入载《西北大学英才谱》（第三辑）、《世界华人文学艺术界名人录》等数十种典籍。

现已出版《月人词集 2》《月人词集 3》《月人词集 4》，每册选词八千到一万首。现任陕西诗词学会会长兼主编，内刊《陕西诗词界》已出版近百期。吸引和培养了众多的诗词爱好者。

杨争光

杨争光（1957—　），男，1957 年生于乾县大杨乡祥符村。1975 年 1 月毕业于乾县杨汉中学，曾返乡务农。1982 年毕业于山东大学中文系汉语言文学专业。诗人、作家、一级编剧。中国作家协会会员，中国电影家协会会员。

先后在天津市政协、陕西省政协工作，任科员、主任科员，参与创办《陕西政协报》（今《各界导报》），任记者、编辑、副总编辑。1989 年调西安电影制片厂，任专业编剧。1999 年调深圳市文联，任专业作家至今。兼职深圳市文联副主席。

大学期间，发表第一首诗作《钻天杨》，第一篇小说《霞姐》。任山东大学云帆诗社社员、社长。1991 年创办陕西省首家民营影视公司——西安长安影视制作有限责任公司，制作出品《中国模特》《好戏连台》《激情燃烧的岁月》等电视剧。

文学档案：

1. 小说：

《黄尘》，中短篇小说集，作家出版社出版。

《黑风景》，中篇小说集，长江文艺出版社出版。

《老旦是一棵树》，中国社会科学出版社出版。

《老旦是一棵树》，陕西旅游出版社出版。

《鬼地上的月光》，中短篇小说集，北京师范大学出版社出版。

《光滑和粗糙的木橛子》，中短篇小说集，新世界出版社出版。

《赌徒》，中篇小说集，北京出版社出版。

《越活越明白》，长篇小说，“布老虎”丛书，春风文艺出版社出版。

《中国当代作家选集丛书——杨争光》，人民文学出版社出版。

《从两个蛋开始》，长篇小说，人民文学出版社出版。

《从两个蛋开始》，长篇小说，台湾九歌出版社出版。

《从两个蛋开始》，长篇小说，作家出版社 2010 年 3 月出版。

《少年张冲六章》，长篇小说，作家出版社 2010 年 3 月出版，获深圳读书月 2010 年度“十大好书”称号。

《老旦是一棵树》，中篇小说集，工人出版社出版，2010 年。

《驴队来到奉先畤》，长篇小说，北京十月文艺出版社，2012 年 9 月。

《杨争光文集》（十卷本），海天出版社出版，2012 年 11 月，获中国城市出版社最佳图书奖。

《Da je Lao Dan jedne drvo》（法文《老旦是一棵树》），CLIO，Beogard，2007。

《Pre zore ne moze da svane》（塞尔维亚文《杨争光中篇小说集》），DRAGANIC，Beogard，2004。

2. 电影：

《双旗镇刀客》，何平导演，高伟、赵玛娜、常江、孙海英主演，西安电影制片厂出品，获日本夕张惊险与幻想国际电影节大奖、西柏林国际电影节新评论奖、香港十佳电影等。

《杂嘴子》，刘苗苗导演，曹翠芬、李磊、郭少雄主演，中国少年儿童电影制片厂出品，获威尼斯电影节国会议员奖。

《五魁》，根据贾平凹小说《五魁》改编，黄建新导演，张世（台湾）、王澜、王玉梅、高明俊（台湾）、王馥荔主演，西安电影制片厂、台湾龙祥影业公司联合出品，获鹿特丹电影节观众最佳选票奖。

《征服者》，根据作者中篇小说《流放》改编，滕文骥导演，巍子、陈红主演，北京电影制片厂、北京创世纪影视公司联合摄制。

《黄沙青草红太阳》，周友朝导演，郑天玮、孙海鹰主演，根据作者中篇小说《赌徒》改编，西安电影制片厂出品，获布拉格国际电影节大奖。

《沙镇的故事》，根据作者中篇小说《棺材铺》改编，孙诚导演，李雪健、徐帆、李丁、雷恪生、方青卓主演，珠江电影制片厂、北京长城国际电影公司联合摄制。

《How Harry Became a Tree》，根据《老旦是一棵树》改编，2000 年法国、意大利、爱尔兰联合出品；参展威尼斯电影节。

《生日》，周友朝导演，倪大红、罗京明主演，根据鬼子中篇小说《瓦城上空的麦田》改编，西安曲江影视投资有限公司摄制，2008 年传媒大奖提名影片。

获奖电影剧本：

《兵哥》获第二届夏衍电影文学奖二等奖。

3. 电视剧代表作：

《中国模特》艺术总监，编剧之一。莫言、余华、苏童、叶兆言、朱晓平、吴滨等作家加盟编剧，杨凤良导演，苏瑾、廖京生、瞿颖、刘茜等主演，西安长安影视制作有限责任公司、北京大象文化公司联合制作出品。

《好戏连台》总监制，陈行中导演，牛犇主演。西安长安影视制作有限责任公司制作出品。

《水浒传》（1997 年央视版）编剧（与冉平合作），张绍林导演，李雪健、丁海峰、周野芒、臧金生、赵小锐、王思懿主演，中央电视台、中国电视剧制作中心出品，获中国电视剧飞天奖、金鹰奖等各项大奖。

《激情燃烧的岁月》总策划，康洪雷导演，孙海英、吕丽萍、黄海波、陈丽娜主演，解放军总政治部影视中心、沈阳军区影视中心、长安影视制作公司联合出品；获中国电视剧飞天奖、金鹰奖等各项大奖。

《我们的 80 年代》总编审，获中国电视剧飞天奖。

朱西京

朱西京（1957— ），男，1975 年在陕西省大荔县下乡插队，五年后经招工回城在金融部门工作，20 世纪 90 年代下海经商，现居西安。他酷爱文学创作，1998 年动笔，历时十年之久，写就三卷本长篇小说《流年》，讲述的故事时间跨度长达三十余年，以上山下乡的知青命运为主线，记录了一代人的生活和心路历程，反映了剧烈变革年代中人们的奋进、彷徨和沉沦，用文字见证了一个时代的历史变迁。

2009 年 3 月 28 日，由陕西省作协主办的朱西京长篇小说《流年》研讨会暨出版庆典在西安举行。中国现代文学馆馆长周明，中国作家出版社纪实文学编辑部主任贺平，陕西省作协党组书记、常务副主席雷涛，省作协副主席冯积岐、冷梦、李国平，著名评论家畅广元、费秉勋、王仲生、常智奇、周燕芬、孙见喜、吴克敬、段建军等参加了研讨会。与会者纷纷表示，作为一名企业家，朱西京能够用十年时间打磨出一百二十万字的长篇小说实属不易。省作协认为，朱西京代表的是陕西又一支业余作者队伍——企业家的创作水平。

会上，专家学者高度肯定了作家的语言天赋：“书中的叙述语言，明白流畅，准确圆通，读起来非常舒服。”大家一致认为，《流年》是陕西省近年来城市题材创作的新收获，是知青题材走向家庭伦理的深入拓展，渗透着作者本人的经历和感受。

2014 年，朱西京以长篇小说《流年》获得了俄罗斯“契诃夫文学奖”。

夏坚德

夏坚德（1957— ），女，笔名黄稻草，江苏省建湖县人，中共党员。1985年毕业于中央广播电视大学中文系。2002年参加鲁迅文学院首届全国中青年作家研究生班学习。1975年下乡插队。历任秦岭发电厂团委干事，《体育世界》杂志助理编辑，《陕西体育报》主编，陕西省体委办公室秘书，《陕西体育情况》编辑，陕西电视台“陕西人”栏目编导，陕西省球类运动管理中心副主任。2004年调入陕西省体育局总会办公室工作。任《延河》杂志总编助理，现任碑林区作家协会主席。

1982年开始发表作品。2003年加入中国作家协会。著有散文集《丈夫的名字叫西安》《鹤望兰》《指尖花》；小说集《随水天涯》；画集《孤旅》；报告文学《明星邱晨一段情》获全国报告文学二等奖、西安市汉斯杯青年文学奖；散文集《丈夫的名字叫西安》获西安市镇新杯文学奖；散文《寻找你头顶的阳光》获世界文化艺术研究中心颁发的国际优秀文学奖；《古琴此君》获得第五届冰心散文奖；散文集《黄稻草》获第三届柳青文学奖。中篇小说《黑家洼》由中国著名编剧芦苇改编为同名电影。

黄　默

黄默（1957— ），男，原名黄培德，陕西省西安市人，现就职于宝鸡市陈仓区文化馆。曾下乡插队，进厂做工，现在宝鸡市陈仓区文化馆工作。系陕西省作家协会会员，宝鸡市文联委员，《金台诗刊》编委。

1983年开始写作，20世纪80年代获《星星》新人奖，原陕西宝鸡《蓝星》诗刊主编，著有诗集《烛光》《从时间中穿过》等。先后在《诗刊》《星星》《诗歌报月刊》《文学家》《江南》《西湖》《雨花》《萌芽》《花溪》《滇池》《福建文学》《北方文学》《延河》《青海湖》《南风窗》《诗双月刊》（香港）、《中日新报·亚洲诗坛》《中国文化报》《光明日报》《工人日报》《国际航空报》《广州日报》《新民晚报》《深圳特区报》等国内外三百余家报刊发表诗歌、小说、散文随笔千余篇。多次获省内外文学创作奖，有作品选入《西部交响曲》《中国诗库力作选》《1993 青春诗历》《西秦新诗选》等多部诗选、文集。《从时间中穿过》收入了作者自上世纪 80 年代初至本世纪前十年所创作的部分作品，是作者多年行走于西部山村、工矿企业以及城镇平凡市井生活中的生命体验。

陈嘉瑞

陈嘉瑞（1957—　），男，陕西省咸阳市杨凌区人，返乡知青，1985 年 7 月于首届中央电大汉语言文学专业毕业。做过多年记者、编辑、报刊执行主编。

作品散见于香港《大公报》、澳门《华侨报》以及《今晚报》《福建日报》《西安晚报》《华商报》《陕西日报》《陕西工人报》《安康日报》《商洛日报》等。有各类作品近百万字面世，多次获奖并被收入各类作品集。中国散文学会会员、中国散文诗学会会员、中华辞赋家联合会会员、陕西诗词学会会员、西安作家协会会员等。这是作者第一本随笔散文集。

有散文随笔集《人在长安第几桥》，由西安出版社出版发行，收入集中的作品大都是作者近三年的新作，其中文化散文，尤其是关中文化部分很有参考和借鉴价值。全书共分为六个部分，计四十万字。

傅晓鸣

傅晓鸣（1958—　），男，陕西省渭南市人，20 世纪 70 年代兰州插队知青，曾先后就读于兰州师专和西安音乐学院。中国散文学会会员，中国戏剧文学学会会员，陕西省作协会员，西安市作协理事，三秦文化研究会研究员，陕西省散文家协会理事，泾渭书画艺术研究院常务理事。历任《西北航空》杂志社社长兼总编，《云中文化》《东方商派》总编，西安市文联诗书画研究会副会长兼秘书长。

傅晓鸣视文学、书法、音乐为人生之三驾马车，终生不辍。早年曾以声乐独唱获全国性大赛二等奖、三等奖，创作歌曲《当我飞过茫茫戈壁滩》《飞翔在丝绸之路上》等，获全国及省一级优秀创作奖。散文集《开心写意》《感悟空间》获孙犁散文奖。合作出版民间艺术研究著作《中华拴马桩艺术》《中华炕头狮子艺术》。报告文学《党建之光》获陕西省首届报告文学大赛最佳作品奖。

秦晋子

秦晋子（1958—　），男，本名田建国，笔名浩歌。祖籍山西省，生长于陕西省。中国国土资源作家协会会员、诗歌专业委员会委员、中国国土资源作家网编辑，陕西文学创作研究会常务理事，陕西省散文学会理事，陕西省楹联学会常务理事，陕西省文化产业促进会理事，陕西工运研究会特约研究员，西安对外经济文化发展促进会常务理事、西安市长安作协理事，西安市长安诗词学会理事，携手青年作家协会文学顾问，《秦岭印象》文学双月刊副主编，《新陕西》杂志副主编，《中国国土资源诗群通讯》副主编，《现代新文学》副主编，陕西山丹丹文化艺术研究院副院长等，草根文学的倡导者和耕耘者，自由摄影人。

1974 年 3 月至 1975 年 4 月，在陕西省临潼县交口公社赵场大队插队锻炼，任知青组长。该知青组获得渭南地区“知识青年上山下乡先进集体”荣誉称号。当过水文地质队员、电工、党政工团干部等。现供职于陕西西安某单位任纪委书记、工会主席。

系《陕西地质报》《中国地质矿产报》《厂长经理报》《陕西工人报》等省内外十几家报刊的通讯员、特约记者和特约撰稿人。十多年来发表的新闻和文学作品合起来已逾百万字。出版有散文、小说、诗歌合集《新世纪精短文学作家十人行》《八面来风》《十个人的背影》《脉散秦川》《行吟秦川》《陌上花香》《中国新世纪十年国土资源十诗人作品集》《隔着旧时光》等八本。有若干作品获奖。

秦巴子

秦巴子（1960— ），男，本名何战平，西安市人，汉族。宝鸡 20 世纪 70 年代知青，宝鸡作家协会副主席。青年诗人、作家。1986 年中央电大企业管理专业毕业。做过下乡知青、工人、教师。1988—1998 年任教于陕西渭阳柴油机厂职工教育中心，讲师职称。1998 年开始在《爱人》杂志社任副总编。之后，又在多家杂志担任主编、策划、总监等职。现工作于宝鸡市文联。

1985 年开始发表文学作品。迄今已在《人民文学》《诗刊》《中国作家》《十月》《天涯》《读书》《星星》《中华散文》等二百多家报刊发表诗歌、小说、散文随笔、评论等一千多篇约二百多万字。曾获《中国作家》小小说奖、路遥青年文学奖、中国当代诗坛跨世纪青年诗人集结银奖等大小文学奖三十多项。中央电视台《读书时间》节目 2002 年 3 月播出介绍秦巴子的专访。出版有诗集《立体交叉》，散文随笔集《时尚杂志》《西北偏东》，批评随笔集《有话不必好好说》，长篇小说《身体课》入围第八届茅盾文学奖提名，与人合著有评论集

《十作家批判书》《十诗人批判书》《时尚杀手》等。作品被收入海内外数十种诗文选集。部分作品被译成英、俄、日文。曾被《亚细亚诗》《女友》《当代青年》评为十佳诗歌作家、十佳青年诗人。出席诗刊社第十一届青春诗会。获得新世纪诗典年度大奖（2012）金诗奖。

后　记

知青文学在中国现当代文学中占据不可或缺的重要地位。知青文学折射出一个特殊岁月的历史本真，抒发出一代知青作家的心灵呼唤，具有诸多方面的社会、人文、存证宝贵价值。迄今，众多知青作家已迈入花甲之年。就某种意义而言，编辑出版《陕西知青文学与知青作家》成为一项刻不容缓的抢救工程，其重要的现实意义与深远的历史意义不可估量。

史无前例的知青上山下乡运动，塑造了一代知青作家，产生了具有刻骨铭心时代印记的知青文学。十年“文革”，致使中国科学、文化、艺术、经济种种社会领域出现了长时期的空白与停滞。数以千万的知青失去了走进高等学府深造的机会，却从知青部落滋生出一个庞大的知青作家群。这个文学现象，本身就值得人们关注、思考、研究。

著名知青作家陆天明对知青文学的意义评述道：“知青文学的独立性和特殊性集中在这一点上——中国曾存在着知青这么一个极其庞大的社会群体。这是世界上任何一个国家都没有过的。它影响了中国千千万万个家庭，影响了中国一个历史时期的生存状态和社会心态。然后，它以表达和诉说这个极其庞大的社会群体的生存诉求和被它所影响的整个中国的生存状态和社会心态为主旨，产生了一大批最贴近中国现实生活，最能揭示当代中国人性变异，最积极传达中国底层百姓心声，最明确昭示文学的社会公共性功能和真正的现实主义传统作品。可以这么说，在当代中国文学史上，在一个相对短的历史阶段，集中涌现出一大批具有真正现实主义文学传统的优秀作品，在此前好像还没有过，在此之后也没有再出现过。”

岁月沧桑，中国知青文学已经走过了半个多世纪，它凝聚着一代知青的精神寄托，凸显出一代知青的深层反省，具有穿越岁月的影响力。在数以千万的知识青年群体中，产生并成长起了几代知青作家，他们的创作实践及作品，极大地丰富了新中国文学的宝库，知青作家群体成为中国作家团队的中坚力量。

陕西知青文学与知青作家

2006年，杨健先生所著的《中国知青文学史》问世，这是第一部全面、系统的关于知青文学历史的研究成果。之后不久，郭小东所写的《中国知青文学史》由十月出版社出版。这意味着中国知青文学作为独立的文学门类，即有史的意识的文学门类出现。

无疑，编写这部时间长达五十年跨度的《陕西知青文学与知青作家》，是一项艰巨而浩大的工程。我们力求本书达到全面、系统、客观、公正、翔实。为了避免丧失标准的选择、流水账似的堆积，要特别强调的是，本书作为第一部系统性的论述陕西知青文学，介绍陕西知青作家群体的专著，其宗旨是梳理陕西知青文学发展过程的重大事件，重点介绍和评述在当今文坛有广泛影响的陕西知青作家及其创作成果，使本书具有真正意义上的文学价值、史料价值和学术研究意义。

感谢太白文艺出版社总编辑韩霁虹女士，数年来一直关注着《陕西知青档案》这部丛书的选题，并身体力行，促成了选题立项；程明、刘涛等责任编辑尽心竭力、辛勤工作，从策划到具体实施，也促成了《陕西知青文学与知青作家》的问世。

为了展示陕西知青文学和知青作家的全貌，我们还特意邀请陕西省社会科学院文学研究所的韩红艳、魏策策、齐安瑾、毋燕担任了本书相关理论部分的写作工作。同时，整理出陕西知青作家及重点作品的介绍。我们在此一并深表谢意！

编写《陕西知青文学与知青作家》这样一部颇具价值的文本，是件很不容易的事，尽管编写者们都在尽心尽力，但依然会出现许多不尽如人意之处。作为编写者，自然想尽量完善、准确、无误，但由于篇幅限制、个人信息搜集困难、时间要求紧等诸多方面的原因，遗珠之憾在所难免，请大家多多批评指正；我们只能将弥补工作放到以后修订时再予以完善，敬请谅解。

渭　水

2016年10月